내게 날아든 계절

내게 날아든 계절

©2024, 동래여자중학교

초판 1쇄 발행 2024년 2월 14일

기획 동래여자중학교
지은이 인문학동아리 귀를 기울이면
엮은이 김성현 · 이제훈
펴낸이 권경옥
펴낸곳 해피북미디어
등록 2009년 9월 25일 제2017-000001호
주소 부산광역시 동래구 우장춘로68번길 22
전화 051-555-9684 | 팩스 051-507-7543
전자우편 bookskko@gmail.com

ISBN 978-89-98079-84-0 43810

내게 날아든 계절

청소년 짧은 소설

인문학동아리 **귀를 기울이면** 지음
김성현·이제훈 엮음

해피북미디어

차례

1장   내게 날아든 봄

너는 나에게 하정언   9

봄 뜻의 편지 김예림   21

민들레가 흩날리는 날 민서   32

꿈 정아윤   46

나에게로 다가가는 중 김현서   50

백 투 마이셀프 조수영   67

2장   내게 날아든 여름

네잎클로버와 할머니 이지윤   79

너에게 비란 누구일까? 이은진   96

모든 것이 나에게로 임수민   107

오점 박시윤   120

망망이와 마술 상자 유소민   132

3장 내게 날아든 가을

PS. 내게 날아든 계절 성수련   139

그들은 우리를 남은 자라 불렀다 신예진   152

홍연(紅緣) 박서현   162

컬러 랜드 차서현   174

귀신 심리상담센터와 유은의 이야기 서윤서   182

같은 세계에서 빛나는 나 권다은   196

4장 내게 날아든 겨울

꽃갈피 하채연   205

줄리를 찾아서 임윤지   219

휘연의 빛 박서윤   233

관심 속에서 신승빈   242

미필적 고의 김채연   256

잊혀질 꿈 김수현   267

사죄 그리고 용서 이수현   274

작가의 말   286

✦

1장

내게 날아든
봄

너는 나에게

"세라야, 나 사실 입양아야."

나를 보는 세라의 까만 눈동자는 흔들리기 시작했다. 가장 친한 친구가 입양아라는 이야기를 들었는데 놀라지 않는 사람이 있을까. 그렇기에 나는 세라의 놀란 표정이 아무렇지 않았다. 내가 입양아라는 걸 알게 되어도 세라는 영원히 나의 가장 친한 친구일 거라고 생각했으니까. 하지만 그것은 내 환상이었다. 다음 날부터 세라는 나와 서서히 멀어졌다. 아주 조금씩, 천천히. 그렇게 나는 혼자가 되었다.

졸업식을 며칠 앞두지 않았을 때였다. 수업이 끝나고 홀로 화장실에 들어간 나는 다른 친구들과 이야기하는 세라의 목소리를 들었다.

"야, 너희 혹시 유지원, 입양아인 거 알아? 부잣집 딸내미라면서 온갖 잘난 척은 다 하길래 난 당연히 친자식인 줄 알았지."

나는 그 자리에서 주저앉았다. 한때는 나와 가장 친한 친구였던 세라가 다른 친구들한테 저런 말을 하고 있다는 것을 믿을 수 없었다. 세라와 친구들이 화장실에서 나가고, 혼자 남은 나는 숨죽여 울었다. 그리고 그때 깨달았다. 내가 입양이라는 사실이 절대 다른 친구들에게 알려지면 안 된다는 것을.

"야, 유지원! 듣고 있냐?"

내 이름을 부르는 강현우의 큰 목소리에 나도 모르게 정신이 번쩍 들었다.

"어어, 무슨 얘기 하고 있었지?"

"나는 강현우고, 3살 때 친부모님이 돌아가셔서 지금 우리 집에 입양되었다고."

입양. 강현우의 입에서 입양이라는 이야기가 나올 때마다 나는 심장이 덜컥 내려앉는 것 같다. 강현우는 자신이 입양이라는 게 부끄럽지도 않은 모양이다. 나는 어떻게든 그걸 숨기려고 노력하는데, 별로 친하지도 않은 친구한테 입양 이야기를 하다니… 그것도 웃으면서 말이다.

"이제 네 차례. 너에 대해서 이야기해 봐."

"어? 난 유지원이고. 음….."

선뜻 입이 떨어지지 않았다. 머릿속에는 입양과 관련한 안 좋은 기억들만이 가득 찼다. 이게 다 강현우 때문이다. 왜 괜히 그런 얘기를 해서.

"뭐, 아무거나 이야기해 봐. 좋아하는 거나, 가족 이야기

나. 야, 너 MBTI 검사 해 봤냐? 난 ENFP 나왔는데, 넌? 아, 넌 누가 봐도 ISTJ 아니면 ESTJ, 둘 중 하나. 맞지?"

쉴 새 없이 말하는 강현우 때문에 안 그래도 복잡한 머릿속이 더 복잡해졌다. 그냥 처음부터 선생님께 멘토링 활동은 못 할 거 같다고 말씀드릴 걸 그랬나 보다. 그럼, 지금처럼 골치 아픈 강현우라는 애를 멘티로 만날 이유도 없었을 텐데. 하지만 그 당시에는 반장인 나에게 멘토링 활동에 참여하라고 간절히 부탁하던 선생님을 거절할 수 없었다. 한숨을 쉬며 강현우의 질문에 대답하려 하던 찰나, 선생님의 말소리가 들려왔다.

"자, 이 정도면 충분히 짝에 대해서 알게 되었겠지? 그럼, 오늘은 첫날이니까 여기까지 하고. 다음 주까지 멘토 멘티 활동 1년 계획표를 짜 와라. 다음 주부터는 바로 활동 시작한다. 다들 집에 안전하게 가라!"

선생님의 말씀이 끝나자마자, 나는 바로 가방을 챙겨 독서실로 향했다. 독서실에 가는 동안 가만히 생각해 보니 강현우의 행동이 정말 이상했다. 대체 왜 저렇게 아무 일도 아니라는 듯이 자기가 입양아라고 이야기하는 거지? 나는 어렸을 적부터 입양아라는 사실 하나만으로 내 뒤에서 수군거리는 수많은 사람을 봐왔기에 입양에 관해 이야기하는 것을 꺼렸다. 정말 친하고 믿을 만한 사람에게만 내 비밀을 이야기했는데, 그렇게 믿었던 세라마저도 나를 배신하고 나서는 그 누구에게도 내가 입양아라는 사실을 밝히고 싶지 않아졌다. 그랬기에 나는 모든 입양아가 나와 같다고 생각했다. 모두가 입양 이야기를 꺼린다고 생각했다. 그런데 강현우 같은 애도 있다니. 강현우의 이해할 수 없는 행동에 관한 의문은 독서실에서 공부할 때도, 집에 갈 때도, 잠을 자려고 침대에 누웠을 때도 지워지지 않았다. 띠링. 갑자기 스마트폰에서 알림 소리가 들려왔다. 이 시간에 누가… 핸드폰을 확인해 보니 강현우였다.

ㄴ 우리 활동 계획표 언제 짤 거야? 따로 만나서 짜야 할 거 같은데!
ㄴ 언제 되는지 먼저 말해줘. 그럼 내가 보고 연락할게.
ㄴ 난 언제든지 환영! 원하는 시간대 있으면 말해! 그때 만나자:)
ㄴ 그래. 확인해 보고 알려줄게.
ㄴ 알겠어! 잘자!

강현우와의 짧은 대화가 끝나고 나는 충동적으로 결심했다. 강현우에게 직접 물어보기로. 나 혼자 복잡하게 머리 굴리는 것보다는 본인한테 직접 입양에 대해 어떻게 생각하냐고 물어보는 게 나은 듯했다. 물론 내가 입양아라는 건 들키지 말아야 한다.

"야, 유지원! 그래서 시간 언제 되는데…."

다음 날, 우리 반에 불쑥 찾아온 강현우는 나에게 빨리 약속을 잡자고 졸라댔다.

"아, 내일 학교 끝나고 하자. 내일! 알겠지?"

얼떨결에 내일 약속을 잡아버렸다. 내일 만나자는 내 말에 강현우는 혼자 웃으며 자기 반으로 갔다. 강현우는 항상 웃고 있다. 아무 이유 없이 웃고 있는 모습 때문에 생각 없어 보이기도 한다. 그래서 나는 강현우가 딱히 마음에 들지는 않는다. 그래도 뭐, 어쩌겠는가. 1년 동안 활동을 하기로 했으니 같이 해내야지.

다음 날, 학교를 마치고 강현우와 카페에 갔다. 같이 이야기하며 멘토링 활동 계획을 짜고 있었지만 내 신경은 온통 언제 강현우에게 입양과 관련한 이야기를 꺼내야 할까에 쏠려 있었다. 계획이 차차 마무리되어 가던 때, 나는 자연스럽게 강현우에게 질문을 했다.

"강현우, 나 너한테 하나만 물어봐도 되나?"

"오, 유지원이 나한테 질문을? 뭔데?"

"네가 자기소개할 때 입양아라고 했잖아. 원래 그렇게 입양아라는 걸 말하고 다녀? 좀 부끄럽지 않나? 다른 친구들이랑은 조금 다른 가족이니까. 내 친구도 입양아인데 그 친구는 그렇게 느낀다고 해서 너는 좀 다른 건가 하고."

말이 끝나고 내가 바라본 강현우의 얼굴은 평소와는 사뭇 달랐다. 이때까지 한 번도 본 적 없는 표정이었다.

"음, 글쎄. 난 우리 가족이 다른 가족이랑 딱히 다르다고 생각하지 않아. 입양이 뭐, 나쁜 것도 아니고. 다른 가족들처럼 우리 가족도 서로를 사랑하고, 끈끈하게 엮여 있잖아. 다른 사람들이 입양에 대해 어떻게 생각하는지는 별로 중요하지 않다고 생각해. 우리 가족만 행복하면 된 거지, 뭐."

처음 보는 강현우의 진지한 모습. 마냥 해맑은 애인 줄만 알았는데 생각보다 어른스러운 거 같기도 하다. 나는 아무말 없이 강현우를 바라보았다.

"아, 유지원! 너는 왜 이런 질문을 해서 분위기를 이렇게 만드냐! 다했으면 빨리 집 가자. 집!"

강현우는 잠시 흐르는 이 정적을 도저히 못 견디겠다는 듯 말했다. 집에 가는 길에 곰곰이 생각해 보니 강현우의 말이 옳다. 다른 사람들이 입양에 대해 어떻게 생각하는지는 중요하지 않다. 우리 가족만 행복하면 되지. 나는 세라를 비롯한 많은 사람이 입양에 대해 왈가왈부하는 것이 너무 견디기 힘들었다. 그랬기에 그 사실을 밝히는 게 어려웠다. 하지만 강현우의 말을 들으니 그럴 필요도 없어 보인다. 단지 입양 가족이라는 이유로 편견을 가지고 우리 가족을 평가하는 그런 사람들이 이상한 거다. 그러니까 세라와 같은 사람들이 잘못된 것이지, 입양이 숨겨야 할 사실은 아니라는 것이다. 강현우 덕분에 이제는 우리 가족에 대해 조금이라도 더 떳떳해져야겠다는 생각이 든다.

　시간은 빠르게 흘러 멘토 멘티 두 번째 활동이 시작되었다.
　"오늘부터는 본격적으로 활동을 시작할 거다. 다들 계획대로 잘 준비해서 각자 목표를 이루도록 하자!"
　"자, 시작하자. 이번에 시험을 잘 쳐야 이 활동에 참여한 의미가 있지."
　강현우는 가방에서 문제집을 꺼내 나에게 건넸다.
　"후….."
　정말 한숨만 나왔다. 강현우의 문제집을 펼쳐보니, 책에서 비가 내렸다. 맞은 문제가 단 한 개도 없었다.
　"자, 개념부터 시작해 보자."
　나는 강현우에게 개념을 차근차근 알려주기 시작했다. 처음에는 장난스럽게 설명을 듣던 강현우도 어느샌가 꽤 진지한 모습을 보였다.
　"그럼, 문제를 풀어보자."
　내가 내민 새 문제집을 받아 든 강현우는 샤프를 들고 문제를 풀기 시작했다.
　"일단 다 풀긴 풀었다!"
　"있어 봐. 바로 매겨줄게."
　나는 답지를 펼쳐 문제집과 답지를 꼼꼼히 살폈다. 처음에는 내가 잘못 본 줄 알았다. 그도 그럴 것이, 강현우가 오늘 푼 문제를 다 맞혀버렸기 때문이다. 강현우의 문제집에는 동그라미만이 가득했다.

"뭐냐, 강현우. 갑자기 이렇게 실력이 는다고?"

"그러게, 나도 놀랍다. 역시 좋은 선생님이 있어야…."

강현우의 칭찬에 나도 모르게 입꼬리가 올라갔다. 이대로라면 충분히 이번 시험에서 좋은 성적을 거둘 수 있을 거 같다.

"오늘 활동은 여기서 끝! 다들 마무리하고 집에 조심히 가라!"

"야, 유지원! 잘 가!"

"너도."

강현우와 활동을 시작할 때까지만 해도, 나는 강현우가 마음에 들지 않았다. 별로 친하지도 않은데 자꾸 말을 걸고 인사를 하는 것이나, 나만 보면 자꾸 싱글벙글 웃는 것이 부담스럽게 다가왔다. 근데 이제는 그런 강현우의 모습이 좋다. 그 애와 함께 있으면 나도 활짝 웃게 된다.

멘토 멘티 활동을 하면 할수록 강현우의 실력은 쑥쑥 늘어났다. 선생님 때문에 억지로 시작한 이 활동에서 내가 이런 보람을 느낄 것이라고는 생각지도 못했다. 이렇게 좋은 친구를 만들 것이라고는 더욱더.

D-DAY. 하루하루가 지나고 마침내 중간고사 날이 다가왔다. 강현우도, 나도 이번 시험에 최선을 다했기에 좋은 결과가 나왔으면 하는 마음이다. 띠링. 시험이 끝나자마자 강현우에게서 연락이 왔다.

ㄴ 나 이번에 시험 진짜 잘 쳤어!!

ㄴ 오, 평균 5점 올릴 수 있을 거 같아?

ㄴ 당연하지, 10점도 가능! 이게 다 멘토 덕분입니다:)

ㄴ 그럼 맛있는 거 사라.

ㄴ 그래! 안 그래도 우리 엄마가 집에 너 한번 초대하라고 하셨어!

ㄴ 나를? 왜?

ㄴ 나 공부 도와줘서 고맙다고. 아무튼 되는 날짜 알려줘!

ㄴ 내일도 괜찮아?

ㄴ 내일? 난 좋아! 엄마한테 말씀드릴게!

예상치 못하게 강현우의 집에 가게 되었다. 강현우가 부모님께 내 얘기를 했을 거라고는, 그리고 부모님께서 나를 집에 초대해 주실 거라고는 아예 상상도 못 했다. 강현우의 부모님은 어떤 분들이실까? 평범할 거 같던 내일이 갑자기 기대되기 시작했다.

"야, 유지원! 여기야, 여기!"

강현우는 활짝 웃으며 나를 반겼다. 강현우는 나를 자기 집으로 안내했다. 강현우의 집에 들어가자마자, 강현우 부모님의 목소리가 들려왔다.

"어머, 네가 지원이구나. 얘기 많이 들었다. 오늘 우리 집에서 맛있는 것도 많이 먹고 재밌게 놀다 가라. 먼저 점심부터 먹을까?"

분명 강현우와는 피가 한 방울도 섞이지 않았는데, 강현우의 부모님은 강현우와 웃는 모습이 매우 닮았다. 만약 강현우가 먼저 말하지 않았더라면 입양 가족이라고는 생각도 하지 못했을 거다. 거실을 둘러보니 커다란 식탁에 맛있는 음식들이 가득했다. 누군가에게 이렇게 환영받은 경험이 정말 오랜만인 거 같다.

"배고프지? 많이 먹어라."

점심을 먹으며 강현우와 강현우의 부모님과 시시콜콜한 이야기들을 했다. 내가 처음 강현우가 푼 문제집을 보고 엄청나게 놀랐던 것이나, 멘토 멘티 활동을 하면서 강현우의 실력이 쑥쑥 늘어 정말 뿌듯했다는 이야기들. 이야기를 계속하다 보니 어느샌가 강현우의 입양에 관한 이야기를 하게 되었다. 그리고 나는 내 이야기를 이들에게는 말해도 되겠다는 안도감이 생겼다. 이들만큼은 내 이야기를 잘 들어주고 이해해 줄 수 있을 것 같았다.

"사실 저도 현우처럼 입양아예요."

내 말에 강현우는 깜짝 놀란 표정을 지었다. 눈, 코, 입이 다 확장된, 그 애 특유의 과장된 표정에 나도 모르게 웃음이 나왔다.

"어머, 현우도 몰랐나 보구나."

"네, 제가 다른 사람들에게 이 말을 한 적이 없어서요."

"야, 넌 왜 이런 중요한 걸 나한테 말을 안 했어!"

"사실 현우를 만나기 전까지는 제가 입양아라는 게 너무 부끄러웠거든요. 어렸을 때 가장 친한 친구가 있었는데, 제가 입양아라는 것을 말해준 뒤부터 그 친구랑 관계가 멀어졌어요. 그리고 입양아라는 이유만으로 뒤에서 수군거리는 아이들도 있었고. 그래서 그걸 무조건 숨겨야만 한다고 생각했어요. 근데 현우가 처음에 자길 입양아라고 소개하는데, 그때 그런 생각이 들었어요. 아, 지금 우리 가족만 행복하면 되는 거구나. 우리 가족이 어떻게 만들어졌든, 다른 사람들이 입양아에 대해 어떻게 생각하든, 그건 별로 중요하지 않구나. 입양은 숨겨야 할 게 아니구나. 그래서 이제는 조금 더 떳떳해지려고요. 우리 가족에 대해, 그리고 저 자신에 대해서도요."

내 말에 강현우와 강현우의 부모님은 한동안 말이 없었다. 강현우는 조심스레 입을 열었다.

"나도 처음부터 그렇게 아무렇지 않게 말할 수 있었던 건 아니었어. 아무래도 부모님의 영향이 컸지. 그렇죠, 엄마, 아빠?"

"그렇지. 비록 우리가 현우를 마음으로 낳았지만, 그래도 현우는 우리한테 세상에서 가장 소중한 아들이야. 그리고 우리 가족은 셋이기에 행복한 거고. 지원이네 가족도 마찬가지이잖아. 그럼 됐어. 다른 사람들의 시선은 신경 쓸 필요 없어. 우리만 행복하면 됐지, 안 그래?"

강현우 부모님의 말씀에 눈물이 핑 돌았다.

"야, 우냐?"

강현우의 한마디에, 눈에 고인 눈물이 쏙 들어갔다. 그런 나를 보며 활짝 웃는 강현우를 보고 이런 친구를 사귈 수 있다는 것이 너무나도 감사한 일이라는 생각이 들었다. 강현우에게 나는 어떤 존재일지 모르겠지만, 나에게 강현우는 이제 내 모든 이야기를 솔직하게 다 털어놓을 수 있는 유일한 사람이 된 것 같다. 고작 몇 개월인데. 강현우를 보고 난 뒤로 많은 것들이 바뀌었다. 앞으로도 어떤 일이 생길지는 모르겠지만, 강현우가 내 곁에 있어 준다면 무슨 일이든 다 이겨낼 수 있지 않을까. 그런 생각이 든다. 고마워, 현우야.

하정언

이 소설은 자신의 입양 사실을 밝히기 꺼리던 주인공 '유지원'이 학교 멘토링 활동에서 '강현우'를 만나며 본인 스스로와 가족에 대해 보다 더 당당해지는 이야기이다.

봄 뜻의 편지

겉으로 보기에는 화기애애한 전형적인 반 여자애들의 무리였다. 하지만 그 속에서 나는 은근히 친구들에게 무시당하는 존재, 은따가 되어 가고 있었다.

내가 처음부터 친구들과의 무리에서 떨궈지진 않았다. 학기 초반, 나는 초등학교 때부터 친했던 유진이와 함께 다녔다. 그 후 유진이가 학교에서 준수한 성적과 외모로 인기가 많은 윤세희라는 친구와 친해지게 되었고 나는 자연스레 그 무리에 들어가게 되었다. 무리에는 나까지 합해서 총 다섯 명의 친구가 있었다. 누구보다 즐거운 학교생활을 즐겼다. 하지만 시간이 지나자 우리 무리에는 보이지 않는 규칙이 정해졌다. '윤세희의 말장단에 무조건 맞추어 줄 것.' 윤세희는 예쁜 얼굴로 우리 학교뿐만 아니라 다른 학교까지 꽤 이름이 알려진 아이였다. 그렇다 보니 많은 아이가 윤세희와 친해지고 싶어 했고 모두 윤세희의 장단에 맞춰주었다. 처음에는 윤세희와 친해졌다는 기쁨으로 이 보이지 않는 규칙에 적응하지 못하고 윤세희의 의견에 사사건건 반대하고 나

의 주장을 계속 고집했다. 나는 결국에는 이 무리에서 서서
히 배척당하기 시작했다. 무리 중 나와 가장 합이 잘 맞고
언제나 함께 있을 것이라고 확신했던 유진이마저 나로부터
서서히 등을 돌렸다.

어느 날, 이 무리 친구들이 대화하고 있었다.

"야, 이번 방학에 나 진짜 열심히 살 거다."

"야, 너 맨날 그 소리 하는 거 알지? 그래 놓고 하루 만에
포기한다는 거에 한 표. 난 살이나 빼야겠다."

친구들이 하는 말을 들으며 나도 한마디 거들었다.

"나도 이번 방학에 살 빼려고 했는데! 같이 운동하면 되겠다."

"아, 서영이 너도? 아… 난 그냥 집에서 하려고… 밖에 나
가는 거 귀찮아서."

그 뒤로 윤세희가 대화에 끼어들며 친구들과 얘기했다.

"야, 너네 무슨 얘기하고 있었냐."

"방학 때 나 살 빼려고."

"야, 그럼 우리 같이 아침에 조깅하자."

"완전 좋다. 서로 모닝콜 해주기다."

너무나 노골적으로 나를 피하는 친구들의 행동을 보며 그
자리를 떴다.

"나 잠시 화장실 좀 갔다 올게."

화장실 세면대 앞의 거울 속 어색한 웃음을 짓는 내 모습
을 보며 자괴감이 들었다. 중학교 때까지만 해도 밝은 성격

으로 친구들과 행복한 시간을 보냈던 나를 되새기자 눈물이 찔끔 맺혔다. 과거의 내 행동에 대해 나날이 후회만 늘어났다. 이제 와서 장단을 맞춰 보려고 노력해 봤지만 이미 돌이킬 수 없이 그들은 나를 배척하고 있었다. 이미 학기는 중반을 향해 달려가고 있기에 다른 무리에 갑작스럽게 들어갈 수도 없는 노릇이었고 언제까지 이런 취급을 받으며 살아야 하나 하는 생각이 들자 눈물이 화장실 세면대 위에 한 방울씩 뚝뚝 떨어지기 시작했다. 겨우 마음을 가다듬고 심호흡을 내쉬며 밝은 미소로 그들에게 다가갔다. 돌아오는 건 쌀쌀한 그들의 표정과 태도겠지만. 내가 교실 문을 열려고 하자 익숙한 목소리들이 들려왔다.

"임서영, 완전 별로지 않냐? 요즘 너무 나대. 계속 자기 할 말만 한다니까."

"그니까. 맨날 대충 웃기만 하고 있고 우리 말에는 완전 영혼 없이 대답하잖아. 나도 좀 기분 나쁘더라."

"언제는 계속 나대더니. 이제는 우리말은 귓등으로 듣고. 처음부터 그냥 마음에 안 들었어. 안 그래, 유진아?"

"어? 어… 나도 걔 요즘 별로더라."

나는 유진이와 어려서부터 절친한 사이였다. 유진이와 나는 초등학교 때 만나 고등학생이 된 지금까지 항상 서로의 옆을 지켜왔다. 놀기 바빴던 초등학생 때는 매일 함께 놀이터에서 뛰어놀았고 여러 가지 고민이 많이 생기는 중학생

때는 진로 등의 고민을 들어주며 서로의 버팀목이 되어주었다. 좋아하는 아이돌 덕질도 유진이와 함께하며 두터운 우정을 쌓았다. 올해도 운이 좋게 같은 고등학교에 배정받게 되어 유진이와 더 오랜 시간을 보낼 수 있다는 사실이 너무나도 행복했다. 하지만 그것은 나만의 착각이었던 것 같다.

그 말을 듣자마자 나는 손을 꽉 쥐고 입술을 깨문 채 울지 않으려고 온몸을 떨어봤지만 내 눈물은 수도꼭지가 틀린 것처럼 쏟아져 나왔다. 나와 오랜 시간을 함께했던 유진이마저 나로부터 등을 돌렸다는 사실에 그 충격은 배가 되었다. 나는 그 자리를 박차고 학교 운동장 구석 자리에 가서 울기만 했다. 나를 별로 안 좋아한다는 사실은 이미 알고 있던 것이지만 직접적으로 들으니 서러운 감정이 북받쳤다. 그래도 한때 즐거운 추억을 나눴던 사이인데 갑자기 이렇게 돌변할 수 있다는 사실이 너무 소름 돋았고 공허했다. 나의 학교생활은 끝이 난 것만 같았고 이제는 친구들의 얼굴을 볼 자신이 없어졌다. 도저히 학교라는 장소에 있지 못할 것 같아 담임 선생님으로부터 조퇴증을 받아 집에 오는 것으로 그날은 마무리되었다.

그다음 날도 정말 학교 가는 것이 두려웠다. 하지만 내 사정을 모르는 엄마는 내게 학교에 빨리 가라며 재촉하셨고 나는 결국 등굣길에 올라섰다. 어제 일 이후로 그 무리의 친구들과 얼굴을 마주 보는 것 자체가 버거웠다. 이제는 혼자가 될 시간이 온 것 같다. 그 뒤로 며칠 동안 학교에서 엎드려 있거나 공부하는 척하는 등 혼자만의 시간을 보냈다. 그 친구들과의 관계도 서서히 정리해 갔다. 너무나도 답답했다. 대화를 같이 나눠줄 누군가의 손길이 절실히 필요해졌다.

여느 때처럼 등교해 엎드리고 있자 1교시 시작종이 울렸다. 수업을 준비하기 위해 책상 서랍 안으로 손을 넣었다. 책상 서랍 위쪽에 어떠한 종이가 테이프로 붙여져 있었다. 나는 조심스럽게 테이프를 뗀 후 쪽지를 펼쳐 읽어보았다.

세상에 와서 가장 기쁜 일은
내가 사람으로 태어나고
너를 만났다는 것
너를 만나고 너를 사랑하고
너와 함께 웃고 이야기하고
…
이보다 더 좋은 일은 없다
이보다 더 기쁜 일은 없다
-「이보다 더 좋은 일은 없다」中/ 나태주

누군가가 보낸 이 글귀를 보자마자 마음 한편에 가라앉

아 있었던 돌덩이가 두둥실 떠오르며 뭉클해지는 기분이 들었다. 오랜만에 위로를 건네어 받았고 따뜻한 말을 가슴에 새기게 되었다. '세상에 와서 가장 기쁜 일은 너를 만났다는 것' 이 구절이 내 머릿속을 계속해서 맴돌았다. 내가 누군가에게도 특별한 존재일 수 있구나, 누군가에게 힘이 되어주고 싶다는 생각을 태어나서 처음 해 보게 되었다. 사실 처음에는 다른 사람에게 줄 쪽지가 나에게 잘못 전달된 줄 알았다. 하지만 그것은 중요하지 않다. 내가 이 글을 읽고 가슴속의 상처가 조금은 누그러들었다는 것. 그거 하나로 나는 충분했다.

그다음 날도 책상 서랍에 쪽지가 붙어 있었다.

단지 얘기 들어줄 사람이 필요해 우정을 키우는 것은 좋지 않다.

풍요 속에서는 친구들이 나를 알게 되고, 역경 속에서는 내가 친구를 알게 된다.

글귀를 읽자마자 움찔했다. 마치 내 심리와 상황을 꿰뚫는 듯한 느낌이 들어 기분이 묘했다. 하지만 이 글귀들을 통해 내 생각들과 행동들을 생각해 볼 수 있었다.

그 뒤로도 매일 나에게 위로를 전달해 주기도 하고 따끔

한 충고를 해주는 쪽지들이 책상 서랍 안에 붙어 있었다. 나는 너무나도 쪽지를 적어 보내는 사람이 누군지 궁금했다.

'나의 상황을 잘 아는 거면 우리 반 친구인가…?'

여러 방법을 시도하며 그 쪽지의 주인이 누구인지 찾아보았지만, 해답은 끝끝내 찾지 못하였다. 결국 나는 궁금증을 참지 못하여 그 친구에게 역으로 쪽지를 보냈다.

"난 네가 너무 궁금해. 혹시 누군지 알려줄 수 있겠니?"

학교에 도착하자마자 책상 서랍을 확인했다. '있다!' 하지만 물음에 대한 대답은 남아 있지 않았고 평소처럼 긴 글만 남겨져 있었다.

1. 우리 대화는 숙제 같았지. 하루는 베프, 하루는 웬수. 그래서 더 특별한 걸까.

"어? 이건 내가 좋아하는 아이돌의 노래 가사인데?"

쪽지도 다른 날과는 달랐다. 보통이라면 하얀 백지에 글을 적어줬는데 이번에는 하늘색 바탕에 캐릭터가 그려져 있는 메모지였다.

'이거 내가 유진이한테 선물해 줬던 메모지인데. 하긴 이 메모지가 하나만 있는 건 아니니까.'

나는 대수롭지 않게 생각했다.

그 뒤로도 계속해서 쪽지를 남겨두고 하교를 했다. 혹여나 질문에 대한 마음의 준비가 됐다면 답을 해줄 것 같아서. 하지만 쪽지에 대한 답은 여전히 남기지 않았다. 그저 계속해서 글귀만 남길 뿐. 하지만 그날 이후로 글귀에는 여러 특이점들이 생겼다. 먼저, 글 앞에 숫자가 붙는다는 것. 그리고 이전에는 친구 관계, 내면의 나와 같은 주제로만 된 글들이었다면 지금은 나의 관심사를 잘 아는 듯한 문장이 주를 이룬다는 것. 이 두 가지의 의문점들이 있었지만 나는 이를 해소할 방법이 없었다.

2. 버킷리스트–일본 여행 가기, 놀이터에 있는 타임캡슐 열기, 파자마 파티하기

3. 나는 네가 꼭 멋진 간호사가 됐으면 좋겠어.

4. 나는 아무 걱정도 없이 가을 속의 별들을 다 헤일 듯합니다.

순간 머릿속에 한 사람이 떠올랐다. 유진이.
네 번째 쪽지까지 받고 나는 이 쪽지들과 유진이가 모두 연관되어 있다는 공통점을 발견했다. 첫 번째는 내가 한때 유진이와 함께 덕질 했던 아이돌의 노래 가사 중 일부이고, 두 번째는 초등학교 때 함께 짰던 버킷리스트, 세 번째는 중

학교 때 이야기 나누었던 진로 고민과 관련 있고 네 번째는 유진이에게만 말했던 내가 가장 좋아하는 시의 한 구절이었다. 결정적으로 유진이는 1을 특이하게 적는 버릇이 있는데 그것마저 똑같았다.

그다음 날 방과 후에 유진이를 불렀다.

"유진아. 너 맞지? 이 쪽지."

"어, 맞아."

"이 쪽지들 왜 보낸 거야?"

"너무 미안해서…. 세희랑 멀어지면 내 학교생활이 힘들어질 거라 생각했어. 그래서 난 세희의 말을 따를 수밖에 없었어. 근데 막상 생각해 보니까 너랑 함께했던 날들이 가장 빛났더라. 계속 후회했어, 너에게 상처 준 걸. 너에게 더 상처줄까 봐 쉽사리 못 다가가겠더라. 그리고 너한테 힘을 주고 싶었어. 그래서 보냈어. 이 쪽지."

"네가 진심으로 사과하더라도 나는 이때까지 상처받았던 게 타격이 너무 큰 듯해. 다시 네가 배신할 것 같아서 아직은 그 마음을 못 받아줄 것 같다. 그래도 네가 준 쪽지들 덕에 하루하루를 버틸 수 있었고 희망을 품을 수 있었어."

이 말을 남기고 나는 자리를 떴다.

바로 다음 날 유진이는 윤세희 무리와 점점 멀어졌고 계속해서 나에게 말을 걸었다. 내가 무시해도 간식들을 책상에 놔두고 가기도 하고 나의 행동에 공감해 주기도 했다. 하지만 그런 유진이의 행동에도 나의 마음은 아직 불편했다.

어느 날 하나의 쪽지가 또 책상에 붙여져 있었다.

-서영이에게

안녕 서영아? 오랜만에 너에게 편지를 쓰게 되었어. 며칠 전까지 내가 너에게 했던 태도와 말들을 되새겨 보며 내가 정말 하면 안 되는 짓을 저지른 것 같더라고. 나는 정말 너를 아끼는데 친구들의 분위기에 휩쓸려서 너에 대해 안 좋게 얘기하게 되었어. 무리에서 떨궈지고 싶지 않다는 생각에 나의 이기심만 너무 앞세워서 행동했던 것 같아. 너한테 잊을 수 없는 상처를 심어줘서 너무 미안해. 난 정말 많이 반성하고 있고 옛날처럼 우리 예쁜 추억 만들어가며 더 끈끈한 친구 사이가 되었으면 좋겠어. 이때까지 너에게 했던 모든 부정적인 행동들을 다시 한번 고개 숙여 사과할게. 나의 진심이 너에게 닿았으면 해.

-유진이가

나는 이 짧은 편지로 유진이가 얼마나 반성하고 있고 나를 생각해 주고 있는지를 느꼈다. 결국, 나는 마음을 열어주기로 했다.

"유진아, 네가 보내준 편지 잘 읽었어. 이때까지 했던 행동들을 충분히 반성하고 있고 나에게 진심으로 미안하다고 생각하고 있는 것 같은 느낌이 들더라. 우리 다시 옛날처럼 같이 다니자."

"고마워, 서영아. 고마워, 정말. 그리고 미안해. 다시는 너를 배신하지 않겠다고 약속할게."

"근데 너 윤세희한테 미움을 많이 살 것 같은데 그것도 감당할 수 있겠어?"

"응, 그런 시선들은 신경 안 쓰면 그만이야. 나한테는 네가 있는데 뭘. 이번 일을 계기로 진정한 친구에 대해서 알 수 있게 되었어. 우리 앞으로도 즐겁게 지내자."

그렇게 나는 봄날에 날아든 친구의 편지에 담긴 '진심'을 알게 되었다.

김예림 ————————————————————

학교에서 자신의 무리와 멀어지며 혼자가 된 '서영'에게 매일 긍정의 의미가 담긴 쪽지가 온다. 이 쪽지를 보낸 사람을 찾아내며 우정에 대한 '진심'을 알게 된다.

민들레가 흩날리는 날

아침이다. 밤 동안 울며 뒤척이다 창문 너머로 해가 뜨는 것을 보았다. 이렇게 밤을 보낸 지도 벌써 1주일. 내 모습은 생기 있던 1주일 전과는 많이 달라졌다. 눈 밑의 진한 다크 써클과 퉁퉁 부은 눈, 말라 갈라져 버린 입술. 며칠 동안 방 안에서 지내다 오늘이 돼서야 방 밖으로 나왔다. 며칠 만에 방에서 나오니 1주일 전의 우리 집과 많이 다른 모습을 띤 거실이 보였다. 거실은 전과는 다르게 깜깜하고 침묵이 이어졌다. 오랜만에 방에서 나온 날 반겨주는 건 동생이 아닌 동생의 애착 곰돌이 인형뿐이었다. 낯설었다. 항상 내가 방에 있다 나오면 밝은 웃음으로 날 반겨주던 동생이 이제 없다고 생각하니 또 눈물이 나려 했다. 거실이 고요했다.

약 1주일 전, 내 동생과 부모님은 차를 타고 할머니 집으로 향하고 있었다. 난 그때 혼자 집에 있었고 동생과 부모님은 오랜만에 방문하는 할머니 집이라 들뜬 마음으로 집을 나섰다. 가는 길에 평소 동생의 최애 노래였던 〈민들레의 하루)를 함께 흥얼거리며 갔을 것이다. 할머니 집에 다다랐을 때 동생과 부모님은 사거리에서 큰 트럭의 급발진으로 사고 가 났다. 다행히 부모님은 무사히 수술을 마치고 병원에서 회복 중이지만 동생은 그 자리에서 하늘로 떠나고 말았다.

내 동생은 항상 웃음을 머금은 강아지 눈매를 가진 밝은 아이였다. 민들레를 좋아해 평소 노란색 옷을 즐겨 입고 다 녔다. 어딜 가든 노란 옷을 입고 밝게 웃던 아이. 그런 아이 가 어린 나이로 사고를 당해 세상을 떠났다니. 이제는 그 아 이를 보지 못하다니. 마지막 인사도 하지 못했는데…. 너무 동생이 보고 싶다.

그렇게 계속 침묵이 이어지고 있다 내 배에서 소리가 났다.
꼬르륵-
며칠 동안 방에서 나중에 먹으려 남겨둔 약간의 간식만 먹다 보니 배가 고팠다. 주방의 냉장고로 향했다. 냉장고 는 오렌지 주스와 딸기 등 단 음식들로 가득 차 있었다. 우 리 가족은 단 음식을 그리 좋아하지 않지만, 동생이 너무 좋 아하기에 사 놓은 음식이었다. 하지만 저 음식들을 보니 동 생이 생각나 냉장고 문을 바로 닫아버렸다. 눈물이 날 것 같 다. 방에서 그렇게 울어댔는데도 말이다. 냉장고를 다시 열 기는 무리인 것 같다.

"밥은 그냥 편의점에서 사 먹어야지…."

난 오랜만에 학교에 갈 준비를 하고 밖으로 나섰다.

편의점에 들렀다가 밖으로 나오니 거리에서 민들레 홀씨가 날리고 있었다. 봄이라 그런가? 길거리는 민들레로 가득 차 있었다. 정말 예뻤다. 살랑살랑 흩날리는 민들레 홀씨를 보며 숨을 한번 크게 들이쉬고 있을 때 누군가가 말을 걸었다.

"안녕!"

어딘가 낯익은 사람이 나를 보고 인사를 했다. 강아지 눈매를 보이며 밝게 웃었다.

"…."

그 사람은 내 교복을 훑더니 말했다.

"너 남천중학교 다니니? 교복 보니까 그런 것 같은데. 나 오늘 그 학교로 전학 가거든. 같은 학교면 같이 등교하지 않을래? 길을 잘 몰라서."

난 끄덕였다.

"이름이 뭐야?"

"정가연!"

"맞구나."

내가 이름을 말하자 그 사람은 활짝 웃으며 반응했다. 낯익은 웃음으로 말이다.

"뭐가?"

"아니야! 내 이름은 이지은이야. 너 어디 가고 있었어?"

지은이는 쉴 틈 없이 계속 이야기를 해댔다. 지은이를 보다 보니 그 뒤에 휘날리는 민들레와 함께 동생이 보였다. 난 깜짝 놀라 눈을 비볐다. 뭐였지? 잠시 동생이 보인 뒤로 가끔 지은이를 쳐다볼 때마다 동생이 보였던 것이 생각나서 같이 있기에 어딘가 조금 불편했다.

"내 이야기 듣고 있어?"

"어? 어어."

아까의 일로 딴 생각을 하다 갑자기 지은이의 목소리가 들려 정신이 들었다.

"학교 도착하면 나 학교 소개 좀 해 주라. 친구가 너밖에 없어."

지은이가 간절히 부탁하길래 아무 생각 없이 수락하고 말았다. 함께 있기에 조금 불편했지만 말이다.

"어? 민들레다!"

"…민들레 좋아해?"

"응, 진짜 좋아해!"

내 동생 이후로 민들레를 좋아하는 사람은 처음이다. 흔한 꽃이지만 좋아하는 사람이 많이 없어서 조금 신기했다. 신호등을 기다리면서 지은이는 민들레를 보며 웃고 민들레 홀씨는 살랑살랑 날아다녔다.

학교에 도착하고 지은이는 전학생이라 교무실로 갔다. 주변이 조용해지고 갑자기 마음이 답답해졌다. 왜 이러지? 이상한 기분을 애써 누르며 얼른 교실로 들어갔다. 학교에 빨리 와서 그런지 반에는 아무도 없었다. 난 답답함을 조금 없애기 위해 창문을 열었다. 바람이 살랑살랑 불어오니 답답한 게 조금씩 사라지는 것 같았다. 난 편의점에서 산 음식을 가방에서 꺼내었다. 오랜만에 먹는 음식이라 반가워 한 입크게 베어 물었지만, 속이 메스꺼워지며 입맛이 없는 게 느껴졌다. 먹은 것도 거의 없는데 당장이라도 속을 비워내고 싶었다. 더는 먹지 못할 것 같아 남은 음식을 버렸다. 울렁거리는 속을 달래다 노래가 듣고 싶어 이어폰을 꺼내려 가방을 열었다.

지익-

이어폰을 찾다 가방에서 동생이 만들어 준 노란색 구슬과 노란색 꽃 부품으로 이어진 팔찌를 보았다. 평소 팔찌를 손목에 끼면 답답한 느낌이 들어 잘 끼지 않아 들고만 다녔던 팔찌다. 오랜만에 팔찌를 보고 동생이 그리워 팔찌를 한번 껴보았다. 예전과 마찬가지로 내 손목에 딱 맞았다. 창밖의 쨍쨍한 햇빛으로 반짝이는 노란색 꽃 부품이 너무 예뻐 보였다. 그렇게 예전 생각이 나 눈물이 고이려고 할 때쯤이었다.

드르륵-!

갑자기 문을 여는 소리에 눈물이 쏙 들어갔다.

"어? 너 반 여기야? 나도 여기인데!"

지은이었다. 아까의 일로 인해 같이 있으면 어딘가 조금 불편했다. 그 느낌이 싫어서 얼른 이어폰을 끼고 노래를 틀었다. 어떤 노래를 들을까 고민하다 동생과 자주 듣던 〈민들레의 하루〉를 틀었다. 노래를 크게 틀고 들으니 답답한 마음이 없어진 것 같았다. 그렇게 노래를 듣고 있는데 지은이가 나한테 다가와 내 핸드폰에 떠 있는 노래 제목을 보고 말을 걸었다.

"너 그 노래 좋아해? 그거 내 최애곡인데!"

잡음 제거가 되는 이어폰을 가져올 걸 그랬다. 노래를 틀어도 지은이의 목소리는 너무나도 잘 들렸다.

"어? 너 팔찌 꼈네? 내 거랑 비슷하다. 나도 팔찌 꼈는데. 색도 같고 디자인도 똑같은 것 같기도 하네."

"네 거랑 완전히 다르거든?"

동생이 만들어 준 소중한 팔찌가 자신의 것과 같다는 말에 난 내 마음과 다르게 짜증을 냈다. 나에겐 큰 의미가 있는 팔찌라 짜증을 낸 것 같다.

"아, 미안해. 비슷해 보여서…."

안 그래도 갑자기 짜증 낸 게 미안했는데 눈꼬리를 내리고 축 처져 있는 지은이를 보니 더 미안해졌다.

"아니야. 갑자기 짜증 내서 미안해. 이제 네 자리에 가줄 수 있을까?"

"내 자리 어딘지 모르는데. 선생님이 알려주시기 전까지 너 옆에 있으면 안 돼?"

"마음대로 해."

이 말 뒤로 침묵이 이어졌다.

"나 학교 구경 좀 하고 올게."

지은이는 그 말을 하고 복도로 나갔다. 쾅 소리를 내며 문이 닫히는 소리가 나자마자 가슴이 조금 답답해졌다. 분명히 괜찮았는데. 이상한 기분이 들었다. 속을 달래기 위해 바람을 쐴 겸 얼른 밖으로 나가 지은이에게 소리쳤다.

"내가 소개해 줄게. 아까 약속했잖아. 같이 가자."

지은이가 활짝 웃었다. 낯익은 웃음이었다. 지은이가 낯익은 웃음을 짓자 답답한 마음이 조금 없어진 것 같다.

"여기가 체육관이야?"

신나는 표정을 짓고 강아지처럼 밝게 웃으며 지은이 물었다.

"응, 여기서 체육을 하기도 하고 저기 운동장에서 하기도 해."

내가 이야기하자 지은이는 체육관 창문으로 얼른 후다닥 달려갔다. 나에게 여기로 오라고 손짓했다.

"저기는 어디야?"

"저기는 학교 화단. 저기 민들레 진짜 많아."

"진짜? 저기 가고 싶다. 나 저기에 데려다 줄 수 있어?"

부탁하며 눈을 깜빡거리는 모습이 정말 강아지 같다. 지은이를 볼 때마다 동생 일이 계속 생각나 같이 있기에 조금 불편했지만, 이제는 함께 있어도 편하다. 꼭 강아지 같던 내 동생과 함께 있는 것 같아서 좋았다.

"가자. 내가 민들레로 반지 만들어 줄게."

우리는 화단으로 얼른 달려갔다.

밖에 나오니 쨍쨍한 햇빛이 우리를 맞이하고 민들레 홀씨가 바람에 흩날리고 있었다. 또 화단은 세잎클로버, 작은 개미들, 이름 모를 꽃과 노란 민들레로 가득 차 있었다.

"우와, 진짜 많다!"

지은이는 정말 순수한 표정으로 해맑게 웃었다.

"너 민들레 반지 만들 줄 알아?"

"아니, 몰라. 근데 언니가 예전에 만들어 줘서 대충은 알아."

"그럼 내가 만들어 줄게."

난 민들레 한 송이를 꺾어 반지를 만들었다.

"짠! 다 만들었다."

"진짜 예뻐! 만들어 줘서 고마워!"

지은이는 민들레 반지를 보고 고맙다고 이야기하며 밝게 웃음을 지었다. 아, 저 웃음, 동생의 웃음과 비슷하다. 아마 그래서 낯익었던 것 같다. 우리가 부는 민들레 홀씨와 함께 슬픈 생각이 모두 날아갈 때까지 신나게 놀았다. 오랜만에 놀기도 했고 또 지은이랑 함께 놀아 좋기도 했다. 친구들과 노는 것보다 만난 지 얼마 되지 않은 지은이와 노는 게 더 편했다. 꼭 동생과 함께 노는 것 같은 행복한 기분이 드는 것 같았다.

우리는 학생들이 등교하자 반으로 들어왔다.

"가연아!"

오랜만에 만나는 친구들이 나에게 달려왔다.

"보고 싶었어."

지은이는 내 뒤에서 나를 처음 만났을 때와는 다르게 내성적인 모습으로 변해 있었다.

"가연아, 쟤는 누구야?"

"아. 내 친구야. 오늘 우리 반으로 전학 왔어."

"안녕하세요…."

지은이가 기어들어 가는 목소리로 인사하였다. 나를 처음 만났을 때와는 다르게 밝지 않고 긴장한 모습으로 말이다. 지은이가 내 친구들과 서로 인사를 하고 난 오랜만에 친구들과 이야기를 이어갔다. 하지만 지은이는 계속 우리 이야기에 끼지 못했고 나중에 점심시간이 되고 밥을 혼자 먹겠다고 하였다.

"지은이가 아직 많이 낯선가 봐. 오늘 내가 지은이랑 밥 같이 먹을 게. 너희 먼저 먹으러 가."

"알겠어! 아쉽네. 지은아, 내일은 꼭 같이 먹자!"

"그래."

친구들이 가고 지은이와 나는 천천히 급식실로 향했다.

"오늘 급식 뭐지? 시금치랑 미역국에다 콩밥? 오, 별론데?"

"그러게. 그럼, 오늘 급식은 넘길까?"

"좋아! 우리 민들레 보러 갈래?"

우리는 급식실로 가던 발걸음을 학교 화단으로 옮겼다.

우리는 시원한 바람을 맞으며 화단 근처 벤치에 앉았다. 그렇게 바람을 맞다 지은이가 레몬맛 사탕 하나를 건넸다.

'이건 동생이 제일 좋아하던 레몬 사탕인데. 오랜만이다.'

지은이가 사탕을 입에 넣고 눈을 감았다. 화단은 살랑살랑 불어오는 시원한 바람 소리뿐. 조용했다.

"너 혹시 형제 있어?"

지은이가 물었다. 난 좀 말하기 망설였지만, 곧 입을 뗐다.

"응, 여동생 한 명. 근데 이번에 하늘로 올라갔어."

"아, 그 동생은 어땠어?"

"정말 밝았어. 강아지같이 웃었어. 귀엽고 내 전부이고. 뜬금없는데 너랑 내 동생이랑 닮았어."

"어디가?"

"성격이랑 좋아하는 것이랑. 내 동생도 너처럼 민들레 진짜 좋아하거든. 또 얼굴도 강아지같이 묘하게 닮았고. 너 우리 동생이랑 미소가 똑같아. 네가 웃으면 네 얼굴에서 동생이 보인다니까?"

난 동생을 이야기하다 잠시 울컥했지만 덤덤해 보이고 싶어 아무렇지 않은 척 이야기를 이었다.

"그렇구나. 만약 동생을 다시 만나게 된다면 어떨 것 같아?"

"…행복할 것 같아. 어제까지만 해도 계속 울었거든. 동생 생각나서."

"내가 네 동생이라면 어떨 것 같아?"

"뭐라고?"

지은이는 그 말을 하고 한 장의 사진을 건넸다. 그 사진 속에는 민들레를 손에 들고 웃고 있는 동생과 내가 있었다. 또 민들레 홀씨도 날리고 있었다.

"네가 이걸 어떻게 가지고 있어?"

난 찡그린 얼굴로 지은이를 바라보았다.

"언니!"

언니라고 말하는 목소리, 강아지 웃음을 하며 밝게 웃는

지은이를 보니 지금까지 내 동생과 비슷하던 얼굴, 취향, 성격까지 딱 들어맞았다. 눈물이 났다. 우리는 서로를 껴안았다. 지은 아니 내 동생 가은이가 어떻게 돌아오게 되었는지 이야기를 해 주었다. 이야기를 요약하자면 가은이가 교통사고를 당한 후 하늘에 올라가지 못한 채 영혼이 되었고 1주일 동안만 동네를 떠돌아다닐 수 있었다. 하지만 내가 1주일 동안 방 안에서 나오질 않아 가은이는 나를 만나지 못했다. 가은이는 정확히 1주일이 지나게 되면 하늘로 올라가게 된다. 1주일이 되기엔 이제 몇 분도 안 남았다.

"안 가면 안 되는 거야?"

또 눈물이 흐르기 시작했다.

"안 가고 싶어도 이제 곧 사라지게 될 거야."

"왜 빨리 이야기 안 했어. 그럼, 학교 안 오고 더 좋은 곳에 데려갔겠지."

"앗, 그렇네."

가은이는 멋쩍게 웃으며 말했다.

"근데 팔찌 꼈더라? 나랑 똑같은 거."

가은이가 자기의 팔을 보여주면서 이야기했다. 아까 제대로 가은이의 팔찌를 보지 않아 똑같은 팔찌인지는 몰랐다. 그냥 비슷하다고 이야기하는 줄만 알았다. 아까 짜증을 낸 게 더 미안해졌다.

갑자기 잡고 있던 가은이의 손이 잡히질 않았다. 깜짝 놀라 가은이의 손을 보았다.

"어? 투명해진다."

가은이가 덤덤한 척 조금 미소를 지으며 이야기했다. 투명해지는 가은이를 보다 진짜 이대로 끝인가 싶어 꼭 안았다. 점점 투명해졌지만 가은이는 따뜻했다. 또 눈물이 났다.

"언니, 웃어줘. 마지막이니까 웃는 모습 보고 싶어."

난 활짝 웃었다. 가은이도 활짝.

"다음 생에도 내 동생으로 태어나줘."

"응, 꼭 그럴게. 다음 생에 꼭 만나자."

가은이는 완전히 투명해졌고 그 뒤로 민들레 홀씨가 날렸다. 나의 얼굴은 웃고 있지만 눈에서는 눈물이 뚝뚝 떨어졌다.

뚝… 뚝…

띠리링-

갑자기 나의 아침을 깨우는 알람 소리가 들려 깜짝 놀라 벌떡 일어났다.

"뭐야, 꿈이었어?"

일어나 보니 가은이와 마지막으로 인사를 했던 그날의 아침으로 돌아가 있었다. 가은이를 만난 게 꿈이었다니. 그래도 가은이와 마지막으로 인사를 하고 나니 몸이 전보다는 가벼워진 것 같다. 난 꿈을 생각하며 앉아 있다가 고개를 돌려 액자 속의 웃고 있는 우리를 보았다. 밝게 웃는 우리를 보니 피식 웃음이 나왔다. 난 액자 속 작은 사진을 챙기고 학교에 가기 위해 밖으로 나왔다. 숨을 들이쉬었다. 마음이 편하다. 이제는 밤 동안 울며 뒤척이다 창문 너머로 해가 뜨는 것을 보지 않을 것만 같다. 푹 잘 수 있을 것만 같다. 우린 민들레 홀씨가 살랑살랑 흩날리는 날에 만나고 헤어졌다. 가은이랑 다시 만날 날을 기다리면서 난 가은이가 내밀었던 사진을 보고 웃으며 민들레 홀씨를 불었다. 내가 분 민들레 홀씨와 함께 가은이가 하늘로 조심히 올라갔으면 하는 마음으로.

민서
이 소설은 주인공인 '가연'이가 교통사고로 죽은 동생 '가은'이를 만나 서로 마지막 인사를 하고 '가연'이가 '가은'이를 하늘로 갈 수 있도록 놓아주는 이야기다.

꿈

희망 진로 조사서. 매년 학교에서는 이런 걸 나누어준다. 그럴 때마다 뭘 써야 할지 곤란해지고는 한다. 솔직히 꿈이 없는데. 다들 꿈 같은 거 없어도 적당히 되는 대로 맞춰 살지 않나?

내가 꿈이 없는 것에 딱히 특별한 이유는 없다. 그냥 시간이 지나며 점점 꿈을 잃게 되었고 결국 어떤 목표를 가지고자 하는 노력도 하지 않게 된 것일 뿐이다.

'…모르겠다 그냥 빈칸으로 내지 뭐.'

복잡한 머리를 식히고자 잠시 침대 위에 누웠다.

이런저런 생각에 머리에도 과부하가 왔는지 졸음이 쏟아졌다.

반짝-

눈을 찌르는 빛에 정신을 차려보니 어딘지 모를, 다른 세계에 와 있었다. 광활한 어둠 속 빛무리가 둥둥 떠다니는 신비한 공간에.

"안녕."

"너 누구야? 난 왜 여기 있는 거야?"

"음… 난 과거의 너야! 정확히는 네가 이 꿈에서 깨고 나면 알게 되겠지."

그림자에 가려 잘 보이지 않는 얼굴은 마치 아이 같은 순수한 미소를 띠고 있었다.

"내가 여기 있는 이유가 뭐야?"

"….."

"응? 대답 좀 해줘"

"창고 책장 제일 아래 칸. 꿈에서 깨면 꼭 찾아봐 줘, 알겠지?"

"뭐? 뭐라고?"

"이제 꿈에서 깰 시간이야. 우리, 약속했잖아. 꼭 찾아줘! 그럼 꿈 밖 세상에서 다시 만나자!"

번쩍-

눈이 떠졌다.

'창고 책장 아래 칸…!'

눈을 뜨자마자 창고로 달려갔다. 몇 년간 사용하지 않은 책장에는 먼지가 소복이 쌓여 있었다. 책장의 책들 속에서 찾아낸 것은 어렸을 때 쓴 일기장이었다.

20xx. xx. xx (월요일)

오늘 티브이에서 제빵사를 봤다. 나는 커서 제빵사가 될 것이다!

20xx. xx. xx (화요일)

나는 커서 꼭 멋진 어른이 되어야지!

20xx. xx. xx (수요일)

어른들이 의사가 되면 돈도 많이 벌고 행복해질 수 있다고 했다. 나는 커서 의사가 되어야겠다!

아, 어릴 때는 이렇게 꿈이 많았었지. 지금은… 내가 왜 이렇게 되었더라? 난 그저 행복해지고 싶었는데….

심장 부근이 뜨거워지는 느낌이 들었다. 무언가 잊고 있던 걸 깨달은, 뜨거운 기분과 함께 희망 진로 조사서가 떠올랐다.

'그래. 한 번쯤은 진지하게 생각해 보는 것도 괜찮지 않을까?'

그렇게 책상 구석에 방치해 두었던 희망 진로 조사서와 펜을 꺼내 들었다.

매년 빈칸이었던 내 진로 조사서가 이제야 잊고 있던 기억들로 채워지기 시작했다.

정아윤

꿈이라곤 없이 살던 주인공이 꿈속에서 과거의 자신과 만나며 새로운 목표 즉, 꿈을 찾아가는 이야기이다.

나에게로 다가가는 중

딸랑.

키가 크고 정장을 입은 남자가 가게 문을 슬며시 열며 들어왔다.

"발라, 오랜만이야. 널 두고 가서 미안해. 어쩔 수 없었던 거 알잖아. 자, 그럼, 이제부터 장사를 시작해 볼까?"

"미야 옹."

발라가 말을 알아들은 듯 자기 자리로 갔다. 갈매기 모양으로 광대까지 쭉 뻗은 콧수염을 하고 중절모를 푹 눌러 쓴 남자가 2층으로 올라가 짐을 풀고 계단을 내려오는 사이 딸랑 소리가 나며 문이 열렸다.

"어…. 저기 계세요…? 지금 장사하는 건가요?"

손님은 남자와 눈이 마주쳤다.

"네, 그럼요. 이쪽으로 오세요."

손님에게 자리를 권유하며 남자는 차를 찻잔에 따랐다.

"자, 그럼, 손님의 이야기를 들어보도록 하죠. 마음 편히 얘기해주시면 됩니다."

"아…. 네 그럼."

손님은 차를 홀짝이며 입을 열었다.

내 이름은 조민지. 나이는 열다섯 살이다. 흔히들 말하는
엘리트 중학교에 다니며 밤낮으로 공부만 한다. 엄마는 내
가 남들보다 우월한 머리를 가졌다고 생각했는지 유치원에
들어갈 무렵부터 엄청난 양의 공부를 시켰다. 그 탓에 나는
늘 학원만 다녔고 놀 수 있는 잠깐의 시간조차 없었다. 친구
들은 나를 공부만 하는 재수없는 애로 여기며 은근히 무시
했다. 내가 이런 삶이라도 이어 나갈 수 있었던 이유가 있다
면 오직 하나, 꿈이 있었기 때문이다.

  나는 유년 시절부터 그림 그리기와 색칠 놀이를 유독 좋
아했다. 엄마가 뭐라 할까 봐 공부하는 척하며 책에 몰래 그
림을 그렸던 적이 부지기수였다. 그런데 점점 커가면서 그
럴 시간조차 없어졌다. 중학교에 입학하기 전 엄마에게 내
꿈을 말한 적이 있다. "엄마, 나는 그림 그리는 게 좋아. 예술
중학교에 들어가서 미술을 전공하고 싶어."라고 말이다. 그
러자 나에게 돌아온 엄마의 대답은 "너 지금 무슨 바람이 들
어서 이딴 소리를 하는 거야? 그동안 엄마가 너한테 얼마나
많이 투자했는데! 너 앞으로 그딴 소리 한 번만 더 해봐? 그
땐 아주 그냥… 쯧."이었다. 엄마는 볼멘소리로 중얼거리며
안방 문을 쾅 하고 닫았다. 엄마의 말은 비수처럼 어린 나의

마음에 콕 박혔다. 그날 나는 나의 꿈 앞에 커다란 장벽이 놓여 있다는 것을, 그리고 엄마의 꿈이 바로 내 꿈이 되어야 한다는 걸 깨달았다.

지금까지 꾹 참고 지내왔던 나였지만 이제 더 이상 지긋 지긋한 공부만 하며 인생을 이런 식으로 낭비하기 싫었다. 그래서 결심했다. 다시 한번 엄마와 맞서보기로.

"야! 너 이리 안 와?!"

나는 엄마에게서 도망치려 안간힘을 다해 뛰었다. 그렇게 정신없이 뛰다 보니 어딘지 모를 낯선 곳에 와 있었다. 고개 를 두리번거리며 주변을 살펴보던 순간, 나의 눈이 한 곳에 멈춰 섰다.

'어…. 뭐지? 당신의 고민을 들어 드립니다…? 한번 가볼 까?'

그리하여 나는 고민을 들어준다는 익숙한 듯하면서도 꽤 낯선 이곳에 끌리듯이 들어와 차를 마시고 있었다.

"흠…. 그렇게 된 거군요."

아무 말 없이 민지의 말을 잠자코 듣고 있던 남자가 말했 다. 그 뒤로 잠깐의 침묵이 흘렀다.

"저 혹시 어떻게 해야 할지 좀 알려주실 수 있나요?"

남자가 말을 이어가길 기다리다 지친 민지가 먼저 말을 꺼냈다. 그러자 남자는 바구니에서 바스락거리며 무언가를 꺼냈다.

"일단 이 사탕을 받으시고 다음번에 다시 뵙도록 하죠. 약속 시간을 내일모레 오늘 이 시간으로 해도 되겠습니까?"

"네…? 무슨 말씀이세요? 조언이나 충고 같은 거 해주시는 게 아니었어요? 고민을 해결해 주셔야죠!"

당황한 민지가 물었다.

"우리 상담소는 손님께서 문제를 직접 해결하시도록 도와드리고 있습니다. 저는 손님께서 직접 해결하시는 게 무엇보다 중요하다고 생각합니다."

"네…? 아아… 니…."

그렇게 민지는 얼떨결에 가게를 나왔다.

손님이 나가고 남자는 발라에게 속삭였다.

"발라. 네가 보기엔 어떤 것 같아?"

"미야 오."

"그렇지? 나도 그렇게 생각해."

고민 상담소를 나온 민지는 불평에 가득 차 중얼거렸다.

"아 진짜…. 저런 데는 가는 게 아니었어. 근데, 들어가니까 마음이 뭔가 편안하기는 했…"

'꼬르륵.'

"아, 저녁도 못 먹었더니 배고프다. 그나저나 이 사탕은 뭐지? 배도 고픈데 먹어나 볼까?"

사탕 봉지를 벗겨 입에 넣는 순간 민지는 어디에서도 겪어

보지 못한 상쾌함을 느꼈다. 그리고 머리가 뻥 뚫리는 느낌도 들면서 입안에서 박하 향이 솔솔 나와 공기 중으로 퍼져 나갔다. 어쩐지 생각이 정리되는 느낌마저 들었다.

"아, 집 들어가기 싫다. 그래도 들어가긴 해야겠지? 가자마자 엄마가 혼낼 게 분명한데…."

민지는 떨어지지 않는 발걸음을 겨우겨우 이끌고 집으로 돌아갔다.

"…다녀왔습니다."

민지가 집에 들어가자마자 소파에 앉아 있던 엄마가 벌떡 일어나 예상대로 소리를 지르며 화를 냈다.

"너! 지금 어디 갔다 들어오는 거야?! 너 그런 식으로 학원 빼려고 하는 거지? 앞으로 학원 뺄 궁리하기만 해봐! 학원 더 추가시켜 버릴 테니까!"

엄마는 민지가 말할 틈조차 주지 않고 소리쳤다.

엄마의 고함을 듣자 그나마 상쾌해졌던 민지의 머리가 다시 아파오기 시작했다. '이젠 이런 집, 엄마, 공부 모든 것이 지겹다.'

지옥 같은 시간이 흘러 남자와 한 약속 시간이 다가오고 있었다. 학교를 마치고 혼자 집으로 돌아가는 길에 민지는 생각에 잠겼다.

'하…. 어떡하지? 마지막으로 딱 한 번만 가볼까? 근데 학원 빠지면 절대 안 되는데…. 에라, 모르겠다.'

이런 마음이 솟구치면서도 민지의 발걸음은 고민 상담소 쪽으로 향하고 있었다.

"봐라, 손님이 오고 있는 모양이야. 그럼, 우리도 손님 맞을 준비를 해볼까?"

남자는 전과 똑같은 차를 우려낸 뒤 찻잔에 따랐다. 식탁에 찻잔을 내려놓은 순간, 민지가 문을 열었다.

"저…. 저번에 온 조민지라고 하는데요. 저 잘 온 거 맞죠?"

"물론이죠. 이쪽으로 와 앉으시면 됩니다."

앉자마자 민지는 먼저 이야기를 하기 시작했다.

"제가 생각을 해봤는데요. 저는 그림 없이는 못 살 것 같아요."

민지가 차를 홀짝이며 말했다.

"그래서 엄마한테 초등학생 때 이후로 다시 제 마음을 말했는데…. 역시 저희 엄마를 설득하는 건 무리인 것 같아요. 하…."

민지가 한숨을 쉬자 남자는 마음이 무거워졌다. 이 작고 여린 학생의 한숨에서 느껴지는 무겁고 우울하고 절망적이기까지 한 기운이 온 사방으로 퍼져나갔기 때문이었다.

"민지 양은 자신의 마음을 말한다는 게 어떤 걸 의미하는 것 같아요?"

"음…. 진지하게 생각해 본 적은 없지만 자신이 참을 수 없는 단계에 이르렀을 때 다른 사람에게 자신의 감정을 표출하는 것이라 생각해요."

"그렇군요. 그럼, 어머니께 민지 양의 감정과 마음을 솔직하게 진심으로 전했나요?"

이 말을 듣는 순간 민지는 머리를 어딘가에 맞은 것처럼 띵해지는 느낌을 받았다. 지금까지 최선을 다하며 엄마와 이야기했다고 생각했는데…. 이 말을 듣고 되돌아보니 그저 일방적으로 자기 말만 하고 엄마와 진지하게 대화했던 적이 없는 것 같았다. 민지는 머리가 복잡해져 차를 한 모금 더 마셨다.

"그런데 이 차는 어떤 차예요? 마시면 마실수록 마음이 편안해지고 머리가 맑아지는 느낌이 들어요."

"네, 이 차는 심신에 안정을 주고 마음을 편하게 만들어 주는 차랍니다. 이 세계에서 쉽게 구할 수 없는 차이기도 하지요."

"네? 그게 무슨 말… 이에요?"

남자는 아무 일도 아니라는 듯 고개를 저었다.

민지는 다른 할 말이 있는 듯 입을 열다가 다시 닫았지만 이걸 알아챈 남자가 먼저 물었다.

"무슨 다른 고민거리라도 있으십니까?"

"…저는 예술중학교로 전학을 가고 싶은데 과연 제가 잘

할 수 있을까요? 만약 갔다가 잘 안되면 어떡하죠? 이젠 제 자신을 못 믿겠어요."

"민지 양, 살면서 꼭 알아두어야 하는 것이 있어요. 무슨 일을 시작하건 자신을 믿지 않는다면 절대로 좋은 성과가 있을 수 없어요. 하지만 반대로, 자신을 믿는다면 무엇이 됐든 좋은 성과를 낼 수 있죠."

그 말을 들은 민지는 눈빛에 생기가 돌며 의자를 뒤로 밀치고 일어났다.

"감사합니다. 뭔가 알 것 같아요. 이제부터는 제가 알아서 해볼게요. 그래도 가끔 들러도 되죠?"

"네. 원하신다면 되는 시간 아무 때나 들러주세요."

그렇게 민지는 억지로 발을 끌고 집으로 돌아가던 전과 달리 가벼운 발걸음으로 서서히 나아갔다. 집으로 걸어가는 내내 민지의 마음은 마치 하늘을 향해 위로 둥실둥실 떠다니는 것 같았다.

이제 엄마와의 일만 남았다. '나는 내가 원하는 것을 이루기 전까지 절대 포기하지 않을 것이다. 더 이상 내가 하기 싫은 일을 억지로 하지 않을 것이고 남 눈치 보며 내 꿈을 포기하지도 않을 것이다.' 민지는 마음속에 굳은 결심을 하듯 되뇌었다.

"띡띡띡띡 문이 열렸습니다."

도어락이 열리는 소리가 났고 민지는 마치 새로운 세상의

문을 열 듯 힘차게 현관문을 열었다. 그러자 예상했던 엄마의 고함소리가 났다.

"너 너 조민지! 오늘도 학원 빼먹었어?! 넌 왜 이렇게 엄마 말을 안 듣니! 제발 엄마 말 좀 들어. 이게 다 너 잘되라고 하는 소리잖아!"

"엄마…. 나랑 애기 좀 하자."

민지는 심각한 표정과 어투로 말을 꺼냈다.

그러자 엄마의 얼굴이 불안한 듯 구겨졌다.

"그럴 시간이 어딨어! 빨리 들어가서 공부해."

"엄마!"

민지의 소리에 깜짝 놀란 엄마가 민지 눈을 살짝 노려보듯 흘기며 소리쳤다.

"어머! 얘는 왜 소리를 지르고 그래!"

그리고 몇 분간의 침묵이 흘렀다. 조용하며 어색하고, 불편한 공기가 가득한 분위기를 먼저 깬 건 민지의 엄마였다.

"하…. 그래 애기해 봐."

"엄마, 저번에도 말했지만 나는 그림 그리면서 자유롭게 살고 싶어. 공부만 하면서 내 인생을 낭비하기 싫다고. 공부로 성공하는 건 엄마 꿈이지 내 꿈이 아니잖아. 그러니까 엄마도 공부만 하란 소리 좀 그만해. 난 미술을 하고 싶다고."

이 말을 들은 엄마는 다리가 휘청거렸다. 민지가 얼핏 말한 적은 있었지만, 엄마는 공부하다 심심풀이로 그림이나

끄적거리는 것이라고 대수롭지 않게 생각했었다. 지금까지 단 한 번도 그림 그리며 사는 것이 민지의 꿈이라고 생각해 본 적이 없었다. 아니, 민지의 꿈을 제대로 물어본 적이 없었다는 생각이 머리를 갈겼다. 공부를 열심히 하도록 학원을 보내며 뒷바라지하는 것이 최선의 선택이라고 생각했었는데…. 아니었던 것이었다.

민지가 다시 말을 이어갔다.

"그리고 나 예술중학교 들어가고 싶어. 내가 알아봤는데 편입 시험 치면 된대. 엄마, 제발 허락해 줘. 나 진짜 열심히 할게. 나는 나를 믿어. 그러니까 엄마도 딸 한 번만 믿어주면 안 돼?"

엄마는 침묵하다 입을 열었다.

"나중에 다시 얘기하자."

그러고선 민지를 지나쳐 방으로 들어갔다. 민지는 스스로에게 놀라기도 했고, 엄마의 충격받은 듯한 반응에 속상해서 집을 나섰다. 딱히 목적지가 정해져 있진 않았다. 그냥 마음이 내키는 대로, 발이 가는 대로 걷다 보니 어느새 고민 상담소 앞에 와 있었다.

'하…. 갈 데도 없는데 여기나 들어가서 기분 전환 좀 해야겠다.'

"저기요…! 저 왔어요!"

그런데 대답이 없었다. 조금 더 들어 가보니 항상 남자 옆에 있던 고양이밖에 없었다.

"어…? 남자분 어디 가셨지? 조금만 더 기다려 볼까?"

얼마 지나지 않아 남자가 들어왔다.

"어? 와 계셨네요?"

남자는 화들짝 놀라며 민지를 바라봤다.

"네. 방금 막 왔어요. 여기 잠깐만 있어도 되죠?"

"그럼요, 편하게 계시면 됩니다. 근데 무슨 일 있으십니까? 표정이 안 좋아 보이는데."

"아…. 그게 사실은요. 엄마랑 이야기해 봤는데, 물론 이번에도 제가 일방적으로 말하긴 했죠. 어쨌든 엄마가 충격을 좀 받은 것 같아요. 저 이제 엄마랑 어떻게 되는 걸까요?"

"그건 걱정하지 않으셔도 될 겁니다. 민지 양은 할 일을 다 하셨으니 이제 엄마를 기다려 주셔야죠."

"그게 맞는 거겠죠?"

띠리링~

한 시간 반쯤 지났을까? 민지의 폰에 전화가 걸려 왔다.

"어? 엄마에요! 어떡하죠?"

"어떡하긴요. 받아야죠."

민지는 망설이다 전화를 받았다.

"어…. 엄마…."

"…민지야. 집에 들어와 봐. 엄마랑 이야기 좀 하자."

이 말을 하고선 엄마는 전화를 끊었다.

"…"

"어서 집에 가보셔야죠."

남자는 자신의 갈매기 수염을 오른쪽 검지로 쓱 문지르며 웃는 듯한 표정으로 말했다.

모녀는 소파에 앉아 서로를 마주보며 앉았다. 집 안의 침묵이란 탁한 공기를 먼저 깬 것은 엄마였다.

"엄마가 생각을 해봤는데 아무래도 하나뿐인 딸의 꿈을 응원하고 지지해주는 게 맞는 것 같아. 너의 진로에 대해서는 앞으로 찬찬히 생각해 보는 게 좋겠지만 그동안 네 꿈에 대해 너무 무관심했었던 것 같아. 엄마가 네 마음도 모르고 너무 공부만 시켰네. 힘들었겠다. 미안해. 우리 딸."

민지는 이 말을 듣자마자 '엄마가 도대체 갑자기 왜 저러지?' 하는 생각이 들면서도 왈칵 울음이 났다. 민지가 울음을 삼키고 있다는 걸 안 엄마는 살포시 곁으로 다가가 민지를 따뜻하게 안아주었다. 어색하고 숨이 막혀 순간 당황한 표정을 숨기지 못했지만, 어느새 민지의 입꼬리가 슬며시 올라가 있었다.

하루 전, 그러니까 바로 어제 장을 보고 집으로 돌아가던 도중에 나는 이전에 보지 못한 한 가게를 발견했다. '전에도 이런 곳이 있었나? 뭐… 있었나 보지. 빨리 집에 들어가서 우리 민지 밥이나 해줘야겠다.'라고 생각하는 머리와 달리 나의 발걸음은 벌써 가게를 향하고 있었다.

딸랑. 문을 여는 것과 동시에 포근한 기운이 감쌌다. 그리고 가게 주인으로 보이는 한 남자가 곁으로 다가오더니 마치 기다렸다는 듯이 미소를 지으며 반겨주었다.

"어서 오십시오. 여기는 손님의 고민을 들어드리는 고민상담소입니다. 무슨 고민이 있어 오셨을까요?"

"아…. 딱히 고민이 있는 건…."

이 말을 하다 어제 민지가 내린 폭탄선언이 생각났다. 그리고 어느 순간부터 차를 홀짝이며 뭔가에 홀린 듯 나의 고민을 모두 털어놓고 있었다. 남자는 아무 말 없이 얘기를 듣고 있다가 한 번도 본 적 없는 사탕을 내밀었다.

"딸의 마음을 보세요. 이걸 드시면 많은 도움이 될 겁니다."

어찌어찌 밖으로 나온 나는 생각에 잠겼다.

'학원을 마음대로 빠지질 않나. 안 하던 반항을 하질 않나. 지금 사춘기가 시작된 건가? 민지가 하고 싶은 대로 해주는 게 맞는 걸까? 그렇지만 공부는 절대 포기하면 안 될 것 같은데…. 아무리 그래도 엄마라는 사람이 이렇게 아이의 마음을 쉽게 무시해 버리면 안 되는 거겠지?'

나는 딸의 마음을 보라는 남자의 말이 머릿속에 콕 박혀 쉽사리 떠나질 않았다. 생각이 복잡해진 채 사탕 껍질을 까서 입안에 넣었다. 몇 번 우물거리다 말고 깜짝 놀랐다. 이 사탕은 지금껏 살면서 먹어 본 그 어떤 사탕보다도 맛있었다. 동시에 시원해지는 느낌이 들면서 머리가 개운해졌다. 박하 향이 입안 가득해진 순간 정신이 들었다.

'아, 맞다. 나 지금 장보고 집 가는 중이었지.'

그렇게 나는 걸음을 재촉하며 빠른 속도로 집을 향해 걸어갔다.

"그럼, 엄마, 나 미술 해도 되는 거야?"

민지가 믿을 수 없다는 듯 들뜬 목소리로 말했다.

"그럼, 근데 조건이 있어. 공부도 열심히 하면서 해야 해! 안 그러면 아예 못 하게 할 거야!"

"역시는 역시군. 우리 엄마가 하루아침에 다른 엄마가 될 리는 없지! 하하."

두 사람은 깔깔대며 웃었다.

"근데 엄마, 나 미술 학원은 언제 알아봐?"

"지금 알아보러 갈까?"

"좋아!"

둘은 서로 손을 잡고 집을 나섰다. 그런데 한편, 어딘가에서 이런 소리가 오갔다.

"발라, 손님의 고민이 잘 풀려서 다행이야."

"야옹."

발라는 자신도 그렇게 생각한다는 듯 남자를 보며 소리

냈다.

"그럼 우리는 우리 할 일을 다 끝냈으니 원래 우리 자리로 돌아가 볼까?"

이 말을 끝으로 남자와 고양이 발라는 어디론가 사라졌다.

"엄마! 저 왔어요!"

누군가 남자를 반겼다.

"아이고! 우리 아들 왔구나! 어서 와, 오느라 힘들었지?"

"아녜요."

두 사람은 오랫동안 떨어져 있었다는 듯 서로를 마주 보며 환하게 웃었다. 그런데 온갖 희한한 모자를 쓰고 있는 사람들과 알록달록한 색깔들로 이루어져 있는 이곳은 어디일까. 남자는 이 장소가 익숙한 듯 여기저기를 돌아다니며 거리를 구경하며 어슬렁거렸다.

"되게 오랜만이네. 옛날에 이 거리 많이 걸어 다녔었지…."

남자가 길을 걸으며 추억에 빠졌다.

'나도 어릴 적 마법사가 꿈이었지. 결국 이루지는 못했지만.'

남자는 어릴 적부터 항상 마법사를 꿈꿔왔다. 그런데 그의 아버지는 아들이 마법사가 되는 것을 원치 않으셨다. 그는 그 당시 너무 어렸었고 용기가 없었다. 그는 위엄 있는 아버지의 말에 순종하고 말았다. 아버지는 마법사만 보면 욕을 하였고, 모든 마법사는 사기꾼이라며 틈만 나면 마법사를 깎아내리기 일쑤였다. 그래서 그는 아버지와 대화를 잘 하지 않았고, 남보다도 못한 사이로 지냈다. 커가면서 반항심에 몇 번 대들기도 했지만 결국 그의 꿈은 물거품이 되어 바다와 함께 사라졌다. 그래서 어느 순간 그는 결심했다. 이 세계를 떠나 다른 세계 사람들의 고민을 들어주며 남들에게 조금이나마 도움이 되며 살기로. 그래서 그는 고향을 떠나 고민 상담소를 차린 뒤 사람들의 다양한 고민을 들어주며 생활해 나갔다. 그러던 어느 날, 고민 상담소 앞에서 서성거리던 고양이를 발견하고 '발라'라는 이름을 지어주었다. 발라는 그가 기대어 속마음을 나눌 수 있는 유일한 친구였다. 그렇게 생활하던 어느 날, 한 여학생이 고민 상담소를 찾아왔다. 그 여학생의 고민을 듣는 동안 그는 마치 거울 속에 자기 모습을 보는 것 같았다. 그래서 그 누구보다도 그 학생의 고민이 해결되고, 꼭 꿈을 이룰 수 있기를 빌었다. 그리고 그가 할 수 있는 진심을 다했다. 그 학생만큼은 자신이 원하는 걸 하며 자유롭게 살길 원했다. 바람대로 되었지만 그의 마음 한켠엔 어떤 쓸쓸함이 남아 있었다. 그래서 무작정 다시 돌아가기로 마음먹었다. 자신의 고향으로.

　돌아온 그는 제대로 된 마법사가 되기로 마음먹었다. 늦었다고 생각하지 않기로 했다. 이제라도 마법을 배워야겠다고 생각했고, 열심히 배웠다. 자기 뜻대로 살아가기로 마음먹었다. 마법사가 되어 다시 고민 상담소를 차리기로 했다. 그렇게 그는 마법 학교를 다니며 열심히 공부한 끝에 마법사가 되었다. 이제 고민 상담소의 일만 남았다.

드디어 오늘이 그의 고향인 마법 세계에서 고민 상담소를 여는 첫 번째 날이다. 그는 하던 대로 마법 세계의 대표 음식인 심신을 안정시켜 주는 차를 우리고 있었다. 바구니에는 고민을 날려버리고, 머릿속을 맑아지게 하는 박하 향이 나는 사탕이 가득했다.

"발라, 손님이 오고 있는 모양이야. 자, 이제 새 삶을 시작해 볼까?"

그렇게 상담소 문이 열렸다.

딸랑.

김현서

엄마와의 갈등을 겪고 있는 주인공 '민지'가 고민 상담소를 시작으로 점점 성장해 나가며 고민을 해결하고 어릴 적 '민지'와 비슷한 고민이 있었던 고민 상담소 주인도 자기의 고향으로 돌아가 다시 고민 상담소를 열면서 새로운 삶을 향해 나아가는 이야기이다.

백 투 마이셀프

처음에는 그저 호기심이었다. 그저 모두가 하는 SNS에 대한 궁금증. 그리고 약간의 시기와 질투. 그렇게 시작하게 된 잇셀프라는 SNS 앱을 시작한 후부터는, 왜 모두가 휴대폰을 달고 사는지 이해할 수 있었다. 친구들이 하는 말마따나 'SNS는 인생의 모든 것'이었으니까.

잇셀프는 최근 출시된 앱들 중 가장 화제성을 몰고 다닌다고 해도 과언이 아니었다.

SNS를 평소 즐겨쓰지 않는 나도 알고 있는 게 바로 잇셀프였으니 그 유명세는 말해봤자 입만 아플 터였다.

그 정도로 흥행하는 데에는 다 이유가 있었는데, 바로 잇셀프의 기능 중 하나인 '마이셀프(myself)'가 지독히도 흥미로운 특별함을 가지고 있었기 때문이다.

혹자는 마이셀프에 대해 "자신이 가진 것들을 모두 남과 비교하기 위해 쓰는 건 옳지 않다."라고 말하지만, 정작 그 사람마저도 결국에는 자랑과 과시의 늪에 빠져버렸다. 그게 바로 요즘 잇셀프가 떠오르는 이유였다.

"수빈아, 옆 좀 돌아봐!"

누군가를 다급히 가리키는 소연이의 손짓에 나도 덩달아 놀라며 옆을 돌아보았다. 도대체 누구일까?

얕게 떠오르던 기대와는 달리 평범한 학생이 보였다. 어디서나 볼 수 있는, 그래서 나와 같기도 한 애가 지나갔다.

도대체 왜 이렇게 호들갑을 떨며 가리켰는지 궁금해져서 소연이에게 물었다.

"갑자기 쟤가 왜?"

"아, 너 잇셀프 안 하는구나."

"응."

"쟤가 유리거든. 진짜 예쁘지 않아?"

질문에는 제대로 답조차 하지 않고서는 갑자기 저 애가 예쁘지 않냐고 묻는 소연이가 뜬금없었다. 그렇게 특별한지도 모르겠는데. 나한테는 저런 말 해준 적 없으면서.

친한 친구에게 배신감을 느낀 탓이었는지, 나는 퉁명스럽게 "별로"라고 말했다. 사실 소연이의 질문에 부정했던 건 조금의 질투였던 것 같다. 유리는 나랑 비슷한 것 같으면서도 어딘가 달랐다. 유리의 몸짓과 눈짓에는 여유로움이 묻어 나오고 있었다.

나의 투박한 대답들에도 계속해서 유리를 치켜세우던 소연이를 이해할 수 없었다. 도대체 쟤가 뭐길래.

한편으로는, 나도 모두에게서 저런 부러움을 받아보고 싶다는 생각을 하게 되었다. 잇셀프만 하면 나도 저렇게 될 수 있을까?

나도 유리처럼 되고 싶었다. 저 애가 부러웠다.

한 달 동안 열심히 잇셀프에 게시물들을 올렸지만 바뀌는 것은 없었다. 아무리 열심히 해도 결국엔 팔로워 수가 두자리를 넘지 못했기 때문이었다. 그럼에도 잇셀프를 손에서 놓지 못했다. 가지고 싶어도 그러질 못하자 점차 절망이 짙게 드리웠다.

'어떻게 하면 사람들이 내 게시물을 더 좋아해줄까?'

생각의 갈래가 사방으로 쭉 늘어지는 것 같았다. 복잡한 생각에 머리가 아팠다. 한참을 생각하고 있는데 옆에서 누군가 내게 말했다.

"야, 너 그거 뭐냐?"

"깜짝이야! 뭔데 갑자기?"

"최수빈 부자네. 그걸 가지고 있다고?"

"뭐가…? 이 목걸이?"

하교하던 중 소연이가 내 목걸이를 보며 놀랐다. 왜 그런 거지 싶었는데 이 목걸이가 비싼 거라고 했다.

친한 친구의 부러움을 사자 괜히 어깨가 들썩거렸다. 처음 느껴보는 좋은 기분이었다. 소연이의 칭찬을 듣자마자 머리에서 작은 폭탄이 펑 터지는 것 같았다. 갑작스레 찾아온 흥분감에 몸이 약간 떨리는 것을 느꼈다. 소연이의 작은 칭찬 하나하나에도 발걸음이 가벼워지다 못해 날아갈 것만 같았다.

나는 그날의 대화 이후로 내 마음속의 응어리를 뱉어내는 방법을 알게 되었다. 내 입을 통해 나오는 말들로 친구들은 점점 나를 우러러보기 시작했다. 나는 계속 말했다.

"이런 건 부모님이 매일 사주시는 거 아니었어?"

"당연히 아니지!"

"그럼, 내가 부럽냐?"

"완전."

아, 진짜 이러면 안 되는데. 친구들이 가면 갈수록 나에게 부럽다는 말을 많이 하자 허상의 물꼬가 점차 트이고 있었다. 이러면 내가 뭐라도 된 것 같잖아. 아니지, 사실 나도 특별했던 게 아닐까? 그래, 내 머릿속에서 나온 이야기가 아예 거짓은 아니잖아.

잇셀프의 갈피를 잡은 나는, 친구들의 부러움을 살 수 있을 만한 게시물들을 올렸다. 우리 집은 내가 원하는 옷이나 밥을 사줄 수 있을 만큼은 여유로운 편이었고, 나는 그 점을 이용하여 잇셀프 속의 나에게 살을 붙여 주었다. 성장세가 보이지 않던 내 잇셀프 계정도 또래들의 관심과 부러움을 공략하자 금세 그 세를 불리고 있었다. 많은 사람들로부터 받은 사랑은 어느 순간부터 비어 있던 내 마음을 메꾸어 주었다.

"수빈아! 이거 어때?"

"네일 했네. 예쁘다!"

최근에는 소연이보다 잇셀프에서 친해진 유리와 더 많이 만나고 있었다. 모두가 좋아하는 유리. 항상 예쁘기만 한 유리. 잇셀프에서 인기 많은 유리. 내가 부러워한 유리.

이런 유리와 친하다는 사실은 나에게 큰 만족감을 주었다.

"너도 네일 한번 해 봐. 내가 간 곳 어딘지 알려줄게!"

"그럴까?"

"응. 네일 사진이 예쁘기도 하고 좋아요도 많이 받거든."

"그럼 추천 좀 해줘!"

나와 유리는 네일과 화장, 염색까지 해가며 즐겁게 놀았다. 하루하루가 즐거웠고 행복했다. 나는 이제껏 왜 이런 것들을 누릴 생각을 못 했을까.

잇셀프 친구들을 사귀며 명품이라 불리는 고가의 브랜드의 상품들에 눈이 트였고 그것들을 사들여 사진을 찍어 올리는 것이 일상이 되었다.

무리해서 명품에 집착했던 이유는, 물론 다른 게시물도 관심을 많이 받을 수 있었지만, 명품 자랑만큼 파급력이 크진 않았기 때문이다. 첫 시작은 부모님께 졸라서 받은 다소 고가의 가방이었다.

"엄마. 요즘 애들 다 이런 가방 하나쯤은 들고 다녀요."

"안 사주시면 공부 안 할 거예요."

"아이 참, 이 브랜드 가방인데 이 가격이면 얼마 하지도 않는 거라니까요."

따위의 말을 하며 얻어낸 첫 가방. 시작을 한번 끊어놓으니 그 후부터는 속전속결로 진행되었다. 모든 걸 마음대로 할 수 있었다.

나에게 계속해서 생기는 값비싼 물건들을 보고 친구들은 자꾸만 부럽다고 말했다.

"나도 너처럼 돈이 많았으면 좋았을 텐데."

"정말?"

"응. 너는 용돈 얼마씩 받아?"

"요즘은 좀 줄어서 한달에 오십만 원 정도."

부모님한테 매달 받는 돈이 적은 돈은 아니었음에도 자꾸만 입에서 거짓말이 새어나왔다.

내 입으로 자꾸만 거짓을 내뱉었다. 하지만 죄책감은 전혀 들지 않았다.

"수빈아, 얼른 밥 먹으러 와!"

나는 건성으로 "네."라고 대답하고는 다시 게시물을 마저 작성했다. 사진 속 비싼 가방과 잇셀프에서의 많은 팔로워 수. 그것은 꿈이 아니었다. 거짓이 아니었다. 현실이었다. 그 사실이 너무나도 만족스러웠던 나머지 오히려 나는 농도 짙은 한숨을 내쉬었다.

사실 실제로도 부족한 가정형편은 아니었지만, '잇셀프의 사람들이 확신하고 있는 그 정도의 부가 있었으면 좋겠다.'는 아쉬움이 들기도 했다. 그런 아쉬움이 점점 거짓을 뱉어내고 키우는 것 같았다.

안 되겠어. 돈이 더 필요해.

"엄마. 저 용돈 조금만 더 올려줘요."

"지금보다 더?"

"네."

"수빈아, 엄마가 지금 주고 있는 돈도 적은 돈이 아닌 거 알고 있잖아. 응?"

나는 전과 같이 계속해서 떼를 썼고 결과는 성공적이었다. 드디어 용돈이 올라갔기 때문이다! 신이 난 나는 곧장 방으로 들어가 이불 속을 뒹굴었다.

행복해!

요즘은 정말 행복한 일만 생기는 것 같았다. 그런데 뇌를 찌르르 울리게 할 정도로 짜릿한 자극들이 넘쳐났지만, 이상하게도 그 자극이 한 번 지나가고 나면 좀처럼 알 수 없는 무언가가 나를 압박하는 느낌이 들었다.

점점 충동적으로 변하는 듯한 내 모습이 익숙하지 않았다. 처음에는 이 정도로 돈을 좇지 않았었는데. '내 꿈인 미술을 내다 버리고 택한 길이 겨우 이 정도였구나' 하며 자책하기를 반복했다. 그렇지만 차마 다시 붓을 잡을 수는 없었다. 나는 짓이겨진 붓 뭉텅이가 그대로 길든 것처럼 제 기능을 하지 못하고 있었기 때문이다.

그럼에도 잇셀프에 접속하는 시간은 날마다 길어져 갔다. 잇셀프는 내 전부였다. 처음엔 잇셀프를 통해 내게 부족했던 많은 부분을 채워나갈 수 있을 것 같았다. 내 감정도 친구 관계도. 그런데 잇셀프에 빠져드는 시간이 많아질수록 정작 친구들, 부모님, 주변 사람들 모두와 점점 멀어지는 듯했다. 심지어는 나 자신조차도 말이다.

나는 도대체 어디서부터 잘못된 걸까?

"짜증 나."

이미 어긋나버린 조각들은, 맞지 않는 위치에서 끼익거리며 돌아가고 있었다. 어디가 맞는 위치인지조차 모르는 나는 다시 꿰맞출 생각조차 하지 못했다. 그렇게, 잘못된 채로 돌아갈 뿐이었다.

갑자기 기분이 나빠진 나는 옆에서 말똥말똥한 눈빛을 보내던 인형에게 괜한 화풀이를 하고 방을 나와 거실을 돌아다녔다. 그 충동적인 행동의 이유는 단 하나였다. 하품하다 만 듯한 찝찝한 기분으로는 도저히 잠에 들 수 없을 것 같았기 때문이었다. 그래서 어둡고도 적막한 거실에 불도 켜지 않고 그저 한 자리만 돌았다. 돌고 또 돌았다.

'이게 도대체 뭐 하는 거지' 하는 허망함이 느껴질 때쯤에 어디선가 말소리가 들렸다. 호기심이 잠깐 일었지만, 소곤소곤 들려오는 소리는 가볍게 흘려보내고 방으로 돌아가려던 참이었다. 그 조그마한 소리가 흐느낌으로 다시 들려오기 전까지는.

그 순간 누군가 내 끈을 툭, 끊어버린 것처럼 내 움직임이 멈췄다. 텅 빈 거실이 너무나 고요하다고 생각했는데, 아니었다. 고작 그 작은 소리 하나하나가 나에게 크게 호통치고 있었다. 내가 할 수 있는 건 그 소리를 마음속으로 부정하는 것. 그 하나뿐이었다. 그러면 안 된다는 생각과 함께, 내 발은 주인의 허락 없이 소리의 근원지로 다가갔다. 마치 끝이 보이지 않는 낭떠러지같이 느껴지는 안방 문 앞에 도달하자 말소리가 귀 곁을 맴돌며 웅웅거렸다.

"나도 이제는 일을 해야겠지?"

"수빈이 때문이야?"

"아직 애잖아."

"당신 무릎도 생각을 해 봐. 한참 안정을 취해야 할 때야."

엄마와 아빠의 현실감 없는 대화가 생생하게 귀 안으로 꽂혀 들어왔다. 엄마가 일을 한다고? 나 때문에? 왜?

귀 안에서 머무는 말들을 도통 이해할 수 없었다. 그래서일까, 아무 생각도 할 수 없었던 나는 정신을 붙잡고 둘의 대화를 조금 더 들어보기로 했다.

"수빈이가 요즘 돈이 더 많이 필요한가 봐."

"그 돈이 어떤 돈이었는데!"

"내 무릎 아직은 멀쩡해."

"내가 어떻게 당신 상태를 모르겠어."

아빠가 울었다. 항상 웃고 있던 아빠가 울었다.

엄마는 웃었다. 나는 엄마 무릎이 아픈지도 모르고 있었는데, 아빠에게 활짝 웃으며 괜찮다고 말했다. 등을 토닥이며 말했다.

"다 괜찮아."

그 소리를 듣자 막혀 있던 물꼬가 한꺼번에 트였다. 내 의지와는 상관없이 눈물이 자꾸만 왈칵 흘렀다. 거친 숨소리가 입 밖으로 새어 나올 수 없게 입을 두 손으로 억세게 감쌌다.

"엄마, 아빠 미안해요."

조수영

주인공 '수빈'이가 자신의 결핍을 채우기 위해 잇셀프를 하며 돈을 막 쓴다. 경제관념이 휘고 공허해진 '수빈'이는 자신의 집에 돈이 많은 줄 알았지만 사실 돈이 풍족한 집안은 아니었다는 사실을 알게 된다. 그로 인해 '수빈'이는 반성하게 된다.

✦

2장

내게 날아든
여름

네잎클로버와 할머니

"자, 그럼, 네잎클로버 제~일 많이 찾아오는 대로 이기는 거다!"

"요이 땅!"

잔디를 밟는 아이들의 가벼운 발소리들이 들렸다. 나는 정말 자신이 없어, 한 발짝도 뗄 수 없었다. 내가 제일 싫어하는 놀이였다.

"세아는 이제 네잎클로버 딸 생각도 못 하나 봐!"

"세아야. 깍두기나 하지 그래?"

나는 괘씸한 마음이 들어 발걸음을 뗐다.

"나도 할 수 있거든!"

나도 할 수 있어! 오늘만은 꼭, 하며 잔디밭을 마구 뒤졌지만 3개짜리밖에 보이지 않는다. 옛날부터 나는 운이 지지리도 없었다. 길 가다가 돌부리에 넘어지는 사람은 항상 나였고, 내가 유치원에 우산을 가지고 가지 않는 날만 골라서 비가 왔다. 그런 내가 네잎클로버를 따다니 불가능한 일이다. 네 잎이다! 하고 따면 무조건 세 잎밖에 나오지 않았다.

시간이 조금 지났을 즈음,

"애애들아! 모여라아아!"

저 멀리서 소리가 들렸다. 아, 나는 또 아무것도 따지 못했다.

"지혜는 3개, 윤석이도 3개, 아람이는 2개, 나는 4개니까, 내가 이겼다!"

얼마나 기쁜지 걔는 내 앞에서 폴짝폴짝 뛰어댔다. 어디서 저렇게 많이 찾아오는 거지? 내 개수는 이제 당연하다는 듯이, 몇 개인지 말해주지도 않는다.

"세아가 꼴찌~ 벌칙은 뭘로 할래? 이제 불쌍해서 시키지도 못하겠다!"

어떻게 저렇게 말할까. 나의 억울함이 마음속을 가득 채웠다.

"저기, 나는 아직 몇 개 가져왔는지도 안 보여줬거든? 누가 꼴찌인지 모르는 거야!"

"세아 너야 0개겠지~ 뻔하다! 세아만큼 운이 꽝인 애가 어디 있냐?"

그 아이의 기분 나쁜 조롱은 계속되었다. 나는 되뇌었다. '이건 그냥 노는 거일 뿐이야.'라고. 그래도 기분이 나빠지는 건 어쩔 수 없었다. 어린 마음에 욱해서 소리를 질렀다.

"나 벌칙 그만하고 싶단 말이야! 이제 지긋지긋하다고! 내가 오늘 꼭 네잎클로버 딸 거야. 나도 할 수 있어!"

항상 벌칙에 순응하던 내가 처음으로 소리를 질렀다. 아이들의 눈이 동그래졌다. 네가? 하는 표정으로 쳐다보는 것 같았다. 싸해진 분위기 속에서 지혜가 입을 열었다.

"세아야, 오늘 네가 하나라도 따면, 이제 네잎클로버 찾기 그만하게 해줄게. 불쌍해서 봐주는 거야."

지혜는 마음이 약한 아이라 내 벌칙을 몇 번 면제시켜주곤 했다. 나는 '헉 진짜?!'라고, 소리칠 뻔했지만, 간신히 참고 말했다.

"뭐 그러시던지~ 너넨 놀고 있어! 금방 찾을 테니까."

자신감 있게 걸으며, 나는 당연히 딸 것으로 생각했다.

호기롭게 시작했던 나는, 그날 푸르렀던 하늘이 노래질 때까지 아무것도 찾지 못했다. 초저녁의 풀벌레 소리가 들리기 시작했다. 점점 마음은 초조해졌다. 자신 있게 말해놓고 이렇게 못 찾다니…. 내일 아이들에게 무슨 말을 들을까? 하루 종일 잔디밭만 보니, 눈도 흐리멍덩해져서 어떤 게 세 잎인지, 네 잎인지 구분이 되지도 않았다. 손에서 풀냄새가 진동하고 다리가 아파왔다. 그래도 찾아야만 했다. 고사리 손으로 뒤적거리는 것을 멈출 수 없었다.

마구 뒤적거리고 있는 그 순간, 뒤에서 콕 하고 찌르는 느낌이 났다.

"세아야, 찾았다! 안 들어오고 뭐 하니."

할머니였다. 할머니는 저녁을 하다 나오셨는지 할머니의 붉은 꽃무늬 옷에선 된장찌개 냄새가 폴폴 났다.

"그냥 뭐 좀 찾고 있었어."

"뭘 그렇게 찾는데 아직 안 들어와! 혼자 잔디밭에 있는데 누가 콱 잡아가면 어떡하니! 우리 세아 걱정되어 온 동네를 다 뛰어다녔네~ 이제 집에 가야지, 해 다 지겠다. 얼른!"

말이 끝난 직후, 할머니가 내 손을 끌었다. 나는 움직일 수 없었다.

"에게, 세아야, 집으로 가야지 왜 꼼짝도 안 해!"

내 볼에 닭똥 같은 눈물이 뚝뚝 떨어졌다. 할머니는 나를 보고 크게 당황하신 듯했다. 어쩔 줄 몰라 하시는 할머니의 모습이 보였다.

"나만 못 찾아. 맨날 나만."

우느라 말도 잘 안 나왔다. 그 뒤로 한참을 울었다. 할머니는 내 손을 꼭 잡고 있을 뿐이었다. 그러고는 한숨을 푹 쉬더니 울다 지친 나를 단숨에 업고 집으로 향했다. 할머니의 등에 업힌 후 그 뒤는 잘 기억나질 않는다.

다만 그다음 날 아침에 일어난 내 머리맡엔 싱싱한 네잎 클로버 두 개가 있었다. 너무 신나서 아침부터 방을 다다다 다 뛰쳐나왔다.

"할머니! 할머니! 저거 뭐야? 어떻게 된 거지? 우와!"

할머니는 슬머시 웃어 보이셨다.

"글쎄다~ 천지신명님이, 우리 세아 예뻐서 선물로 주셨나 보다."

"천지신명? 천지신명님이 누구야? 나를 아는 사람이야?"

나는 고개를 갸웃거렸다. 어렸던 나는 천지신명이란 단어의 뜻을 알 수 없었지만, 아마 그날의 천지신명님은 우리 할머니였을 것이다. 그날 하루 종일 할머니의 붉은 꽃무늬 옷에서는 이상하게도 짙은 잔디 냄새가 폴폴 났으니 말이다.

그날 이후로 나는 할머니 손에 쑥쑥 커갔다. 6년이나 되어 영원히 졸업하지 않을 것 같았던 초등학교는 졸업한 지 오래다. 지독한 사춘기로 할머니 속을 꽤 썩였던 3년간의 중학교 생활은 금방이었다. 어렸을 때는 고등학생이 마냥 어른 같아 보였는데, 그렇게 할머니 댁, 그 주변 변두리인 시골 고등학교에 들어갔다. 몇십 년 된 것으로 보이고 오래된 학원 한두 개 있는, 한 학급에 아이가 10명 될까 말까인, 그런 학교.

나는 고1 때부터 꽤 괜찮은 성적을 쌓아올렸고, 수도권 대학에 갈 만한 사람도 얼마 없었던 고등학교에서 이름 있는 대학에 들어갈 만한 성적을 받았다. 그래서 선생님들의 기대를 한 몸에 받았다. 친구들은 학원도 별로 없는 시골에서 어떻게 공부를 잘하냐고 묻곤 했다. 그럴 때 나의 대답은 항상 같았다.

"그냥, 공부만 생각하면서 살면 돼."

치열하게 공부했던 나에겐 꿈이 있었다. 지금의 형편에서 좋은 대학을 나와 좋은 직업을 가지고, 할머니와 행복하게 사는 꿈이다. 할머니는 갓난아기였던 나를 거두어 키우셨다. 나의 엄마, 아빠라는 사람은 누구인지도 모른다. 그저 어린 학생의 나이에 나를 버리고 떠나버렸던 엄마라는 사람 대신에, 나에겐 할머니밖에 없었다. 엄마가 뛰쳐나간 이후 서로 다 알고 있었던 우리 시골 마을에서는 나에 대해 좋지 않은 소문이 돌았다.

"저기 그 미정이네 뒷집 알지? 어린 어미 뛰쳐나갔다잖아. 내 그럴 줄 알았어. 형편도 안 좋은데 어떻게 키운다고. 그 집 할매하고 손녀만 남은 거야. 할매는 그 형편에 애를 어떻게 키울 생각인지. 손녀 그 애는 맨날 넘어져서 성한 곳이 없고, 허구한 날 애들한테 놀림만 받는대."

"정말? 부모도 없으니까… 애가 팔자 나쁜 인생인갑네."

정말 내가 팔자 나쁜 인생일까. 사람들은 한순간에 어린 아이의 인생을 단정지어버렸다. 감당하기 힘들었다. 그런데도 내가 살아갈 수 있었던 이유는, 할머니 때문이었다. 나는 나의 인생을 단정지어버리는 말에 이의를 제기할 수 있었다. 나에겐 우리 할머니가 있다고, 언제든 내 편인 사람이 있다고. 나를 정말 아낌없이 사랑해 주는 사람이 내 인생에 있다고.

그래서 누구보다 부족함 없이 살고 싶었다. 그럭저럭 팔자가 나쁘지 않은 삶이라는 것을 증명하고 싶었다. 그리고 그런 삶을 할머니와 함께 누리고 싶었다. 그러기 위해선 좋은 대학에 들어가는 것이, 불운투성이이고 재능이 없는 나에겐 유일한 방법이었다.

그날은 고2 초여름, 비가 양동이로 붓듯이 쏟아지는 날이었다. 장마철도 아닌데 왜 항상 여름의 시험 날에는 비가 오는지 모르겠다. 여간 귀찮은 일이 아니었다. 목표하는 대학이 꽤 높은 나에게 학교 성적은 중요했고, 그렇기에 시험 하나하나가 중요했다. 이번 시험도 마찬가지였다. 항상 하듯이 가방에 시험 요약 노트, 오답 노트는 챙겼는지 수십 번 확인했고, 컴퓨터 사인펜도 세 자루나 챙겼다. 오늘은 모두 빼먹지 않았다. 그날 쓸 우산은 멀쩡했고, 아픈 곳도 전혀 없었다. 이상했다. 시험 날 꼭 예상치 못한 문제 하나씩은 일어나는 법인데, 그날따라 순탄하게 잘 흘러가는 것이 의외였다. 예감이 좋았다. 이렇게 순탄하다니, 꼭 올백을 맞을 것만 같았다. 그러나 나는 알았어야 했다. 왜 그렇게 순탄했는지.

"세아야, 차 조심하면서 학교 가고, 시험 잘 치고 와. 여기,

부적이다!"

할머니는 시험 날에는 꼭 아침에 네잎클로버를 쥐여 주셨다. 오늘도 그랬다. 챙기기 귀찮게 또 무슨 네잎클로버냐고 말하려 했지만, 몸도 성치 못한 할머니가 나 모르게 열심히 준비한 것이다.

"어휴, 또 무슨 네잎클로버. 할머니 걱정하지 마. 나 시험 잘 치는 거 알잖아! 평소 하듯이 하고 올게."

할머니의 얼굴에는 근심이 가득했다. 내가 치는 시험인데 할머니는 걱정할 게 뭐가 있는지. 계속되는 할머니의 잔소리를 뒤로 하고 등굣길을 나섰다. 그날은 비가 왔고, 항상 등교할 때 걷던 길을 걸었다. 학교에 가기 위해서 버스를 타고 가야 하는데, 버스 정류장은 길 맞은편에 있었다. 보통 횡단보도를 건너려 하면, 내 눈앞에서 빨간불로 바뀌는 게 일상이었다. 그런데 그날은 횡단보도 앞에 서자마자 파란불로 바뀌었다. 이럴 수가, 아침부터 운이 좋았던 적은 오랜만이었다. 사소한 것들이지만 중요한 날에는 부쩍 불운이 따랐던 나에게는, 사소하지 않았다. 추적추적 내리던 비가 갑자기 세차게 왔다. 거세진 비에 우산을 잡고 있던 손에 힘이 들어갔다. 갑작스러운 거센 비에 눈앞이 흐려졌다. 그렇든 말든 상관이 없었다. 시험을 잘 칠 것 같은 예감에 신이 났다.

횡단보도를 건너고 있었다. 시험을 치는 날이었기 때문에, 머릿속에서는 암기했던 것들을 떠올리고 있었다. 방심했었다. 왜 하필 도로 중간에서 그런 것에 집중했을까. 갑작스러운 경적이 들렸다. 큰 경적이, 오른쪽 귀를 통해 아주 크게 들려왔다. 경적은 점점 커졌다. 상황 파악이 되지 않았다. 건너기 전에 주위를 살폈던가? 비 때문에 주위가 흐릿하긴 했지. 중간에 딴생각하긴 했는데… 뭔가 잘못되었다는 생각이 들었다. 그저 본능적으로 고개를 옆으로 돌렸다. 안개 낀 도로 위에 꽤 큰 차의 정면이 보였다. 빗길이어서 미끄러웠을까? 차가 멈추지 않았다. 경적은 계속되었다. 위험하다는 직감이 들자마자 온몸에 소름이 돋았다. 무서웠다. 움직여야 하는데, 다리가 떨어지질 않았다. 손에 쥐고 있던 네잎클로버를 꽉 쥘 뿐이었다.

"나 오늘 시험 쳐야 하는데."

기억나는 내 마지막 말이다.

정신을 차려보니 나는 병원에 입원해 있었다. 할머니는 세상을 잃은 표정으로 정신없이 울고 있었다. 시험은 당연히 치지 못했다. 모든 성적은 0점 처리되었다. 내 생에 그렇게 길게 입원한 적은 처음이었다. 입원했을 때의 기억은 거의 없는데, 내 옆에 있던 할머니가 항상 손을 꼭 잡아주었던 것은 기억난다.

한참 후, 퇴원을 해서 오랜만에 학교에 갔다. 선생님은 내 얼굴을 보자마자 한숨부터 내쉬셨다.

"내신이 많이 떨어진 거 알지? 어떡하니. 노력해 왔는데. 다른 시험이 또 코앞이야. 병원에 있느라 준비는 못했지?"

그리고 선생님은 나에게 그 시험의 성적표를 건네셨다. 처음 받는 성적이었다. 차마 종이를 받을 용기가 나지 않았다.

"죄송해요."

고개를 푹 숙이고 답했다.

"죄송하긴 뭐가 죄송하니. 선생님한테 미안할 건 없지. 그래도 세아야, 대학은 가야지. 네가 노력하는 것밖엔 방법이 없는 거 알지? 다음에 잘하면 되는 거야. 평소대로, 그치?"

"네."

나는 고개를 들 수 없었다. 평소대로 해도, 무너진 내신은 앞으로 복구가 되지 않을 것을 알았다.

그날의 하굣길은 할머니와 함께였다. 그날도 지긋지긋한 비가 왔다. 이제는 여름 끝자락의, 장마철도 지난 비였다. 할머니는 그 사건 이후로 등하굣길에서 항상 함께할 거라 하셨다. 고2짜리가 혼자 하교도 못 한다는 게 좀 웃긴다는 생각이 들기도 했지만, 비가 오는 날 괜스레 겁이 나는 것은 사실이었다. 비는 조금씩 내렸고, 할머니가 든 우산은 나에게로 살짝 기울어져 있었다.

"세아야, 오랜만에 학교 갔다 왔네. 선생님께 전화 왔어. 성적표 받았다며."

할머니가 조심스레 물었다.

"뭐 받긴 했지. 그깟 성적이 뭐라고. 할머니~ 괜찮아."

거짓말이었다. 하나도 괜찮지 않았다. 이때까지 쌓아온 내신이 물거품이 되어버렸다. 정말 열심히 했는데. 속상함에 떨리는 목소리를 최대한 숨기려 애썼다. 빗소리에 조금은 내 목소리가 감춰지지 않을까, 하는 생각이었다. 할머니가 다시 입을 떼었다.

"그러면야 할머니는 좋지. 세아가 어떤 성적을 받든, 할머니는 네가 괜찮다면 됐다. 몸만 성하면 돼. 그런데 세아야. 너 목소리로는 하나도 안 괜찮아 보여."

할머니한텐 역시 거짓말을 못 해. 조금 주춤거리다가, 눌러왔던 말이 터져 나왔다. 누구에게든 꼭 털어놓고 싶은 마음이었다.

"할머니 있잖아. 나는 왜 이럴까? 시험 때 잘 준비해 놓은 요약 노트는 항상 젖고, 찢어지고. 시험 날만 골라서 아프고, 그래, 이때까지 잃어버린 물건들만 해도 한 살림 차리겠어. 그런 일들 극복하면서, 나름 내신 잘 쌓아왔어. 그런데 그렇게 운수 좋았던 날, 제일 최악의 날이 되어버렸어. 이렇게 한번에 무너져버리면, 어떡하지? 나 진짜…."

어쩌면, 내가 필사적으로 공부를 했던 건 할머니를 위해서이기도 했다. 할머니의 얼굴을 보자, 표현할 수 없는 미안한 마음이 들었다. 내가 운수가 더 좋았더라면. 다리에 힘이 풀려 걷기가 힘들었다. 빗길을 걷던 두 발걸음이 멈췄다. 세차게 쏟아지는 비. 비는 더 거세게 쏟아졌다. 그때, 할머니는 목소리를 최대한으로 높여 나에게 말했다.

"세아야, 이 세상이 너를 외면하는 것 같아도 사랑해야 한다. 그런 세상을 사랑해야 해. 그래야 네가 필히 보답받는 날이 오는 거야."

속으로 '무슨 소리지'라고 생각했다. 세상을 사랑하라고? 나한테 한 푼 도움도 안 주는 이 세상을 어떻게 사랑하라는 건데.

"할머니는 그럼 이 세상이 좋다. 이 얘기야?"

"그럼, 할머니는 이 세상에서 살아가는 것이 좋아."

할머니가 눈을 지그시 감으셨다.

"할머니한테는 아주 특별한 세상이 있거든."

내가 병원에 있을 때는 그렇게 힘들어하더니, 뭐가 좋다는 걸까. 할머니가 무슨 말을 하는지는 잘 모르겠다. 할머니가 살짝 웃음을 지었다. 할머니의 그 표정이, 이상하게도 조금은 나에게 위로가 되었다.

지지리도 날 돕지 않는 세상은 나의 방해꾼 그 자체였다.

한동안 공부를 다시 할 결심이 서지 않았다. 그런데 내신을 망쳐도, 수능에 희망을 걸어보자던 선생님의 말씀에 조금이나마 힘이 생겼다. 무엇보다 우리 할머니가 있었기에, 나는 포기할 수 없었다. 할머니가 나에게 준 사랑의 크기만큼, 보답해야겠다는 생각이 들었다. 고마운 마음인지, 어떤 의무감인지는 몰라도 나의 불운을 이겨낼 수 있었던 건 항상 할머니 덕분이었다. 남아 있는 흐릿한 희망에 나는 목숨을 바치듯이 수능 공부를 했다. 불안한 미래는 생각하지 않고 공부했다. 그리곤 어느새 고3이 되었다.

내신을 망쳤던 게 엊그제 같은데, 그래서 더 악을 쓰고 노력해 왔다. 결국 피나는 노력은 나의 지긋지긋한 불운을 이겼다. 수능 후, 목표한 대학의 합격자 명단에는 내가 있었다. 윤세아. 이 세 글자를 보고 나보다 할머니가 더 기뻐했다. 내가 신나서 폴짝 뛰었으면, 할머니는 펄쩍 뛰었다.

"세아야, 그래, 사랑하는 거야. 그러니까 보답이 오잖니, 봐봐!"

아직도 정확히 무슨 뜻인지는 모르겠으나, 할머니와 함께 얼싸안고 함박웃음을 지었던 그날의 밤은 길었다.

내가 합격한 대학은 고등학교와 달리 많이 먼 서울이라, 사실상 독립생활의 시작이었다. 함박눈이 내리던 그날 밤은 내가 떠나는 날이었다.

"세아야, 정말 다 챙긴 거 맞지? 하나하나 확인했지? 꼭꼭 조심해야 한다. 눈 오는 밤에 버스를 타서 어쩌니, 어떡해."

할머니는 내가 떠나는 날에도 걱정투성이였다. 할머니에 겐 아직도 그날의 기억이 선명한가 보다.

"할머니, 별일 없을 거야, 걱정하지 마. 이때까지 고생했으 니까, 앞으로는 좋은 일만 생기겠지."

할머니는 이런 말에도 얼굴의 근심이 추호도 가시지 않 았다.

"할머니, 추우니까 얼른 들어가슈~ 내가 문자 보내고, 도 착해서 전화 꼭 할게."

"알겠다. 곧 들어갈게, 잠깐만…."

할머니는 금방 들어가신다면서, 내가 탄 버스가 떠날 때 까지 손을 비비며 그대로 계셨다. 버스가 떠나려 할 때, 창문 을 통해 할머니가 봉투를 주셨다.

"이거 꼭 읽어봐라. 그리고 서울 가서 잘 못해도 돼. 힘들 면 내려와도 돼."

출발시간이 넘었다. 기다려주던 버스 기사님이 소리쳤다.

"할머님, 버스 출발시간 넘었어요! 아가씨도 창문 얼른 닫 아요! 위험해!"

"앗, 죄송합니다! 할머니 걱정 안 해도 돼, 얼른 추우니까 들어가라고. 안녕!"

창문을 급히 닫았다. 할머니는 할 말이 더 많은지, 시무룩한 표정이었다. 고속버스 안내음이 나왔다.

"저희 버스는 서울로 향하는 버스로, 승객분들은 안전을 위하여 안전벨트를 꼭 매주시길 바라며…."

버스는 고속도로를 달렸고, 그렇게 나는 고향을 떠났다. 아침부터 분주히 준비해서 피곤했는지 잠깐 잠이 들었다. 일어나 보니, 아까 할머니가 마지막에 준 봉투가 기억났다. 용돈이라도 조금은 넣었을까? 호기심에 봉투를 열어보았다. 아쉽게도 용돈은 없었지만, 봉투에는 짙게 마른 네잎클로버 열 송이가 있었다. 우리 동네 네잎클로버는 할머니가 다 거덜 내지 않을까, 하는 생각에 웃음이 픽 나왔다. 그리고 꼬깃꼬깃, 누가 봐도 우리 할머니가 접은 편지지가 들어 있었다. 얼렁뚱땅 맞춤법에 비해 가지런하고 정갈한 글씨. 우리 할머니 글이 틀림없다.

우리 예쁜 손녀딸 윤세아 보아라
지금즘 뭐하고 잇을까 우리 세아는? 버스애서 쿨쿨 자고잇나? 세아가 얫날에 네입클로버 몯딴게 항시 기억이 나서 10송이 선물이야. 이제 이 몸으로는 딸 수가 업서서 니 동네 친구 시켣따. 잔디밭테서 얼마나 굴럿던지. 꼴이 꼭 두더지 갇더라. 흘기 만이 묻어잇엇거든. 하하.

세아야, 할머니가 옛날에 세상을 사랑하라 했지. 할머니가 세상을 사랑할 수 박에 업섰던 이유는, 내 세상이 곧 세아 너여서 그랫단다. 아주 특별한 세상 맞지? 하나박에 업는 소중한 세상말이야. 내가 이 세상을 끔직이 사랑하는 것은, 너가 내 세상이라서 그럴수잇엇다. 힘든 일도 만앗지만은 그래도, 사랑해보니 꼭 너에게 보답이 오더라. 할머니가 너를 있는 힘껏 사랑한 이유야.

그 때 니가 사고를 당햇을대. 할머니의 세상은 무너졌었다. 매일 열심히 공부하던 우리 강아지의 모습이 선한대. 그런 일을 당하다니. 천지신명님도 참 무심하시지. 그렇게 생각 햇엇어. 그래도 결국 이럭게 잘 돼었으니. 참 잘됐다. 잘됐어. 세아야 만이 힘들었지. 이겨내주어 고맙다. 너는 뭐든지 할 수 있는 아이야. 강인하고 단단해. 할머니는 세아가 그런 아이라고 생각해.

하고십은 말이 더 만은대. 할머니가 너무 잠이 오내. 조금 잇따 나중에 얘기 더 하도록 하자. 언재 하냐고? 금방 만날 태니 너는 최선을 다해 살고 잇꺼라. 할머니도 열심히 살고 잇을께. 그리고 밥은 꼭꼭 챙겨먹거라!! 서울살이 힘들다고 밥은 거르면 안된다. 너무 사랑하는 우리 손녀딸 세아. 사랑한다. 사랑한다. 사랑한다.

- 할머니가. (네입클로버는 행운의 부적이니 꼭꼭 잘 챙기거라.)

할머니는 뭐 이렇게 글을 잘 쓰는 거야. 달리는 버스 밖에는 하얀 함박눈이 내렸고, 추운 겨울이었지만 마음만은 따뜻했다. 네잎클로버가 다 말랐는데도, 오늘따라 더 푸르게 빛나는 듯했다. 파란 잎들을 꼭 쥐니 할머니 손을 마주 잡은 것 같아 눈물이 핑 돌았다. 별일 없을 거라 말했지만, 사실 서울에서는 얼마나 더 많은 불행이 펼쳐질지 걱정이 되었다. 그래도 사랑하며 살아가다 보면, 그러면 언젠가는 보답받고 또 행복한 날들이 온다는 할머니의 말. 나에게 작은 위로가 되었다. 버스에서 나오는 따뜻한 히터에 다시 슬슬 눈이 감기더니, 할머니가 준 편지지를 꼭 잡은 채로 잠들었다. 고요한 밤, 심야버스는 눈길을 달릴 뿐이었다.

이지윤 ─────────────────────────────

이 이야기는 좋은 대학에 합격해 할머니와 행복하게 살고 싶은 '세아'가, 사고로 내신을 망쳤지만 끝내 대학에 합격해 할머니의 편지를 받게 되는 내용이다.

너에게 비란 누구일까?

너는 잃고 싶지 않은 소중한 사람이 있어? 네 옆에 있는 것만으로도 큰 힘이 되어주고 기쁠 때나 슬플 때나 제일 먼저 생각나는 사람. 있는 그대로 너를 보여줄 수 있는 사람.

투둑투둑 투둑투둑… 쏴…

나에게 슬며시 다가오던 약한 빗줄기는 어느새 강한 빗줄기가 되어 나와 마주한다. 이 과정은 한순간에 일어난다. 이 과정을 알아채는 이가 얼마나 있을까?

나는 꼬꼬마 아이일 때부터 비를 너무 좋아했다. 매일 아침 오늘은 비가 오는지 안 오는지 보는 게 일상이었고 비가 내리면 항상 밖에 나가자고 졸랐다. 나는 물웅덩이에서 해맑게 뛰어놀면서 비 오는 날의 모습을, 정말 예쁜 이 큰 세계를 내 눈에 담아 간직하고 싶은 아이였다.

2014.07.03. 날씨 맑음

난 선우현이야! 오늘부터 일기 쓰기로 했어! 재밌겠지? 오늘은 일기 쓰는 첫날이니까 내 비밀을 알려줘야겠다. 난 다른 사람들과 좀 달라. 멋진 능력을 가지고 있지! 바로 비의 말을 들을 수 있는 거야! 비가 먼저 말을 걸어줘야지 대화할 수 있긴 한데 비가 먼저 말을 건다는 건 비도 나를 좋아한다는 게 아닐까? 정말 좋아! 일주일 전에 비가 와서 물웅덩이에서 놀고 있었는데 갑자기 누가 말을 거는 거야 "선우현이지? 놀라지 않아도 돼. 난 비야! 네가 나를 너무 좋아해주어서 나도 보답하고 싶었어. 담에 또 보자! 안녕!" 처음에는 놀랐어. 주변에는 지나다니는 사람들만 있었거든. 근데 이 말과 함께 비는 무지개를 남겨놓곤 사라져 버렸어. 이 일을 꼭 기억하고 싶었어. 그래서 일기 제일 처음에 남기려고 급하게 써. 비 오는 날에 목소리를 또 들을 수 있을까?

2014.07.05. 날씨 비!

또 비가 왔어. 오늘도 놀려고 밖에 나갔어. 혹시 비가 말을 걸진 않을까? 라는 생각에 아파트 앞에서 쭈그려 앉아 말 걸어 주길 기다렸어. 한참 동안 기다리다 과자가 먹고 싶어서 슈퍼 가서 과자를 산 뒤 버스정류장에서 먹다가 그대로 잠들어버렸어. 그때 빗소리 참 좋았는데. 그것보다도 비가 자던 나를 깨워줬어! 비가 말을 걸어주길 기다렸는데 말 걸어줘서 좋았어.

이렇게 비와 노는 걸 좋아하던 해맑은 아이는 시간이 지남에 따라 변화하게 되었다.

난 비가 내리며 여러 물체와 닿으면서 생기는 빗소리를 좋아한다. 다양한 물체와 닿으면 닿을수록 음악이 풍부해지는 걸 느낀다. 비가 세상에 있는 여러 물체와 연주하는 이 음악은 오직 나를 위한 연주회를 구성하는 곡 같다. 이 연주회는 세상을 살아가면서 잠시 쉬어가고 휴식할 공간을 마련해 주었다. 하지만 이것과는 별개로 걱정거리도 늘어났다.
어느 순간부터 '비랑 친구고, 같이 대화할 수 있다'라고 하면 어른들은 물론이고 친구들도 날 이상한 애로 취급했다. 그러면서 점점 비와 대화할 수 있는 걸 숨기고 지내게 되었다. 그런데 비에게는 이 사실을 알리고 싶지 않아서 밖에서 말 걸 때면 애써 둘러대고 못 들은 척 지나가기 바빴다. 내심 마음에 걸렸지만 어쩔 수 없다고 생각했다. 이런 날들이 많아지며 비와 사이가 멀어져 서로 서먹서먹해졌다. 비와 대화하는 것이 좋기도 하면서 불편하기도 하고 그런데 또 인연이 이렇게 끊어지기에는 너무 아쉽고, 나도 비를 향한 내 마음이 어떤지 잘 모르는 것 같은 느낌이 든다. 하지만 나는 장마철을 기다린다. 그래도 내가 비를 좋아하긴 하나 보다.

"오늘부터 장마 시작이야. 너도 잘 알지? 이제부터 우산 챙겨가고."

"알았어. 잘 다녀오겠습니다."

장마 첫날 학교로 향하는 발걸음을 떼었다.

'분명 오늘 비 오는 건 맞는데 이상하게 비가 오질 않네.'

하늘에는 비가 올 것 같은 기미가 하나도 없었다. 그저 새파란 하늘에 흰 구름만 둥둥 떠다닐 뿐이었다.

"우현아, 지금 밖에 비 와."

"진짜?"

"밥 먹고 비 산책하러 갈래? 비 맞고 오자!"

시안이는 나와 같이 비가 오는 것을 좋아하는 친구이다. 중학생이지만 5살 어린아이같이 신기한 게 많고 좋아하는 게 많고 호기심이 많은 그런 아이이다. 하지만 나는 이런 시안이에게도 비와 대화할 수 있는 것과 비와 친구라는 것을 말할 수 없었다.

"우현아, 밥 먹으러 가자!"

"그래!"

"오늘 맛있는 거 나온다던대 뭐더라…?"

"우현아!"

"갑자기 왜 그래, 놀라게."

"지금 아까보다 비가 훨씬 많이 와."

"진짜? 맞네. 우리 밥 먹으러 올 때까지만 해도 조금 왔었는데.”

“지금 막 쏟아진다니까! 빨리 먹어!”

“좀 기다려 봐. 거의 다 먹었어.”

“근데 시안아, 넌 우산 안 챙겨?”

“비 맞으면 재밌잖아. 너도 나랑 같이 비 맞을래?”

“아니, 난 우산 챙겨갈래.”

“어휴, 비 맞자고 하더니 결국 내 것 같이 쓸 거면서.”

“그래도 비 오는 날 친구랑 같이 우산 쓰고 걸으니까 좋잖아! 그렇지?”

“그래, 친구랑 작고 작은 우산 오붓하게 같이 쓰고 재밌네.”

비 산책을 하며 보이는 모습이나 들리는 소리는 너무나 멋졌다. 그러던 중 비의 목소리가 들려왔다.

“우현아, 오랜만이야, 잘 지냈어? 나 비야.”

‘주변에 보는 사람들이 많아서 대답을 못 하겠네. 비야 미안해. 애써 무시하지만, 마음 한구석이 불편한 건 당연한 거겠지?’

“학교 연못에 떨어지는 빗소리는 진짜 멋져 그치? 비 맞는 건 좀 찝찝하지만, 소리는 항상 듣고 싶어. 이 상태로 자고 싶다. 이 소린 마치 자장가 같아.”

"시안아, 지금 우리 이제 들어가야 해. 우리 다음 시간 이동 수업이잖아!"

"맞다! 빨리 가자!"

"오늘 재미있었어. 그렇지?"

"풍경이랑 소리랑 너무 아름다웠어. 내 심장에 뭐가 쿡 하고 박힌 것 같아."

"내일 또 갈까?"

"모르겠네. 잘 가고 내일 또 만나!"

나는 장마가 시작되면 매번 비와 대화를 했다. 하지만 어느 순간부터 어색해졌다. 원래는 애타게 기다리곤 했었는데 언제부터 사이가 멀어진 걸까. '아, 맞다! 낮에 비가 말 걸었었는데…. 또 무시했네.' 낮에 비가 하려던 말이나 들으러 가야겠다. 나는 우산을 들고 밖으로 나섰다. 비는 내가 밖으로 나오자마자 나에게 말을 걸었다.

"우현아, 나 오늘 승급 시험 쳤어. 이번에 합격하면 우리 동네 말고도 구 전체를 담당할 수 있다! 합격할 것만 같아서 기쁜 마음에 너한테 제일 먼저 말해주고 싶어서 말 걸었는데…."

"비야, 미안해 그리고 승급 시험 진짜 축하해. 하고 싶은 말이 있어. 이제라도 말할게. 나 혼자만 있을 때가 아니면 말

걸지 말아 줬으면 좋겠어. 지금까지 네 말 무시했던 것도 주변에 사람들이 있어서 그랬어. 널 싫어하는 건 아니야. 나도 너를 좋아하지만 이해해 줬으면 좋겠어. 기쁜 날인데 이런 말 해서 미안해."

아무도 말이 없었다. 비에게 기쁜 날인데 만나자마자 이런 말부터 전하는 내가 싫었다.

"다음에 얘기할까?"

"그래, 다음에 보자."

실없는 말로 다음을 기약할 뿐, 이 상황을 피하기 급급했다. 비와 대화하기 위해서 장마를 기다려 왔는데 비와 대화하는 게 두렵다. 그냥 짜증이 난다. 언제부터 우리 사이에 이런 거리가 생겼는지 모르겠다. 하지만 그렇다고 비와 어색한 상태로 지내고 싶진 않았다. 어색해질 줄은 꿈에도 몰랐던 어릴 적 소중한 내 친구였는데. 하지만 내 마음의 문은 꽉 닫혀 있었다. 내가 먼저 방어 기세를 취하는 것 같았다. 내가 잠근 문을 아무리 열어 보려 애써도 열 수가 없었다. 내가 말한 폭탄선언은 나에게도 큰 영향을 주었다. 그날 밤은 울고불고하며 짜증 내다 지쳐 잠에 들었다.

다음 날 학교를 마치고 집에 가려고 하는데 시안이가 내 눈앞에 불쑥 나타났다.

"오늘도 비 산책하자! 오늘은 다른 길로 가볼까? 헤헤."

내 마음은 이렇게 심란한데 시안이는 아는지 모르는지 해맑은 표정으로 비 산책 제안을 걸었다.

"모르겠는데…."

"가자!"

반강제로 시안이한테 팔이 붙잡혀 산책을 나섰다.

'왜 아무 일 없었던 것처럼 하늘은 이쁘지. 빗소리도 좋고….'

"너 설마 우는 거야?"

"아니야."

"에이, 너 우는 거지."

"아니야."

나도 모르게 내 눈에서 눈물이 흘러내렸다. 그런데 마냥 싫지만은 않았다. 그냥 아무도 모르게 숨어 울고 싶었다.

"야, 빗소리랑 풍경에 감동해서 울 정돈데 안 왔으면 어쩔 뻔했어."

"아무것도 모르면서, 조용히 해."

"힝, 그래 알았어."

"…가자."

비는 나에게 말을 걸지 않았다. 마음 한구석은 불편했지만, 그 기억은 점점 잊혀 갔다.

오늘은 어제와 달리 어두운 먹구름이 잔뜩 낀, 비가 바람과 함께 세차게 몰아치는 날이었다. 우산이 한두 번씩 뒤집혔고 옷과 책가방도 다 젖었다.

"하, 오늘 아침에 머리 감았는데. 다 젖어버렸잖아. 짜증나."

신경이 예민해진 나를 비가 불렀다.

"우현아, 오늘 저녁에 시간 좀 내줘. 내가 너에게 전할 말이 있어. 꼭이야."

나는 작게나마 고개를 끄덕였다.

비가 무슨 말을 하려는지 나를 불렀다. 오늘은 피곤해서 일찍 자고 싶었는데, 무거운 몸을 이끌고 밖으로 나섰다. 그러고는 나에게 말을 걸기 시작했다.

"우현아, 요즘 힘든 일 있어?"

"힘든 일이 있는 건 아니고 그냥…."

"혹시 나랑 대화하는 거 불편해?"

"음…. 조금? 사실 요즘 들어 더 불편해진 것 같아. 어릴 때는 좋았는데 사람들의 시선도 그렇고, 사람들이 대부분 좋게 바라보는 건 아니니까. 내가 남들 시선을 신경 쓰게 되면서 좀 더 그런 것 같기도 하고."

"그 예전에 승급 시험 있잖아."

"아 그거, 합격했어?"

"응. 합격했어."

"축하해. 너 진짜 합격하고 싶었잖아."

"근데 그러면 내가 너와 대화를 지금보다도 더 적게 할 수도 있어. 내가 담당해야 할 부분이 커지기 때문에 더 바빠질 거야. 난 너와 더 사이가 멀어지기 싫어. 예전처럼 가까운 사이였으면 좋겠어. 근데 그건 너무 큰 바람인 것 같네. 그냥 네가 행복했으면 좋겠고 비 오는 날을 싫어하진 않았으면 좋겠어."

나는 친구란 존재에 대해서 생각에 잠겼다. 항상 만나서 무엇을 해야 관계가 지속된다고 생각했었는데, 비는 아무 말 없이 내 곁을 지켜주었다는 것을 알게 되었다. 나를 위해 행동해 주고 있었고 그냥 존재하는 것만으로도 큰 힘이 되었었다. 나도 비의 곁에 존재함으로써 안심이 되고 힘이 되고 의지할 수 있는 존재가 되었으면 좋겠다고 생각했다.

"나도 네가 좋아. 그리고 네가 싫어지는 일은 없을 거야. 지금까지 정말 고마웠어. 앞으로는 너도 나로부터 힘을 얻고 더 행복했으면 좋겠어. 나는 너와 함께한 모든 나날이 소중하고 네 존재 자체가 고마워."

"우리는 우리식대로 하는 거야. 곁에 머물러주는 것만으로도 얼마나 소중한데. 기억할게. 그리고 축하해."

나는 고요히 빗속을 거닐었다. 나를 막막하게 하던 문제들은 어느새 말끔히 사라진 상태였다. 서로에게 맞닿은 진심은 서로를 따뜻하게 감싸 안아주었다.

이은진 ─────────────────────────────

어려서부터 비를 좋아하던 '선우현'이 성장하면서 사회적인 시선으로 비와 잠시 멀어졌지만 비가 소중한 존재라는 걸 느끼게 되는 이야기이다.

모든 것이 나에게로

"에이, 씨."

형우는 마시다 말고 손에 쥐던 포도맛 캔 음료수를 바닥으로 집어 던졌다. 길거리에 보라색 액체가 여러 군데 튀었고, 캔은 저 멀리까지 날아갔다.

"그 자식만 아니었어도 야자는 안 걸리는 건데!"

형우는 야자를 하지 않고 선생님 몰래 하교하려다 같은 반 반장 상현이 선생님에게 말해 야자를 하게 되었다.

"어차피 공부도 안 하는데 야자 해봤자 뭐하냐고."

형우는 일반 고등학교에 다니는 평범한 학생이다. 다만, 다른 친구들과는 다르게 많이 무뚝뚝하고 냉철하다. 형우는 내일도 자신의 하교를 선생님께 고자질한 상현이를 봐야 한다는 생각에 바닥에 있던 비닐봉지를 발로 찼다.

다음 날, 형우는 학교를 등교 시간보다 한참 뒤에 갔다. 반 친구들은 모두 형우를 좋아하지 않지만 그렇다고 해서 막상 형우에게 뭐라고 할 수가 없었다. 형우는 수업 시간에 등교하여 자리에 앉아 바로 엎드려 잠을 자기 시작했다. 형우는 아무것도 하기 싫었다. 그냥 모두가 자신에게 신경을 꺼주길 바랐다.

모두가 이동수업을 간 쉬는 시간, 누군가 형우의 등을 두드렸다. 형우는 신음을 내며 일어났다.

"으음… 누구야."

"함부로 널 깨울 사람이 나밖에 없지 누구겠냐?"

형우를 깨운 사람은 바로 형우의 친구 태석이였다. 태석이는 형우의 중학교 친구이며 지금까지 형우와 가장 친한 친구이다. 또, 유일하게 형우의 비밀들을 모두 아는 친구이기도 하다.

"잘 자고 있는데 왜 깨우냐?"

"나와라."

태석이는 형우를 데리고 학교 뒤 창고로 향했다. 태석이의 주머니에서 담배 한 갑이 나왔다. 그러고는 두 대를 꺼내더니 한 대를 형우에게 건넸다.

"하나 필래?"

형우는 고민 없이 바로 태석이의 손에 있던 담배를 입에 물고 불을 붙여 담배를 피우기 시작했다. 형우는 담배를 피우며 한숨을 푹푹 내쉬었다.

"또 뭔 일인데?"

태석이는 익숙하다는 듯이 형우에게 물었다.

"몰라, 그냥 다 짜증 난다."

"몸은 괜찮고?"

"약 계속 먹으니까 그나마 낫네."

'딩동댕동' 종이 쳤음에도 불구하고 태석이와 형우는 담배 꽁초를 땅에 버려 발로 불을 끈 뒤, 담배 냄새에 걸리지 않게 옷을 털고 10분 정도가 더 지난 후에 들어갔다. 이번 수업은 과학 수업으로 실험을 하는 것이었다. 과학 선생님은 곳곳을 지나다니며 아이들의 실험을 지켜보았다. 선생님은 형우와 태석이가 있는 모둠을 지나가던 중, 아이들의 교복에서 담배 냄새가 난다는 것을 알아차렸다.

"야, 너희 담배 피웠니?"

과학 선생님은 다른 선생님과 달랐다. 모두가 형우와 이야기하기를 원치 않았다. 형우가 말을 듣지 않았던 것도 있지만 형우와 대치가 일어났을 경우, 그 뒷감당을 할 자신이 없었던 것이다. 그러나 과학 선생님은 예외로 겁을 먹기는커녕 오히려 형우에게 더욱 단호하게 말했다.

"아니요."

대답하는 것마저 귀찮아하는 형우 대신 태석이가 선생님께 아니라며 변명했다.

"맞구만 뭐가 아니야. 너희 당장 담배 꺼내."

선생님은 담배라는 것을 확신하고 형우와 태석이를 더욱 밀어붙였다.

"쌤, 담배 아니라니까요. 안 폈다고요."

"조용히 좀 하지? 지금 수업 시간이고 너희 이거 수업 방해야. 그냥 담배 내놓고 조용히 벌 받자!"

반장 상현이가 화난 말투로 형우와 태섭이에게 말했다.

"그리고 학생이 이런 짓을 해서 되겠냐?"

상현이는 형우의 화를 더 돋우려는 말투로 말했다.

그러자 형우는 엎드린 몸을 일으켜 상현이를 쳐다보았다.

"그래, 상현이 말이 맞아. 너네 이런 식으로 나오면 부모님 부를 거다."

과학 선생님의 말이 끝나자마자 형우는 자리를 박차고 나가버렸다. 그러자 태석이는 선생님을 한 번 쳐다본 후, 형우를 따라 나갔다. 형우는 더 이상 수업을 안 듣겠다는 생각으로 반에 들러 가방을 챙긴 뒤 교문 밖으로 나갔다.

태석이는 나가는 형우를 세워 진정하라며 옆에 있는 벤치에 앉혔다. 태석이는 형우를 앉혀둔 후, 편의점에서 물을 사서 형우에게 주었다. 형우는 물을 벌컥벌컥 마시더니 욕을 내뱉으며 화를 냈다.

"짜증 나."

사실 형우는 어릴 적부터 부모님과 사이가 좋지 않았다. 정확히 말하자면 일방적으로 형우가 부모님을 싫어했다. 부모님은 형우를 어릴 적부터 공부를 잘하고 착한 아들로 만들기 위해 하루에 몇 시간씩 앉혀 공부를 시키고 예절교육을 했다. 가끔 형우가 집에 오지 않고 친구들과 축구를 하는 등 조금이라도 집에서 정한 규칙을 어길 때면 욕설까지 써가며 형우에게 혼을 내곤 했다. 그러던 중 부모님과 함께 차를 타고 형우가 가야 할 학원 상담을 받으러 가다가 갑자기 역주행한 트럭에 의해 교통사고를 당했다. 그렇게 형우는 부모님과 이별을 하게 되었다. 형우가 부모님을 미워한다고 한들 결국 가족이었기에 이별은 원치 않았다. 형우는 그 뒤로 이모 집에서 살다가 중학교 3학년이 되며 독립했던 것이다. 부모님의 '부'자만 나와도 숨쉬기 힘들어하던 형우는 과학 선생님이 꺼낸 부모님 얘기에 뛰쳐나갔던 것이다. 이 사실은 태석이만 알고 있었고 태석이는 항상 옆에서 힘들어하던 형우를 도왔다.

"오늘은 학교 가지 말고 너희 집 가서 쉬자."

태석이는 형우를 부추겼고 형우는 아직 화가 덜 풀렸는지 다 마신 페트병을 구겨 바닥에 던지곤 집으로 향했다.

"혼자 있어도 괜찮겠냐?"

"어. 혼자 있고 싶네. 너도 집 가라."

형우는 집에 도착한 뒤, 태석이를 보내고 침대에 누웠다.

"하…."

형우는 부모님을 잃은 초등학교 4학년 이후, 친구들이 부모님과 여행을 갔다 오거나 용돈을 받았다거나 생일을 함께 보냈다거나 그런 자랑을 할 때마다 항상 부러워했다. 고등학생이 된 지금까지 자신에게 모진 말을 해가며 공부만 시킨 부모님이 너무너무 미웠지만 한편으로는 자신을 키워준 부모님이 너무너무 보고 싶었다.

"그만 생각해. 최형우."

형우는 더 이상 생각하고 싶지 않아 잠을 청했다.

얼마나 지났을까, 형우가 눈을 떠보니 창문 밖에선 햇볕이 내리쬐고 있었다.

"학교… 가지 말까? 오늘 안 가면 하태석 그놈이 또 찾아오겠지…?"

형우는 몸을 일으켜 씻기 위해 화장실로 갔다. 화장실 문을 열어 거울을 본 형우는 옆집에서도 들릴 정도로 소리를 크게 질렀다.

"아악!"

"모… 몸… 몸이…."

형우의 몸은 머리부터 발끝까지 초록색과 파란색으로 뒤덮여 있었다. 형우는 놀라움을 멈출 수 없었고 바로 몸을 씻기 시작했다. 그러나 손과 샤워볼로 아무리 밀어도 초록색과 파란색은 씻기지 않았고 형우는 너무 당황한 나머지 주저앉았다.

"이게 뭐…뭐야… 내 몸이 왜 이래…."

형우는 대체 무슨 상황인지 영문을 몰라 핸드폰으로 자신의 증상에 대해 검색해 보았다. 그러나 형우와 같은 증상을 가졌던 사람은 단 한 명도 없었다. 형우가 계속 검색을 하는 도중에 형우의 핸드폰이 울렸다. 태석이였다. 형우는 태석이의 전화를 받을까 고민했지만 받았다간 자신을 데리러 오기 위해 찾아올 것 같아 받지 않았다. 형우는 전화를 끊고 병원에 갈 준비를 하였다. 긴팔, 긴바지를 입고, 마스크를 쓴 뒤, 모자를 꾹 눌러 썼다.

"설마 누가 찍거나 그러진 않겠지…."

"아는 애만 만나지 마라 제발…."

형우는 빨리 이 증상을 고치고 싶은 생각에 서둘러 병원으로 향했다. 병원으로 가는 길에 형우는 태석이를 만났다. 태석이는 형우가 전화를 받지 않아 형우의 집으로 가고 있었다. 형우는 지금 다시 돌아간다면 더 이상하다고 생각해 뛰어가려 했다. 그때, 형우가 모자와 마스크로 어두워진 시야 탓인지 발이 미끄러지면서 넘어져 버렸다. 형우가 넘어지며 모자도 벗겨져 태석이는 형우의 얼굴을 보게 되었다.

"으악!"

"최… 혀… 형우…?"

형우는 깜짝 놀라 서둘러 모자를 쓰고는 달려갔다.

"어… ㅈ… 저기…!"

태석이는 형우를 따라가려 했지만 달리기가 너무 빠른 형우는 태석이의 시야에서 금세 사라졌다. 형우는 얼마 가지 않고 옆 골목에 들어가 가팔라진 호흡을 진정시키기 시작했다.

"큰일 날 뻔했네…. 저 자식은 눈만 보고도 알아봐? 하….”

형우는 숨을 크게 쉰 뒤 다시 병원으로 갔다. 혹여나 누가 또 알아볼까 봐 모자를 더 눌러썼다.

병원에 도착한 형우는 마음을 단단히 먹고 들어가 간호사들에게 들키지 않게 조심히 접수하고 자신의 진료만을 기다리고 있었다.

병원에는 아픈 부모를 위해 같이 산책을 하며 이야기를 나누는 아들이 있었다. 또 반대쪽에서는 딸의 진단 접수를 하러 함께 온 부모도 있었다. 형우는 이런 가족들을 보고 왠지 모를 씁쓸함과 외로움을 느꼈다.

'됐어, 신경 끄자. 이제 다 나아질 거야. 다….'

"최형우 환자분? 진료실 들어오세요.”

"네.”

형우는 긴장한 마음으로 진료실을 들어섰다.

"어서 오세요. 어떻게 오셨나요?”

들어가자마자 의사는 증상을 물어보았다.

"실은….”

"괜찮습니다. 편하게 이야기해 보세요.”

형우는 약간의 안도가 생겼는지 모자와 마스크를 벗었다.

"하… 실은 어제 어지럽고 컨디션이 좀 안 좋아서 오후부터 푹 자고 오늘 아침에 일어나니 이렇게….”

"몸에 이상이 있으신 건가요?”

형우는 자신의 몸을 보고도 놀라지 않는 의사가 당황스럽기만 했다.

"ㄴ… 네."

"가지고 계신 증상에 대해서 말씀해주세요."

"증상은 딱히 없고요. 그냥 몸 색깔이 이렇게 파란색, 초록색으로 변했어요."

"네 알겠습니다. 잠시 나가서 대기해 주세요."

의사는 형우에게 나가달라는 제스처를 한 뒤 어디론가 전화를 걸었다.

몇 분 뒤, 간호사가 형우를 불렀다.

"제가 진단을 내릴 거라곤 이거밖에 없네요."

의사는 형우에게 길이 그려진 종이 한 장을 건넸다.

"정신 병원입니다. 한번 가보시는 게 도움이 많이 될 거 같네요."

"예? 정신 병원이요?"

의사가 건네준 종이는 하나의 길이 그려진 지도였다. 형우는 충격에 말할 수가 없었다. 의사는 형우에게 가서 상담이라도 받아보라며 형우를 돌려보냈다.

"내가 무슨 정신 병원을… 몸에 이런 색깔이 생긴 게 정신적인 문제가 있다는 거야? 내 몸이 이런 걸 왜 내 머리 탓을 하는 거야. 아 씨 짜증 나."

정신병원에 도착한 형우는 바로 상담실로 들어갔다.

"이야기는 이미 다 들었습니다. 몸에 이상한 색이 있다고요?"

"네. 아침에 눈을 뜨니 몸이 이렇게 변해 있었습니다."

"약 지어드릴 테니 또다시 몸이 그렇게 보이신다면 이 약을 두 알씩 드세요"

형우는 약국에 가서 약을 받을 때까지 왜 자신이 정신 병원에 갔는지 이해하지 못했지만, 형우가 당장 할 수 있는 것이라곤 약을 받아 집으로 가는 것뿐이었다.

집에 도착한 형우는 머릿속이 복잡했다.

"내가 자고 일어난 뒤로 이 일이 생겼으니 다시 자고 일어나면 내 원래 몸으로 돌아와 있지 않을까?"

그런 생각에 형우는 오지 않는 잠을 강제로라도 청하려고 시도했다. 형우는 겨우 잠들었고 잠이 든 지 30분 채 되었을까. 형우의 몸은 점점 뜨거워지고 배도 아프며 몸 곳곳이 아프기 시작했다. 형우는 아픔을 견디지 못하고 일어날 수밖에 없었다. 몸이 점점 더 뜨거워지며 형우는 누군가 자신의 몸 안을 바늘로 구석구석 찌르는 듯한 느낌이 들었다. 형우는 약을 찾아 집을 뒤졌지만 겨우 찾은 약은 소화제 하나와 약국에서 처방받은 약이 다였다. 형우는 이렇게 아픈 것이 몸 색이 변해서라고 생각하여 약 두 알을 집어 들어 물과 함께 삼켰고 끙끙 앓으며 침대에 누웠다.

"아… 아… 너무… 너무 아파…."

그때였다. 밖에서 천둥이 한 번 치며 맑던 하늘에 비가 쏟아져 내리기 시작했다.

형우는 밖에서 치는 천둥소리와 함께 엄청난 고통에 소리를 지르며 눈물을 흘렸다.

천둥이 친지 얼마나 되었을까. 형우는 도어락 소리를 들었다. 그러나 형우는 문을 막지도, 문을 열지도 못했다. 자신의 몸을 가누지 못할 정도의 아픔이었기에.

'삑, 삑삑, 삐리릭.'

"야 최형우 넌 전화도 안 받고 왜 학교를 안 ㅇ… 최…형우…? 최형우! 야! 형우야!"

누군가 자신의 이름을 간절하게 부르고 있었다. 형우는 거의 감기기 직전인 눈을 떴다. 태석이였다.

"ㅇ… 야… 너 땀을 왜 그렇게 흘려!"

잠시 뒤, 천둥이 멈추고 그때서야 형우는 감겼던 눈을 뜰 수 있었다. 형우가 힘든 몸을 일으키니 바닥에서 자고 있던 태석이가 보였다. 형우는 조심히 이불을 덮어주고는 밖에 나갔다.

밖으로 나가니 형우의 눈에는 햇빛이 가득 들어왔다.

"아 눈부셔."

형우는 기분이 좋다는 듯 미소를 한 번 띠곤 옆에 굴러다니는 깡통을 한 번 발로 찼다. 그러자 형우의 가슴이 아주 잠깐 동안 찌릿찌릿했다. 형우는 휘청거렸지만, 균형을 다시 잡고 한 번도 겪어보지 못한 고통에 의문을 품었다.

"이게 대체 뭐지?"

"내가 이렇게 아파본 게 처음인 거 같은데…. 생각해 보니 몸이 바뀌고 나서부터 이러기 시작했어."

형우는 그때 한 가지 기억이 스쳐 지나갔다. 병원에 갔는데 아무도 자신의 몸을 보고 놀라지 않던 것과 의사가 정신병원에 가보라고 말한 것.

"내가 헛것을 보고 있는 거야? 다들 왜 내 말을 안 믿어주는 거야."

형우는 지구를 좋아하지 않았다. 부모님과 이별한 뒤로부터. 항상 지구가 멸망했으면 좋겠다는 생각을 넓혀 갔다. 형우는 이렇게 하면 지구가 멸망할까라는 생각으로 일부러 쓰레기를 가릴 곳 없이 버렸다. 또 자신을 괴롭게 만든 부모님이 미워 바르지 않은 아이로 클 것이라고 다짐했다. 이 두 가지 이유로 형우는 남들이 하지 말라고 하던 행동은 모두 다 하던 아이였다. 4학년 때의 사고로 인해 머리를 다치게 되어 가끔 머리가 찢어질 듯이 아프고 남이 보기엔 도저히 이해할 수 없는 말만 했던 적도 있다. 그치만 형우는 몰랐다. 자신이 한 말이 모두 진짜라고 느껴졌다.

형우는 모두가 자신의 말이 사실이라고 믿어줬으면 좋겠다. 물론 지금도.

'내 몸이 지구라는 걸.'

임수민

삶의 가치를 모르던 평범한 고등학생 '형우'는 모든 것을 귀찮아하던 아이
이다. 그러던 중 '형우'는 자신의 몸이 초록, 파란색으로 바뀐 것을 인지한
후 충격에 빠져들고, 결국 그것이 자신의 망상과 헛것이라는 것을 깨달으
며 스스로를 원망하는 이야기이다.

오점

'영원한 평화는 전쟁으로 유지되고 진정한 자유는 속박을 필요로 하며 완전한 금욕은 인류의 발전을 이룩한다.' 서기 4050년, 인류는 그야말로 대호황기를 누리고 있었다. 거리는 웃고 있는 사람들로 가득했으며 어디를 둘러보아도 쓰레기 하나를 발견하기가 어려웠다. 자살률 0.001%, 경제성장률 150%, 국민 행복지수 80% 등등 희망적인 수치를 띄워둔 전광판은 오늘도 반짝거렸다.

참혹했던 전쟁 이후로 전 세계는 인간 개인의 욕망을 지워버리기로 했다. 제도 수립 초기에는 수많은 단체의 항의와 비난이 빗발쳤다고 한다. 그들은 인간의 욕망은 그 개인이 가질 수 있는 최고의 개성이다, 우리 인류는 그러한 욕망으로부터 발전해왔다와 같은 근거를 제시했다. 하지만 세계의 중심이었던 제1도시에서 대규모 가스 테러 사건이 발생, 그 동기가 현 사회에 불만을 가지고 있던 개인의 욕망이라는 것이 밝혀진 후 그런 비난은 게 눈 감추듯 사라졌다. 반발 세력이 사라지자 제도는 곧바로, 그것도 꽤나 빠른 속도로 진행되었다. 그로 인해 제도 시행 30년 뒤, 거의 모든 인류(공식적으로 신분을 지닌 시민들)의 욕망이 제거되었다.

욕망의 제거 이후 범죄율은 순식간에 줄었다. 사람들은 현재 자신이 가지고 있는 것들에 만족감을 가졌고, 그로 인해 자연스럽게 경쟁의식이 줄었으며 그 결과 자살률이 0.0~% 대로 낮아지는 기염을 토했다. 욕망이 사라졌다 하여 경제가 침체되는 건 아니었다. 제도 실행 이후 사람들이 자신의 재능에 맞는 직업을 찾을 수 있게 해주는 인공지능이 함께 개발되어 그들은 자신이 잘하고 원하는 직업을 가질 수 있게 되었다.

이것이 약 100년 전에 일어난 제8차 산업-세계혁명이다. 현재는 무려 전 세계 역사교과서의 한 장을 책임지고 있다. 나는 '제8차 산업-세계혁명'에 형광펜을 그은 후 시계를 바라보았다. 10초. 마지막 교시의 종이 울리기까진 10초가량 남았다. 고개를 돌려 B를 보고 눈빛을 교환한 후 필통을 챙기고 태블릿을 정리한다. 종이 울렸다. 드디어 하교 시간이다. 나는 B를 향해 고개를 돌렸다. B는 사라진 지 오래였다. 고개를 돌려 문 쪽을 바라보자 내 가방을 들고 저 멀리로 달려가고 있었다. 나는 B를 향해 달려갔다. 꽤 빠른 속도로.

그를 잡을 수 있었던 건 교내의 공터에 도착하고 난 후였다. 수업을 전부 마친 후의 공터는 노을에 붉게 반짝이고 있었다. 가방을 양쪽 어깨에 하나씩 메고 하늘을 바라보고 있는 B는 꽤나 우스꽝스러운 모습이었다. 나는 천천히 그의 뒤로 가서 가방을 빼앗았다. B는 여전히 하늘을 바라보고 있었다. 뭐라도 있나 싶어 따라서 고개를 들고 하늘을 바라보았다. 한참 특이한 것이 있나 하고 바라보고 있던 와중 B가 말하기 시작했다. "야, 다음 주에 학교 올 거야?" 이상한 질문이었다. 비록 내일은 주말이라 쉬지만, 다음 주가 되면 당연히 학교에 와야 할 텐데. "무슨 소리야?" 조심스럽게 되물었다. B는 옅게 미소 지으면서 대답했다. "걍 물어본 거야."

나는 그런 B의 모습을 한참이나 뚫어져라 바라보다 이내 고개를 돌려버렸다. 가방을 어깨에 걸친 채로 걸어갔다. 해가 지는 것이 느껴졌다. 기숙사 쪽으로 걸어갔다. 그림자가 길어지는 것을 보아 곧 해가 완전히 질 것 같았다. 나는 무심결에 고개를 돌려 B쪽을 바라보았다. B는 따라오지도 않고 가만히 서 있었다. 노을빛에 가리긴 했지만 분명 웃고 있었다. 연한 미소를 짓고 있었다. 나는 잠시 멈춰서 B를 가만히 응시했다. "야, 안 가?" 그 말이 끝난 후에서야 B는 내 쪽으로 달려왔다. 그날은 퇴실일이었고, 나는 집으로 돌아갈 짐을 싸는 등의 일이 많았으므로 함께 기숙사 건물에 들어오고 난 후부터는 B를 볼 수 없었다. 지금 생각해보면 조금은 이상한 날이었다. 하지만 그렇다고 그게 내가 무언가를 했어야 했다, 그 정도로 이상한 것은 아니었다. B는 가끔 내가 이해할 수 없는 말과 행동을 하곤 했다. 그날도 그런 것인 줄 알았다. 해는 지고 밤을 건너 다시 떠올랐다.

다음 주 월요일, 그날은 조금 이상했다. B는 학교에 일찍 오는 편은 아니지만 그렇다고 지각을 많이 하는 것도 아니었다. 특히 그날은 입실하는 날이었으므로 B를 포함한 다른 학생들이 늦을 수 있는 날이 아니었다. 나는 B에게 메시지를 보냈다. 몇 개를 보낸 후에도 그는 답장은커녕 메시지를 읽지도 않았다. 조례시간 가까이 되어서야 B에게 전화를 걸었다. 몇 번의 수신음 이후에 들려오는 소리는 가히 충격적이었다. -지금 거신 번호는 없는 전화번호입니- 익숙한 기계음이 들렸다. 나는 기계의 말이 끝나기도 전에 전화를 끊었다. 아무래도 이상했다. 몇 번을 다시 전화를 걸었다. 대답해주는 것은 B가 아닌 기계였다.

도무지 이상했다. 학교를 빠진 것도, 전화번호가 갑자기 사라진 것도. 친구들에게 B에 대해서 물어보아도 대답은 한결같았다. 그걸 왜 나에게 묻냐는 말, 네가 더 잘 알 거 아니냐는 말. 그리고 몇몇 아이들은 아예 나를 이해할 수 없다는 듯한 시선으로 바라보았다. 나는 그제서야 깨달았다. 내가 더 이상 할 수 있는 일이 없다고. 남아 있는 B의 흔적은 그가 이전에 앉아 있었던 제일 뒷자리의 책걸상뿐이었다. 그 주는 무어라 할 새도 없이 지나갔다. 몇 달 전부터 예정되어 있던 외부 체험학습 일정이 나왔고, 이 도시를 떠나 아예 외부 도시로 향하는 것이기에 처리해야 할 것이 많았다. 하지만 여전히 마음 한켠에는 B에 대한 생각이 사라지지 않았다. 걱정되었다.

시간은 흘러 어느덧 체험학습일자가 다가왔다. 본래 체험학습이라면 기뻐하기 마련인데 어째서인지 하나도 기쁘지 않았다. 다른 도시로 이동하는 와중에도 B에 대한 생각이 사라지지 않았다. B가 아닌 다른 아이가 앉아 있는 옆자리를 볼 때마다, 말로 표현하기 힘든 복합적인 감정이 올라왔다. 도대체 뭘 하고 있는 걸까 하는 걱정과 친하다고 생각했는데 말도 안 하고 사라진 것에 대한 분노였다. 하지만 아무렴이었다. 지금이라도 다시 볼 수 있다면 그 정도는 가볍게 넘어가 줄 수 있었다.

B를 만난 건 전혀 의외의 장소에서였다. 현장체험학습 2일 차 밤. 우리는 이 도시의 야경을 투어하기로 했다. 아이들은 각자 두세 명씩 조를 짜서 이동했다. 나는 홀로 있었다. B가 갑자기 사라지지만 않았어도 분명 나는 B와 함께 있었을 거다. 굳이 B의 자리를 다른 애로 채우고 싶지 않았다. 홀로 즐기는 이 도시의 길거리도 나쁘진 않았다. 맛있는 것도 많았고 볼 만한 것도 있었다. 즐거웠다. 그때였다. 내가 나름대로의 여행을 즐기고 있을 무렵, 우지끈하는 그리

크지도 작지도 않는 소리가 내 귀에 걸렸다. 나는 고개를 돌렸다. 반짝이는 거리에서 샛길로 빠져나온 골목에서 나오는 소리였다. 누런색의 등이 벽에 비쳐 삐져나온 잔상이 붉게 보였다.

그때 갑자기 B가 생각났다. 붉게 사라지는 태양을 배경 삼아 나를 한참이나 바라보던 B가 떠올랐다. 무심결에 그곳으로 향했다. 달렸다. 분명 정신 나간 행동이었다. 그곳에 B가 있으리라는 확신도 없었고, 애초에 혼자서 으슥한 골목으로 간다는 것 자체가 분명 선생님에게 엄청나게 혼날 사유였다. 그걸 생각 못한 건 아니었다. 단지 그 골목에서 보인 게 정말로 살아 움직이는 B였기에 그 충격으로 잠시 생각이 멈춘 것뿐이었다. 우지끈 하는 소리를 낸 것은 B였다. B는 나를 바라보았다. 표정에서 당황스러움이 읽혔다.

B는 내가 알던 모습이 아니었다. 꾀죄죄한 옷차림과 헤어스타일은 마치 먼지에 잔뜩 비벼진 것 같았다. 하지만 그건 B였다. 그것만큼은 확실히 알 수 있었다. 나는 B를 향해 천천히 걸어갔다. 내가 다가올수록 B는 천천히 뒷걸음질을 쳤다. 마치 길고양이를 발견하고 다가오는 사람과 그사람을 보고 도망칠 각을 재고 있는 길고양이 같았다. 먼저 입을 뗀 건 내쪽이었다.

"니가 왜 여기 있어?"우선 가장 궁금한 것부터. 오랜만에 봐서 반갑다 같은 형식적인 인사말은 우리 사이엔 어울리지 않았다. B는 대답 대신 되물어보는 것을 택했다. "너는 왜 여기 있는데?" 나는 순순히 대답했다. 현장체험학습을 왔다고, 그런 다음에 너는 왜 여기 있냐는 질문도 빼먹지 않았다. 근데 이자식은 곱게 대답해줄 생각이 없는 모양이다. B는 대답 대신 또 질문을 하나 던졌다. "다른 애들은?" 주변을 둘러보며 작게 이야기했다. 뭐 숨기는 거라도 있나. 하지만 이런 말을 하는 걸 보아선 아예 숨길 작정은 없는 모양이다. 나는 이번에도 순순히 대답했다. 나 빼곤 아무도 없을 거라고.

B는 그제서야 안심한 듯 잔뜩 굳어 있던 표정을 풀었다. 나는 오랜만에 마주한 B를 빤히 바라보았다. 질문에 대한 대답을 받아야 한다는 것도 있긴 했으나 지금은 그저 친구로서의 걱정이 먼저 들었다. B는 내 기억상 깔끔한 것을 좋아했다. 그런 애가 저 꼴이라는 건 분명 좋은 일만 있었던 건 아니라는 뜻이었다. B는 내가 그 자신을 보는 게 대답을 기다리는 것이라고 생각한 모양이다. 한숨을 내쉬더니 가까이 다가와선 딱 한마디를 속삭였다.

"앞으로는 모르는 척해. 내가 보인다 해서 인사하지 말고, 안 보인다고 걱정하지도 말고." 엥? 나는 그 말을 듣고 어이가 없어서 B의 등짝을 내려칠 뻔했다. 애가 학교를 안 나오는 한 주 동안 사람과 이야기할 때 필요한 대화센스를 다 잊어먹은 건가? 이해할 수 없었다. 나는 B의 어깨를 잡았다.

그러고선 내 진심을 전했다. "미쳤냐?" B의 어깨를 잡은 손에 힘을 주었다. 아프긴 아픈 건지 B는 어깨를 오므리고 꽤나 일그러진 표정을 지었다. 나는 그런 B에게 다시 설명해 보라고 이야기했다. B는 말하지 않으려는 건지 꽤 힘을 주어 아플 텐데도 입을 꾹 다물고 있었다. 그때 단전에서 무언가 확 올라오는 기분이 들었다. 뇌가 갑자기 핑 돌고 현 상황에 온 신경이 집중되었다. 나는 B를 바라보았다. 꽤나 날카로운 시선으로.

그때였다.

호각소리가 들렸다. 내가 불 때는 저렇게는 안 되던데 할 정도로 경쾌했다.

B의 표정은 경쾌한 호각소리와 함께 일그러졌다. 내 팔을 붙잡더니 강한 힘으로 떨쳐내었다. 내 팔은 B의 어깨에서 떼어져 허공을 찌르고 있었다. B는 내달렸다. 골목 더 깊은 곳으로 달렸다. 호각소리는 점점 더 가까워졌고 그 수가 많아지는 게 느껴졌다.

이쯤 되어서 돌아갔으면 적어도 이 상황까지는 오지 않았을 거다. 나는 B가 달려간 쪽을 향해 따라 달렸다. 달리기 하나만큼은 자신 있었다. 골목 사이사이로 들어갈 때마다 점점 더 어둑어둑해졌고 본능이 이제 그만 돌아가자고 때를 썼다. 나는 끝까지 B를 따라갔다. 그냥 그랬다. 본능을 이긴

감이 여기서 B를 놓치면 다시는 B를 볼 수 없을 것이라 예언했다. 그러고 싶지는 않았다. 비록 싸가지가 없어지긴 했으나 B는 여전히 내 친구였다.

한참을 내달린 끝에 B는 갑작스레 방향을 틀었다. 그곳을 지나간 후에야 그 반대방향에 호각소리의 주인들이 있었다는 걸 알았다. B는 누군가에게 쫓기는 듯했다. 정확히 말하자면 이 호각소리의 주인들에게. 이상했다. 조금 특이하긴 했지만 그렇다고 누군가를 해치거나 원한을 살 만한 애는 아니었다. B는 가면 갈수록 지쳐가는지 그 속도가 점차 줄어들기 시작했다. 동시에 호각소리도 더욱 많아졌다. 끝내 B는 멈춰섰다. 멈춘 그 자리엔 B를 기다리는 수많은 이들이 있었다.

그들은 경찰이었다. 근래에는 사라졌다고 들었는데 아직 그래도 조직의 명맥을 이어가고 있긴 한 모양이다. 하지만 전혀 웃긴 상황은 아니었다. 그들 모두가 마취총을 들고 있었고, 심지어 하나같이 그 총구가 B를 향해 있었다. B는 숨을 헐떡이면서도 뒷걸음질을 쳐 그들에게서 도망칠 각을 잡고 있었다. 나는 그런 B가 당황스러웠다. 당최 이해가 안 가는 상황이다. 애는 뭔 짓을 저질렀기에 경찰한테, 그것도 심지어 마취총에 조준 당하고 있는 걸까. 마취총에 달린 헤드라이트가 나와 B쪽에 쏠려 마치 무대 위에 서 있는 듯 눈이 부셨다. 하나하나 생각할 시간은 없었다. 내 뒤에도 그들이 찾아왔다. 나와 B는 완전히 토끼몰이를 당한 상태였다.

B는 연신 뒷걸음질만 치다가 무언가 생각하는 듯 멈칫하더니 나에게로 다가와 또 무언가를 속삭였다. 이번에는 더 간단했다. "튀어." 딱 두 글자였다. 나는 그저 B를 바라볼 뿐이었다. B는 답답하다는 듯한 표정을 지어 보이다가 한숨을 내쉬었다. B의 표정은 그날의 노을처럼 빛에 가려져 보이지 않았다. 단지 하나, 둘, 하던 그의 입 모양만 보였다. 셋, 을 하는 순간 B는 갑작스럽게 가방을 내던지곤 달렸다. B는 수많은 총구를 향해 달렸다. 나는 그 광경을 기억한다. 수많은 빛 아래에서 가장 검은 그림자를 가지고 달려 나가던 그 순간을.

튀라는 말이 무색하게 나는 그 광경을 바라보고 있었다. 아차 하고 고래를 돌린 순간, 슉, 하고 날아드는 소리가 한 번에 여러 개가 중첩되어 들렸다. 불안한 소리에 고개를 돌렸을 때는 이미 늦은 지 오래였다. B는 더 이상 서 있지 않았다. 땅바닥에 힘없이 늘어진 다리만 보였으나 그걸로 그 사실을 추론해 내는 건 어렵지 않았다.

귀 뒤로 바람을 가르는 소리가 들렸다. 그 소리와 함께 목 뒤가 욱신해지더니만 이내 잠이 몰려왔다. 마취총을 정통으로 맞은 느낌이었다. 신기했다. 마법이라도 걸린 것처럼 눈이 스르륵 감겼다. 나를 이끌었던 누런 전등빛이 내 눈에 들어와 오래도록 잔상이 남았다. 오랜만에 꿈을 꿨다. 노을 지는 공터에서 B가 서 있었다. 아련히 사라지긴 했으나 그건 분명히 B였다. 그는 나를 바라보았는데, 그 표정은 여전히 알 수 없었다. 무언가 작게 속삭이는 소리가 들린다. 튀어. 공터가 좁은 골목으로 바뀌었다. 이윽고 붉은빛이 하얗게 변하더니,

잠에서 깼다.

눈을 뜬 후 보이는 것은 숙소의 천창이었다. 내가 깨자 내 옆을 지키던 아이는 곧바로 선생님을 불러왔다. 선생님은 얼마 지나지 않아 걱정스러운 표정으로 나를 맞이했다. 그는 나에게 건강상태에 대해 몇 가지 질문했다. 나는 하나하나 대답했다. 그러고는 무슨 일이 있었던 건지 물어보았다. 선생님 말로는 내가 지독한 몸살감기를 앓았다고 했다. 그 제서야 지금 상황이 이해가 가기 시작했다. 온몸이 비명을 지르는 듯한 욱신거리는 감각도, 한번 감으면 다시 뜨기 힘들 정도로 뻑뻑한 눈도. 선생님은 나에게 약을 건넸다. 나는 그것을 삼키곤 다시 잠이 들었다.

다시 눈을 떠보니 기숙사였다. 아마 꽤 센 항생제였던 모양이다. 꼬박 하루를 자버리다니. 나는 스트레칭을 하곤 침대에서 일어났다. 목뒤가 뭐에 물린 것처럼 간지러웠다. 조금 긁다가 부어오르는 것 같자 급하게 거울을 이용해 목뒤

를 보았다. 마치 무언가, 모기에 물린 것 같았다. 가만히 멍을 때렸다. 지금 이곳이 현실이 아닌 것만 같았다.

휑했다. 분명 이전과 같은 기숙사인데도 몇 배는 커진 것 같았다. 정적을 깬 것은 C였다. C는 이상한 사람을 보듯 나를 흘겨보더니 이내 퉁명스럽게 이야기했다. "뭐 하냐? 정신 차렸으면 침대나 정리할 것이지." 좀 그럴 수도 있지, 라며 받아치려던 찰나 무슨 일인지 위화감이 들었다. 가만히 C를 바라보았다. C 또한 나를 바라보고 있었다. 순간 머리가 땡 했다. 갑작스럽게 몰려오는 신경의 여파에 몸이 전기 체험이라도 당하는 것 같았다. 순식간에 여러 감정이 솟구쳐오른다. 이상한 그리움, 분노, 슬픔- 이유를 알 수 없는 것들이 나를 새롭게 채워나가고 있었다. 내가 마주한 세상은 아름답지만은 않았다. 나는 오점이 되어 있었다.

박시윤

평범한 학생인 주인공이 소중한 친구를 잃음으로써 잊힌 자신의 진짜 감정을 되찾는 이야기이다.

망망이와 마술 상자

1

"망망아 학교 갔다 왔어!"

나는 현관문을 열며 소리쳤다.

망망이는 나의 생일에 부모님께서 선물해 주신 강아지 인형이다. 내가 유치원에 다니기도 전부터 망망이는 나와 함께였다. 엄마는 내가 어릴 때 읽던 많은 책에서 주인공들이 다들 강아지와 재미있게 노는 것을 보고 왜 나에게만 강아지가 없냐고 투덜대었다고 한다. 망망이는 그즈음 나에게로 오게 되었다.

내가 밥을 먹을 때는 망망이도 함께 자기 그릇에 담긴 밥을 먹는다. 밥을 먹고 나서 치카 할 때도 망망이는 어김없이 내 옆에서 치카치카를 한다. 망망이는 나를 도와 구몬도 열심히 하고 수영장도 한 번도 결석하지 않고 꼬박꼬박 갔다. 비록 내가 수영할 때 망망이는 수영복이 없어서 창문에서 엄마와 함께 나를 보고 있었지만 말이다. 그래서인지 망망이도 산타할아버지한테 선물을 매년 받았다.

　책가방을 침대 위에 반쯤 던지듯이 놔둔 뒤, 망망이가 있는 거실로 발걸음을 향했다. 멀리서 손부터 씻으라는 엄마의 말소리가 들렸지만, 아랑곳하지 않고 나는 망망이에게 얼굴이 빨갛게 상기된 채로 말을 꺼내기 시작했다.

　"망망아, 오늘 학교에 마술사가 왔어!"

　"아무것도 없는 상자에서 갑자기 비둘기가 나왔다니까. 우리도 마술 연습해 보자! 내가 집에 오는 길에 쓰레기통에서 똑같은 상자가 보여서 들고 왔어!"

　나는 마술사가 선보였던 마술을 떠올리며 한쪽 귀퉁이가 찢어진 택배 상자에 망망이를 집어넣었다. 그러고 나서 온갖 주문을 외운 뒤, '하나, 둘, 셋'을 세고 상자로 손을 가져갔다. 기대를 안고 상자의 윗부분을 조심스럽게 열었다.

　"어? 망망아, 네가 없어져야 하는 거야. 그러면 다시 해보자!"

　망망이와 나는 수도 없이 연습했지만 끝내 성공할 수 없었다.

2

　방학을 맞이해 우리 가족은 여행을 떠났다. 물론 망망이도 함께였다. 나는 하루 종일 수영하고 놀았지만, 망망이는 벤치에서 엄마랑 같이 나를 보고 있었다. 아마 지난번에 수영 연습을 못 해서 엄마가 못 들어가게 한 것 같다. 함께 수영은 못 했지만, 동물원에 가서는 망망이가 나보다 더 신나 보였다. 망망이와 나는 이번 여행에서도 정말 재미있게 놀았다.

여행 마지막 날에, 나는 언제나처럼 망망이의 손을 한 손으로 잡은 채 집으로 돌아가는 비행기에 타기 위해 탑승 수속을 밟기 시작했다. 공항은 방학과 연휴가 겹쳐 사람들로 혼잡했기에, 망망이와 나는 부모님의 손에 이끌려 가며 정신을 차리지 못했다.

잠시 후 모든 검사를 끝내고 입국장으로 들어오고 나니, 창문 넘어 커다랗고 새하얀 비행기가 보였다. 나는 비행기에서 눈을 떼지 못한 채로 망망이에게 속삭였다.

"망망아, 저것 봐. 비행기 엄청 크다!"

그 말을 함과 동시에 망망이가 있는 쪽으로 고개를 돌린 나는 깜짝 놀랄 수밖에 없었다.

망망이가 사라졌다.

눈이 휘둥그레진 나는 울먹이며 부모님께 달려갔다.

"엄마, 아빠… 망망이가 없어!"

엄마와 아빠는 황당해하시며 지나온 길을 내 손을 꼭 잡고 되돌아가 보셨다. 우리는 망망이를 찾기 위해 망망이와 나의 간식을 샀던 도넛 가게에도, 엽서를 샀던 기념품 가게에도 가보고, 심지어는 화장실 쓰레기통까지도 살펴보았다. 하지만 망망이는 그 어느 곳에서도 보이지 않았다. 아빠가 집에 가면 새 망망이를 사주겠다고 약속했지만, 그마저도 야속하게 느껴졌다. 북적이는 공항에서 비행기 탑승 시간을 알리는 안내방송만이 흘러나오고 있었다.

그 뒤로 시간이 어떻게 흘렀는지는 모르겠지만, 확실한 건 망망이가 이제 내 곁에 없다는 것이다.

3

오늘도 무거운 가방을 털썩 내려놓으며 한숨을 푹 내쉬었다. 며칠째 열심히 잠도 못 자고 기말고사 준비를 했는데, 생각했던 것만큼 결과가 잘 나오지 않았다. 모르는 문제가 잔뜩 나오는 것도 모자라, 아는 문제조차도 실수를 해 버리는 바람에 시험을 망쳐 버렸다. 오늘은 정말 안 좋은 일들로만 가득한 날이었다. 그래도 내일 시험마저 망치면 안 된다고 생각해 일단 책상 앞에 앉았다.

화가 나서 바닥을 향해 가방을 세게 던지는데, 열린 지퍼 밖으로 열 권은 족히 넘는 교과서가 쏟아져 나왔다. 깜짝 놀라 바닥으로 떨어져 펼쳐지는 책들을 눈으로 좇았다. 결국 책은 침대 아래로까지 미끄러져 시야에서 사라졌다. 침대 밑으로 들어간 수학 교과서의 귀퉁이가 보였다.

"오늘은 정말 되는 일이 아무것도 없네."

체념한 채로 의자에서 일어나 시선을 침대 아래로 향했다.

침대 아래 깊숙이 들어간 책들을 꺼내기 위해 고개를 숙이는 순간, 한쪽 귀퉁이가 찢어진 택배 상자가 나의 시야에 들어왔다.

상자 위에는 먼지가 수북이 쌓여 있었다. 그 낡고 오래된 택배 상자를 보는 순간 수년간 잊고 있었던 무언가가 생각나는 듯했다. 가까스로 손끝에 닿은 상자를 끌어내 뚜껑을 열어보자, 상자에서 수년 전 그날의 냄새와 함께 희미하게나마 망망이의 냄새가 나는 듯했다. 상자 속에는 망망이와 함께 먹었던 도넛 포장지, 함께 간 여행에서 샀던 알록달록한 엽서와 열쇠고리들, 그리고 망망이와 같이 찍은 사진이 들어 있었다. 그곳에 없는 건 오직 망망이뿐이었다. 나는 언제부터 망망이와 함께했던 즐거운 추억을 잊은 채로 정신없이 살아온 걸까.

너와 함께했던 그 순간들은 나에게 마법과도 같았어.

망망아, 상자를 열면 마법처럼 나에게로 다시 와줘.

유소민

이 소설은 항상 강아지 인형 '망망이'와 함께했던 '나'가 망망이의 상실을 통해 이별에 대해 생각하게 되면서 성장해 나가는 이야기이다.

✦

3장

내게 날아든
가을

PS. 내게 날아든 계절

성인 손 크기의 반도 미치지 못하는 손이 연필을 잡고 글을 써 내려갔다. 그 편지는 비행기가 되어, 창을 넘어, 허공을 가로질렀다.

"우와!"

어린아이의 소망이 가득 담긴 편지는 이러한 경로로 내게 날아들었을 것이다.

툭-

"아."

한순간 머리에 감촉이 일었다. 머리에 닿은 무언가는 곧 땅으로 곤두박질쳤다. 인상을 찌푸린 채 한참을 고개만 두리번거렸다. 주위의 물체라고는 종이비행기 형태를 띤 색종이 하나가 고작이었다.

"종이비행기?"

누가 유치하게 요새 이런 걸. 심드렁하게 펴 본 종이에는 지렁이 같은 글자가 나열되어 있었다.

  안녕, 내 친구 헤줘!

  약간의 흥미마저 짜게 식었다. 방학 끝 무렵의 초등학생
들에겐 이것마저 생산적인 활동인 모양이다. 맞춤법 하나
제대로 지키지 못하는 이런 애들과 내가 미성년자라는 이름
으로 묶여 같은 취급을 받아야 한다는 사실은 불합리하게
느껴지기까지 한다. 불과 반년 전까지만 해도 나는 이 아이
들과 같은 처지였을 텐데도 말이다. 보통 초등과 중등, 중등
과 고등 그 사이에는 엄청난 거리감이 숨겨져 있다. 나도 이
젠 어엿한 중학생인데. 빨리 어른이 되고 싶다.
  "야, 너!"
  그렇게 되면 아무도 이런 부당한 방식으로 나와 누군가를
엮으려 들지 않을 것이다.
  "야, 김한천! 너 지금 안 뛰면 지각이라고."
  생각에 너무 깊게 심취한 탓일까. 날 부르는 소리조차 듣
지 못했다. 아니, 애초에 날 부르는 소리인 줄도 몰랐다. 저
렇게 눈에 확연히 띄는 빨간 염색모가 내 주변에 있을 리 없
었다. 방학에 한 염색을 다시 덮지 못했다고 가정하더라도
방금처럼 이상한 억양을 구사하는 아이는 없단 말이다. 어
떻게 알았는지 내 이름 세 글자를 신랄하게 외친 아이는 코

너 너머로 홀연히 사라졌다. 때마침 전화가 울린다. 스피커폰으로 받자, 비채상의 우렁찬 목소리가 귀를 강타했다.

"김한천! 너 개학 첫날부터 지각이냐? 문자는 왜 또 안 읽고. 8시 25분까지 안 오면 우리 먼저 들어갈 거니까 그렇게 알아!"

주변을 둘러보니 이 길목에 나 외의 다른 아이는 찾아볼 수 없다. 전화가 끊긴 화면은 8시 23분을 비추고 있었다.

"에이씨."

애꿎은 색종이를 구기며 학교를 향해 달렸다. 어쩐지 오늘은, 아침부터 일진이 사나운 기분이다.

막 도착한 교실의 뒷문을 여니 모든 아이의 시선이 일제히 내게로 모여들었다가 흩어졌다. 어째서인지 계속해서 느껴지는 하나의 시선을 따라가 보면 교탁 앞에, 아침에 본 그 이상한 아이가 서 있다. 아무래도 전학생인 모양이지만, 나와 큰 상관은 없다. 이미 이 교실 내에는 크고 작은 무리가 형성되어 있고 나도 그중 하나에 속해 있으니까. 이미 반년간 쌓아온 유대감이라 어디에 끼더라도 발만 걸친 수준에서 그칠 테지만 그게 우리가 되는 건 사절이다. 다른 아이들도 나와 마찬가지의 생각인지 전학생은 알은체도 하지 않은 채 나를 불러 앉혔다.

"너 때문에 우리도 지각하는 줄 알았다."

"미안, 미안."

"미안하면 오늘 네가 떡볶이 사."

"지각 한 번 가지고 거 너무하네. 그나저나 우리 학교는 왜 에어컨을 안 틀어주냐? 더워 죽겠는데!"

가방을 자리에 놓으며 흘러내리는 땀을 손으로 대충 닦아 내었다. 주변 학교들도 여름방학이 하나둘 끝나가는데, 여름의 열기는 아직 가실 줄을 몰랐다. 손으로 손부채질하고 있자 하월이 자기 손 선풍기를 내 방향을 향해 틀어주었다. 덕분에 에어컨 없이도 더위가 한결 가셨다. 그리고 그제야 나의 친구들을 눈에 담을 여유가 생겼다. 하월과 채상. 근한 달 만에 보는 얼굴들이었다.

방학 동안에도 계속해서 연락을 주고받은 덕인지 어색함 따위 없이 말문이 트였다. 그리 길지도 않던 시간 속에 쌓인게 뭐 이리 많은지 이야기는 끊이질 않았다. 그렇게 우리만의 세계에 한껏 심취해 있을 무렵, 내 옆에 무언가 툭 하고 놓이는 소리가 들렸다. 전학생이다. 한창 떠들던 하월과 채상의 목소리가 점차 사그라들더니 끝내 말을 멈췄다. 곧 곁눈질로 이쪽을 쳐다보며 자기들끼리 말을 주고받고는 나를 데려갔다.

"천! 우리 화장실 가자!"

"뭐야, 무슨 일인데."

"아니, 전학생 빈자리도 많은데 굳이 네 옆에 앉는 거, 좀, 그렇달까."

"뭔가 뒤가 싸해. 일단은 좀 두고 지켜보자고 하는 말이지."

"우리 고작 이런 일에 흔들릴 우정 아니잖아?"

사춘기 여학생들의 견제와 시기 질투는 가끔 그 도가 지나치기도 한다. 그건 내게도 해당하는 말이다. 그러니 나는 아무 말도 할 수 없다. 둘에게 밉보여서 좋을 게 없다.

"곧 종 치겠다. 반에 돌아가자."

나는 셋에 있어 소수이며 약자니까. 내가 할 수 있는 것은 주제를 돌리며 그 아이에게서 관심을 끄는 것뿐이다.

개학식 날은 별다른 일 없이 빠르게 흘러갔다. 급식을 먹고 교실로 돌아가는 길까지, 우리도 여느 때와 다름없이, 그저 평범한 하루를 보내고 있었다.

"너 떡볶이 안 살 거면 매점이라도 사. 양심 없냐?"

"우리 좋아하는 거 뭔지 알지?"

"아니 진짜, 알았다. 이 언니가 매점 쏜다!"

"와, 언니 멋져요!"

둘을 먼저 교실로 돌려보낸 나는 홀로 딸기 우유 두 개와 알로에 주스 하나를 사 들고 서둘러 교실로 향했다. 뒷문 앞까지 다다랐을 때, 순간 위화감에 휩싸였다. 심장이 쿵 소리를 내며 가라앉는 것 같았다. 작은 창틀 너머의 교실 풍경에서는 두 사람이 전학생과 웃으며 떠들고 있었다. 급히 주머니에서 핸드폰을 꺼내 들었다.

너희 전학생이랑 뭐해? 2
아직은 두고 보자며. 2

단체 카톡방에 카톡을 보내고 하월이 핸드폰을 잡는 시늉을 했음에도 읽지 않음 표시는 여전히 2에 머물렀다. 더 기다릴 정도의 인내심은 없었다. 교실로 들어가야만 했다. 교실 문을 여는 손에 힘이 들어갔지만 애써 태연한 척 연기하며 그들에게 다가갔다.

"오, 내 딸기 우유!"

"난 코빼기도 안 보이냐. 무슨 이야기 중이었는데?"

"아, 별거 아니야."

비닐봉지에서 음료수를 꺼내기 위해 움직이던 손이 멈추고 가슴께가 욱신거렸다. 방금까지 그렇게 즐거워해놓고 뭐가 별것 아닌데. 더 이상 표정을 숨길 수 없을 것만 같아 적당한 변명을 대며 자리에서 일어났다.

"나 잠시 물 좀 마시고 올게."

"엥? 사 온 게 우유인데 그냥 이거 마시지."

"뭐야, 주스 사 왔네. 왜 우유 안 마시고."

우유만 마시면 항상 속이 좋지 않다. 하지만 굳이 말하지는 않는다. 초등학생 때부터 둘만의 취향을 공유해 온 그들과 거리감을 키우기 꺼려질뿐더러 2+1 행사를 할 때면 나까지 챙겨주던 호의를 거절하기 어려웠으니까. 결국 어색하게 웃으며 교실을 빠져나왔다.

숨을 고르고 돌아간 교실에는 아무도 없다. 문득 5교시가 체육이라던 채상의 투덜거림이 떠올랐다. 칸막이형 탈의실에는 사람이 가득 차 있다. 종 치기까지 남은 시간은 5분 남짓. 급한 대로 화장실 한 칸을 차지해 갈아입어야 했다. 막 상의를 갈아입고 하의를 갈아입을 타이밍에 두 명의 발소리가 겹쳐 들려왔다.

"야, 너 아까 김한천이 보낸 톡 봤냐?"

"걔가 뭘 보냈어?"

목소리만 들어도 알 수 있다. 어쩌면 발소리를 들었을 때부터 이미 짐작했는지 모른다. 하월과 채상. 아무래도 반년이라는 시간을 허투루 쓴 건 아닌가 보다. 그런 맥락에서 내 이름이 언급된 이 이야기의 내용이 긍정적이지 못할 것이라는 사실도 알았다. 숨을 죽이고 귀를 벽에 갖다 댔다.

"아니, 전학생이랑 말 한 번 했다고 불안해서 빌빌 길 기세던데?"

"진짜? 알고 보면 막 피해 의식 있는 거 아니야?"

사람이 있는 걸 아는지 모르는지 아주 둘만의 세계에 빠져 낄낄거린다. 평소 같았으면 나도 저 틈에 자연스럽게 녹아들어 웃었겠지. 하지만 이번만큼은 그럴 수 없다. 그 대상이 나이기 때문에. 너희에겐 나와 함께 지낸 그 시간이 그렇게도 가벼웠냐고 묻고 싶었다. 다리에 힘이 풀려 변기에 주저앉았다. 그 순간 난 소리를 그들은 놓치지 않았다.

"잠깐, 누가 있는데?"

"기분 탓이겠지. 그냥 가자."

발소리가 점차 멀어졌다.

'살았다.'

아이러니하게도 이 상황 속에서 제일 먼저 든 감정은 안도였다. 나만 아는 일은 없던 일로도 만들 수 있으니까. 저들과 계속 다니는 것이 내키지는 않지만 지금 와서 다른 무리에 끼는 것은 하늘의 별 따기다. 내가 전학생을 보자마자 선을 그었던 것은 그만한 이유가 있었다. 하지만 나도 혼자 다니기는 죽을 만큼 싫었다.

그렇게 마음을 놓고 화장실 칸 밖으로 나온 순간, 세면대에서 이쪽을 바라보는 두 사람과 눈이 마주쳤다. 순간 그들의 얼굴에 그대로 드러났던 당황은 곧 관리한 표정 뒤로 사라졌다. 냉랭한 눈빛은 네가 들어봤자 무얼 할 수 있냐고 빈정대고 있었다. 맞다. 나는 저들에게 할 수 있는 것이 없다. 증거는 없었고 흔히들 말하는 빽이 있는 것도 아니었다. 내 잘못이 없었음에도 수치스러운 감정에 떠밀려 화장실 출입구를 향해 뛰쳐나갔다. 나가는 길목에서 언뜻 화장실로 들어가는 빨간 염색모를 봤던 것 같다.

그 일이 있고 난 후, 첫 생리 결석을 썼다. 피할 수 있는 건 고작 하루, 견뎌야 하는 시간은 적어도 반년. 내년에 또 같은 반이 될지도 모른다는 끔찍한 불안감이 엄습한다. 이러다 같은 고등학교까지 가게 된다면? 생각은 꼬리에 꼬리를 물고 증폭한다.

이튿날 교실의 공기는 내가 문을 열자 무겁게 가라앉았다. 뻔했다. '김한천이 음침하게 둘만의 비밀을 엿들었다.', '혼자 피해망상 속에 갇혀 해명은 듣지도 않더라.' 이미 이따위의 왜곡된 소문이 반 전체에 퍼진 게 분명하다.

1교시가 다가오는데 아직도 자리가 드문드문 비어 있다. 잘된 일이다. 전학생 옆만 아니면 어디라도 좋다. 모두가 나를 기피한데도 최악의 상황에 내 발로 걸어 들어가고 싶지는 않았다.

최적의 자리를 찾기 위해 머리를 굴렸다. 일진 놀음이나 하는 아이들은 당연하고 반에 어울리지 못하는 아이의 곁도

꺼려진다. 내 처지에 누굴 가리나 싶어 순간 비소가 나올 뻔했다.

그런데 그 순간, 나를 부르는 소리가 들려왔다.

"김한천!"

"…."

"여기야 여기. 네 자리도 기억 못 하냐?"

전학생이다. 내친김에 둘과 합세해 나를 우습게 보나 싶었다. 하지만 곧 생각해 냈다. 저 부름 속에 담긴 그것은 첫 만남 때부터 내게 내민 오지랖 같던 호의와 온도가 같다는 것을. 자리에 앉고서도 멍한 눈으로 생각을 돌릴 거리를 찾기 위해 가방을 뒤적거렸다. 곧 손끝에 무언가 걸렸다. 각종 교과서 아래 깔린 그것을 찢어지지 않도록 조심스럽게 꺼내 들었다. 개학식 날의 그 종이. 가방 속에서 찢기고 찌그러지기까지 해 이미 상태가 말이 아니었다.

그저 헛된 생각이지만 우연과 상황이 겹쳐 이 종이가 나에게 친구를 내려준 건 아닐지 하는 상상까지 도달한다. 인정한다. 나도 어른들에게는 어린아이에 불과하다. 친구 관계에 목매고 애써 더 어른처럼 보이고 싶어 하는, 그저 그 나이대의 평범한 아이.

어째서인지 전학생은 온종일 내 손을 잡아 이끌었다. 아마 내가 더 이상 어울릴 친구가 없다는 것을 눈치채고 챙겨

준 모양이다. 순수한 호의는 내 경계를 한없이 부끄럽게 만들었다. 집에 돌아와 돌이켜 본 전학생, 아니 효단과 보낸 하루는 상당히 인상적이었다. 그 아이는 내가 이미 반년간 다녀온 학교를 소개해 주지를 않나, 학생 주임 선생님의 선도에도 아랑곳하지 않고 빨간 염색모를 고집했다. 심지어 내 손을 잡고 달아나기까지 했다. 카톡 친구 목록에 뜬 그 아이의 프로필을 터치했다. 오색 빛의 스티커로 한껏 꾸며져 있다.

'이상한 아이.'

그 아이를 계속 떠올리고 있자니 충동적인 생각이 들었다. 그 편지가 내게 효단이를 보내 줬다면 나도 누군가에게 친구를 만들어 주겠다고.

나의 손이 볼펜을 쥐고 글을 써 내려갔다. 그 편지는 비행기가 되어, 창을 넘어, 허공을 가로질렀다. 내 바람이 담긴 편지는 이러한 경로로 누군가에게 날아들 것이다.

안녕, 내 친구가 되어줄래?

[에필로그]

점심시간까지도 효단과 나의 거리는 좀처럼 좁혀지지 않

왔다. 그때까지만 해도 효단의 순수한 호의는 내게 그저 부담으로 다가왔다. 바라는 것 없이 누군가를 도와주는 사람은 없다고 철저하게 믿고 싶었다. 나만 이러한 못나고 비겁한 모습이 아니었으면 했다. 어색한 침묵과 거리를 유지하며 운동장을 함께 배회하던 중, 효단이 갑자기 하늘 타령을 하며 운동장 가장자리에 위치한 벤치에 드러누웠다.

"이야, 하늘 맑다!"

"야! 너 치마."

"괜찮아, 괜찮아. 그보다 이제야 나랑 말할 마음이 생겼어?"

말문이 막혔다. 그리고 곧 헛웃음이 새어 나왔다. 다 알고 있었구나. 제 나름의 배려를 해준 거구나. 내가 그토록 부정하고 싶었던 순수한 호의는 실로 존재하는 것이었다. 어쩌면 이 아이는 저 하늘보다도 맑고 투명할지도 모르겠다. 그런 생각을 하며 효단의 반대편에 머리를 맞대고 누웠다.

"너도 치마면서."

"괜찮아."

"너 예상외로 뻔뻔하구나?"

"너는 예상만큼 뻔뻔하고."

"엥? 그럴 리가."

그렇게도 견제했던 아이와 느긋하게 누워 이야기를 나누고 있자니 긴장이 풀린 건지 첫 만남 때부터 들었던 의문이

스멀스멀 치고 올라온다.

"그러고 보니 너 개학식 날 등굣길에 내 이름 불렀잖아. 내 이름 어떻게 알았어?"

"아, 그거?"

그 애는 돌아 엎드려 나와 눈을 마주쳤다. 익살스러운 입꼬리가 시원하게 말려 올라갔다.

"명찰."

이것 봐, 뻔뻔하잖아. 내 입에서 작게 새어 나온 웃음은 어째서인지 끊이질 않는다. 머리 위로 물음표를 띄운 그 애 위로 일찍 물든 단풍이 내려앉았다. 그러고 보니 효단의 머리색은 꼭 단풍과 닮았다.

계절은 누군가의 의지와는 상관없이 바뀐다. 그렇게 나의 계절도 눅눅한 여름을 지나 가을로 다가가는 중이다.

성수련 ──────────────────────

이 소설은 사춘기를 겪는 주인공 '김한천'이 전학생과 친구들 사이에서 친구 관계에 대한 갈등을 겪으며 진정한 우정에 대해 알아가는 이야기이다.

그들은 우리를 남은 자라 불렀다

얼마 전 뉴스에 변종 바이러스가 보도되었다. 독감 바이러스의 일종이었는데 인체에 극심한 해를 끼쳤다. 치사율은 하늘을 치솟았다. 공기 중으로는 감염되지 않기 때문에 조심하라는 말을 끝으로 뉴스는 끝이 났다. 너무 안일했던 탓인지 바다 건너 발생한 첫 감염자로부터 우리의 세상은 무너졌다. 감염자의 타액으로 인한 바이러스의 전파력은 생각보다 강력했다. 무서운 점은 감염자들이 죽고 나서 바이러스의 숙주로 되살아난다는 것이다. 감염자들은 생존자들을 닥치는 대로 감염시켰고 바이러스의 숙주 역할로 인해 기괴한 몰골을 지니게 되었다.

영화처럼 목소리가 들렸다. 정신도 멀쩡하고 다친 곳도 없는 마당에 귀에서 목소리가 들렸다. 목소리는 자신을 신이라 소개했다. 처음에는 믿지 않았다. 아마 누구라도 믿지 않았을 것이다. 하지만 나는 결국 인간이었다. 인간이라면 어쩔 수 없이 내재된 생존본능이 빨리 목소리를 신뢰하라고

외치고 있었다. 결정적으로,

"하리야. 그 목소리라는 거."

"…."

"믿어서 나쁠 이유는 없잖아?"

"…."

침묵. 딱히 그렇다 할 말이 생각나지 않았다. 그런데 원에게는 긍정이었는지. "그럼, 목소리를 따르는 거다?" 씩 웃는 그녀의 얼굴이 눈이 부시게 밝았다. 처음 봤을 때부터 저 모양이었다. 주변 환경이 암울해도 밝은 분위기를 풍기는. 짜증이 났다. 내 세상은 무너졌는데. 혼자서 밝은 세상에 사는 것처럼.

"야, 원."

"응?"

너는 뭐가 그렇게 간단한데? 질책하려던 것도 잠시 돌아보는 말간 얼굴에 말문이 막혔다.

"아무것도 아니야."

원은 그런 사람이었다. 자신만을 생각하고 이기적으로 행동해도 모자랄 상황에 남을 향해 손을 내밀었던 이상한 사람.

원이 저럴 때마다 그녀를 처음 만났던 때가 떠오른다.

어떻게 살아남았는지 기억조차 나지 않는다. 축축한 지하 벙커에서 눈을 떴다. 아, 멸망한 세상에서 혼자 살아남았구

나. 손에 들려 있던 몽키스패너를 꽉 쥐었다. 자리에서 일어나 지하 벙커의 입구에 귀를 대고 숨을 죽였다. 감염자들의 소리는 들리지 않았다. 조심스럽게 문을 열면 소름 끼치는 소리와 함께 문이 열렸다. 조금 열린 문을 통해 빠져나오니 비틀어진 문이 보였다. 저런 곳에서 어떻게 살아남았지. 의문이 들기도 잠시 반대쪽에서 비명이 들렸다. 그제야 실감했다. 지옥이 되어버린 나의 세상을.

지하 벙커에서 나오고 몇 시간이 흘렀는지 가늠할 수도 없었다. 식량이 생존에 중요하다고 생각해 마을로 내려왔지만 이미 다 털려 있거나 남아 있다 하더라도 말라비틀어져 악취가 나고 있었다. 간신히 감염자를 피해 편의점으로 들어와 떨리는 손으로 바닥에 굴러다니는 캔과 라면 봉지를 정신없이 가방에 집어넣었다. 문득 허탈감이 들었다. 가족들의 생사도 모르는데 살겠다고 버둥거리는 내가, 죽음에 대한 공포로 죽지도 못하는 내가 웃겨서 잠깐 손을 멈추고 진열대에 기댄 채 주저앉았다. 다 깨진 형광등이 스파크가 튀기는 전선에 의지해 공중에 매달린 광경을 보고 바람 빠진 웃음을 흘렸다. 그랬다. 그랬을 뿐인데 지금 내 앞에 있는 저것들은 무엇이란 말인가. 기괴한 몰골을 한 사람 아니, 사람이라고 하기도 어려운 덩어리들이 다가오고 있었다. 소리도 지르지 못하고 멍하니 그 모습을 바라보고 있었다.

와장창-

　창문이 깨지는 소리와 함께 내 앞에 있던 감염자들이 일제히 그쪽으로 고개를 돌렸다. 동시에 무언가가 나를 강하게 잡아당겼다. 그리고 그곳에는,

“어때?”

“…”

“나 멋지지?”

“누구세요.”

　원이 있었다. 지금처럼 웃음을 머금은 채.

“아, 맞다. 난 원이라고 해. 영 원.”

“…”

“넌 이름이 뭐야?”

“전하리.”

“음, 좋아. 나랑 같이 다닐래?”

“내가 나쁜 사람이면 어떡하려고.”

　널 배신할 수도 있어. 내 한마디에 원이 뭐라고 답했더라. 괜찮다고 말하며 웃던 얼굴. 미련한 사람. 되려 내 말문을 막히게 한 그녀는 감염자들이 판을 치는 세상과는 어울리지 않는 사람이었다.

"무슨 생각 해?"

"아무 생각도."

"몇 번이나 불렀는데?"

"미안, 졸았나 보지."

"목소리가 들려."

원의 말에 눈을 감고 귀에서 울리는 목소리에 집중했다. 신이 맞기는 하는지 그는 우리가 그를 믿기로 했다는 사실을 이미 알고 있었다.

"너희는 남은 자이다. 감염자들을 원래대로 돌려라. 그게 너희가 할 일이다."

"원래대로라면?"

"인간. 감염자들은 원래 인간이었잖아."

그런 일이 가능했던가.

"내가 만든 세상은 이렇지 않았다. 타락한 인간들로 인해 흐름이 뒤틀려 내가 창조하지 않은 것들이 세상에 존재를 드러냈다."

"…."

"나의 피조물들에게는 창조될 때부터 자유가 주어졌다."

"…."

"그것이 내가 이곳에 개입할 수 없었던 이유이다. 자유가 주어져 타락한 피조물들이 흐름을 뒤틀어버릴 때까지."

"…."

"비록 나는 개입하지 못하지만 너희 같은 나의 피조물이라면 가능하지. 감염자들의 구원을 부탁한다."

"잠, 잠깐,"

어떻게 구원하라는 말인가? 야속하게도 목소리는 끊긴 지 오래였다. 신을 온전히 신뢰할 수는 없지만 이런 곳에 계속 머물러 있는 것도 어려웠다. 역시나 기대를 저버리지 않는 원은 이미 저만치 가고 있었다. 덕분에 심란한 머릿속을 정리할 시간도 없이 원을 따라 정처 없이 걷게 되었다.

원…! 채 부르지 못한 이름이 허공을 떠돈다. 사고였다. 분명히, 분명히 사고였다. 감염자들은 청력이 월등히 발달했나 보다. 고작 발걸음 소리에 이렇게 몰려왔다니. 원의 신체 능력은 감염자들을 피해 달릴 만큼 좋지 않았다. 마음이 급해진 내가 몽키스패너를 건너편 가게의 유리창으로 던졌다. 운 좋게 명중한 몽키스패너가 큰 소리를 내고, 감염자들이 건너편 가게로 뛰어갔다. 급하게 원에게 다가가 손을 내밀어 일으켜 주려는데, 그녀의 팔에 있으면 안 되는 자국이 보였다.

"…."

"너, 이제 인간 아니야."

"하리야."

"난, 인간이 아닌 것과는 같이 다니지 않아."

뭐라고 말하려는 원을 뒤로 나는 걸었다. 그녀의 모습이 그려지지 않을 때까지 걷고 또 걸었다. 그게 맞는 것이니까. 이런 세상에서 나만은 꼭 살아남아야 하는 존재니까.

원을 떠난 지 며칠이 지났다. 신의 목소리는 들리지 않았고, 여전히 감염자를 인간으로 되돌릴 방법은 미지수였다. 나는 속은 걸까. 살 수 있다는 희망에 취해 잠시 이명이 들린 것일까. 부정적인 생각들이 꼬리에 꼬리를 물고 계속해서 이어져만 갔다. 원이 있었다면. 원이 있었다면 어땠을까. 만약 원이 아닌 내가 물렸다면? 그러면 그녀는 어떤 행동을 했을까. 나처럼 떠났을까? 아닐 것이다. 원은 남을 위해 손을 내미는 이상한 사람이니까. 그녀가 아니었다면 나는 지금 인간이 아닐 것이다. 그것은 덮으려야 덮을 수 없는 사실이자 평생 고마워해야 할 과거였다. 나는, 원을 만나러 가야겠다. 아니, 가야만 했다. 그게 옳다.

원과 다녔던 길을 돌아다녔다. 심지어 소리를 죽이고 감염자의 얼굴을 빤히 쳐다보기까지 했다. 그렇지만 그녀를 찾기는 쉽지 않았고, 설상가상으로 식량이 떨어져 근처 식료품점에 몸을 숨기게 되었다. 그리고 그곳에는 생존자가 있었다. 바이러스 사태가 일어나고 나서 원을 제외하고는 처음 보는 인간이었다. 원이 생각나 가까이 다가갔는데,

"가까이 오지 마요. 물렸어요. 곧 변할 거예요. 방금 물렸거든요."

"아."

"저는 감염자가 되더라도 당신만은 살아남으세요. 조심하세요. 물린 지 얼마 안 돼서 주변에 감염자들이 남아 있을 수 있어요."

살려야 한다. 원을 생각해서라도, 원의 일에 면죄부를 내밀기 위해서라도. 신이 나에게 감염자를 살리는 것이 내 일이라고 하지 않았던가. 누군가를 위한다. 태어나서 처음 가져보는 감정에 심장이 뜨거워졌다. 눈을 질끈 감고 그에게 다가갔다.

"저는, 남은 자예요. 감염자가 되지 않을 거예요."

"물렸는데, 어떻게 그런 일이…!"

"…!"

그의 손에 났던 상처가 아물고 있었다. 회복되는 모습이 여실히 드러났다. 짤막한 감사 인사를 전한 그가 식량의 반을 내게 넘겨주었다. 그리고 그가 점점 멀어져 이내 점처럼 작아질 때까지, 나는 제대로 정신을 차리지 못했다. 이상하다. 원만 밝은 사람인 줄 알았는데. 그런 사람이 또 있었다. 나는 나만 살아남으면 끝나는 것으로 생각했다. 빌어먹게도 멸망해 버린 세상에서 오롯이 나만. 그러나 감염자였던 그는 오히려 내 미래에 희망을 빌어주었다. 나는 이런 사람을 둘이나 마주하고 나서야 깨달았다. 세상에는 남을 위하는 사람들이 생각보다 많이 존재하고, 나 같은 사람이 부족한 사람이라는 것을 말이다. 이제껏 내가 사는 것이 최선이라 생각하고 남을 위한다는 생각은 없었는데. 생각을 바꾸자마자 사람을 살렸다. 감염자가 된 원과 유일하게 마주한 생존자. 그 둘 앞에 서 있던 나. 물리적으로 다른 것은 없었다. 다만, 심리. 심리적으로 변화가 일어났다. 그녀 앞에서 나는 여전히 나 자신만을 생각했다. 그러나 생존자 앞에서라면 이야기가 달라진다. 처음 느끼는 감정이었지만, 그를 위한다는 것은 진심이었다. 같은 상황, 그러나 다른 마음.

입가에 희미한 미소가 걸렸다. 내가 매일 타박했던 원의 웃음과 비슷한 양상으로.

감염자들을 되살리는 법이 무엇인지 알 것 같다. 머릿속에서 가장 큰 부분을 차지하고 있던 것이 녹아내리자 신기하게도 모든 일이 술술 풀려버릴 것 같다는 묘한 희망을 얻게 되었다.

얼마 지나지 않아 원을 발견했다. 이미 감염자가 되어 있을 것이라는 나의 예상과 달리 그녀는 사람의 모습을 하고 있었다. 또한 그녀의 뒤에는 일행으로 보이는 사람들이 옹기종기 모여 있었다.

"하리! 보고 싶었어. 괜찮은 거야?"

"미안. 미안해."

"어쩔 수 없는 일이었잖아. 그럴 수 있지."

원이 씩 웃는다. 나를 구해주며 웃어주던 원의 모습과 지금 그녀의 모습이 겹쳐 보였다. 원은 이상한 사람이 아니었다. 나를 감염자로부터, 바보 같은 생각으로부터 구해준 성숙한 사람이었다.

"어떻게, 어떻게 감염되지 않은 거야?"

"우리 같은 사람들이 더 있어. 남은 자들이야. 덕분에 살았어."

원이 뒤에 있던 일행들을 가리키며 미소를 머금었다. 그러고는 내게 손을 내밀었다. 나는 그럴 자격이 없는 사람임에도 불구하고 감히, 감히 내뻗어 보았다.

"나도 같이 가도 되는 거야?"

"당연하지. 함께 가는 거야!"

내게 활짝 웃어 보이는 그녀의 얼굴이 눈이 부시게 밝았다.

신예진 ———

이 소설은 유난히 냉담한 주인공 '전하리'가 유난히 낙천적인 친구 '영원'을 만나 사건을 겪으며 '이타'를 알게 되는 이야기이다.

홍연(紅緣)

1

"마지막을 향해 몇 년을 달렸는지… 드디어 하나 남았네. 이제 우리 단아한테도 더 신경 쓸 수 있겠다. 지금쯤 단아는 자고 있으려나?"

누군가 차의 핸들을 돌리며 말했다.

"어휴, 근데 비가 많이 오네. 어두워서 앞이 잘 보이지도 않아."

그런데 갑자기 반대편에서 형체를 알아볼 수 없는 무언가가 차를 향해 질주했다.

"어! 뭐야?"

끼익! 쿵쿵…

"엄마! 아빠 언제 와? 아빠가 오늘 단아 줄 곰돌이 인형사 온댔는데."

"그러게, 10시가 넘어가는데 아빠가 연락이 안 되네. 전화도 안 받으시고."

"전화 한 번만 더 해보면 안 돼, 엄마?"

"음, 아빠 운전 중이셔서 안 받는 거 같은데? 조금만 더 기다려볼까, 공주님?"

"힝, 알겠어, 엄마…."

그 순간, 핸드폰 벨 소리가 울렸다.

"어! 아빠다, 아빠!"

"어? 모르는 번호인데? 잠시만 단아야 네, 여보세요!"

"네, 보호자 맞아요. 근데 왜…."

"…응급실이요?"

"엄마! 엄마?"

엄마의 표정은 점점 어두워졌다. 마치 들으면 안 될 것을 들은 것처럼.

"…단아야, 옷 입어."

그렇게 엄마랑 나는 폭우가 내리던 어두운 밤, 아빠의 마지막을 보았다. 그리고, 이게 아빠에 대한 나의 마지막 기억이다.

그날 아빠는 역주행 차와 사고가 났다. 그런데 사고 당시 도로에 어떤 아이가 서 있었다고 한다. 끝내 그 사람을 찾아내지는 못했지만, 그때 그 사람이 없었다면 아빠의 차는 추돌하지 않았어도 됐을 것이다. 경찰은 아빠가 그 사람을 살리기 위해서 다른 차와 추돌했다고 말했다. 그래서 그때부터 나의 목표는 그 사람이 되었다. 어디에 사는 누구인지도 모르지만, 꼭 찾아낼 거다. 아빠는 그날 마지막 붉은실을 끊었고, 이제 자기 붉은실만 끊으면 정말 모든 게 끝나는 것이었다고 한다. 우리 가문 사람들에는 매주 편지가 하나씩 날아오는데, 편지에 적혀 있는 사람의 실을 끊어야 한다. 그리고 나는 그날 밤으로부터, 아빠를 이어 붉은실 인생을 살게 되었다.

2

나는 그저 평범한 고등학생이지만 단 하나 다른 게 있다. 바로 붉은실 인생을 살고 있다는 것이다. 붉은실 인생은 보통 성인이 되고 시작하는 게 일반적이지만 나는 어린 나이에 아빠를 대신해야 했기에 어릴 적부터 이렇게 살고 있다. 그런데 생각보다는 힘들지 않다. 그저 매주 받는 편지에 적힌 처음 보는 그 사람들을 찾아다니는 게 좀 귀찮을 뿐. 아, 그리고 하나 더. 연결돼 있는 두 사람의 붉은실을 끊으면, 그전까지 있었던 서로에 대한 기억은 거짓말처럼 사라지고 다시는 서로를 만나지 못한다는 것. 이 일을 하면서 수많은 경험을 했지만 이건 아직도 적응되지 않는다.

"엄마, 학교 다녀왔습니다!"

오늘도 어김없이 나에게 명단이 날라왔다. 이름과 간단한 신상을 확인했다.

"이서준…."

'이번에는 학생이네? 그럼, 학교 마치고 도서관이나 가야겠다. 실도 끊고 오랜만에 공부도 좀 하고 해야지.'

"엄마, 오늘은 이서준이라는 사람이네. 도서관 가는 게 낫겠지?"

"응, 그래. 도서관 괜찮네. 근데 어느 도서관 가려고?"

"시청 앞에 큰 도서관! 어딘지 알지?"

"거기, 선우네 도서관이잖아. 시끄럽게 하면 선우한테 혼난다."

"알겠어, 조심할게. 다녀오겠습니다!"

"잘 다녀와 딸. 차 조심하고!"

도서관은 많은 사람이 모여 있었기에 붉은실을 찾기 편했다. 그래서 종종 도서관을 찾곤 했다. 도서관에 도착해 짐을 대충 올려두고 가위를 챙겨 책장으로 향했다. 선우를 의식하면서 한 걸음 한 걸음 조심히 걸어 다녔다. 혹시 잘못 책 잡혔다가 귀찮아지는 건 딱 질색이다. 고개를 돌리며 책장을 누비던 중, 사각진 소설책을 꺼내던 어린이의 손목에서 붉은실이 빛났다.

'저 아이다!'

아이에게로 조심스럽게 다가갔다. 가위를 꺼내 손목의 붉은실을 자르려던 그 순간, 갑자기 누군가 내 어깨를 툭툭 치더니 말했다.

"잠시만!"

난 깜짝 놀라 그를 향해 돌아봤다.

"전부터 자꾸 그 가위 들고 다니는 것 같아서 말이야. 음… 너무 위험해 보여. 더군다나 그 가위는 진짜 날카롭게 생겨서 좀 걱정돼."

그의 얼굴이 익숙했다.

"아… 미안… 미안해."

"아… 니가 선우야?"

우선 사과를 했다. 그리고 물어봤다.

"응? 나 박선우. 너랑 같은 학교 다니잖아."

아, 얘가 개였구나. 처음 마주한 순간이었다.

"아, 우리 학교 회장? 맞지? 미안! 다음부터는 조심할게."

'하… 하마터면 어린애한테 가위 들이대는 이상한 애로 찍힐 뻔했네. 조심해야지.'

3

다음 날, 학교에서 선우를 마주쳤다. 뭔가 불안해서 나도 모르게 반대 방향으로 몸을 틀었다.

"홍단아!"

뒤에서 해맑은 선우의 목소리가 내 이름을 불렀다. 나는 뒤돌면서 어색하게 인사를 했다.

"안녕!"

"오늘은 가위 안 들고 다니냐!"

대뜸 가위 얘기를 꺼냈다.

"아… 응 있지….'"

"근데 도대체 그 가위를 왜 그렇게 좋아하는 거야? 사실 전부터 너 알고 있었는데 매번 그 가위를 들고 다니더라고."

"아….'"

난감했다. 뭐라고 둘러댈지 고민하던 중, 내 표정을 보고 뭔가 알아챈 듯한 선우는 다시 입을 열었다.

"음… 저거 평범한 가위 아니구나?"

아, 망했다. 이렇게 된 이상 그냥 밝히기로 했다.

"아, 그게 사실 이 가위는 그저 평범한 그런 가위가 아니야. 붉은실이라고 들어봤어?"

선우는 당황한 표정을 지으며 물었다.

"붉은실? 사람과 사람 사이에 이어져 있는… 그런 건가?"

"맞아. 그런 느낌이야. 붉은실은 대개 자신과 악연인 사람과 이어져 있어. 나의 인생에서 가장 큰 불행을 담당하는 사람."

"오, 그러면 내 불행은 누구야? 내가 알고 있어?"

"현재 진행 중인 불행이라면 자기가 자신의 붉은실의 정체를 알고 있기도 해. 그런데 미래에 있을 불행이면 보통 모르지. 나도 아직 몰라. 통보가 와야 알게 되는 거라."

"아, 그래서 저 가위가."

"응, 이 가위는 그런 붉은실을 끊기 위해 만들어진 가위야. 사람들을 불행 속에서 구해주는 거지. 우리 집이 대대손손 하는 가업이야. 그래서 내가 맨날 가위를 들고 다녔던 거고."

"사람들을 불행 속에서 구해준다… 멋있는데? 그런 줄도 모르고 오해해서 미안해."

"아니야, 보통 다들 그렇게 생각해. 나는 오히려 이해해 줘서 고마운걸."

"진짜 멋있다. 그런 의미로 나 너 돕고 싶은데, 그래도 돼?"

"어? 어어 그래 그럼."

그렇게 우리는 같이 다니게 됐다.

선우는 나를 많이 도와줬다. 도서관에서 발견되는 학생들은 선우가 나서서 도왔다. 전처럼 이상한 오해가 생기지 않도록 말이다.

"오늘도 임무 완수?"

"응! 이번 주도 해냈네. 고마워 덕분에 빨리 찾아냈어."

"아니야 뭘. 그런데 나 혹시 물어보고 싶은 거 있는데. 물어봐도 될까?"

"응 뭔데?"

"전에 이 일이 가업이라고 했잖아. 그럼, 가족 전체가 이 일을 하고 계신 거야?"

"보통은 성인이 되고 나서부터 시작해. 성인이 되면 아빠가 이 일을 물려주는 방식이거든. 근데 사실 나는 어릴 때 아빠가 돌아가셨어. 그래서 자연스럽게 어릴 때부터 하게 됐지."

"아, 그렇구나. 혹시 아버지 왜 돌아가신 건지 물어봐도 돼?"

"응, 이 일은 사람마다 할당량이 정해져 있고, 그걸 다 채우면 끝이 나. 사람마다 할당량은 다르게 주어지는데 우리 아빠는 유독 많았어. 그래서 나를 낳고도 여전히 일을 하고 다니셨지. 할당량을 다 채우면, 그제야 비로소 자신의 붉은 실이 자기 눈에 보이게 돼. 그래서 그걸 위해 열심히 하셨지. 그날은 아빠가 마지막 붉은실을 끊는 날이었어. 비가 오던 어두운 저녁이었는데 아빠는 차를 타고 집에 오고 계셨어. 그런데, 어떤 어린아이가 엄마를 잃어버리고 도로에서 방황하던 중에 도로에 뛰어든 거야. 아빠는 너무 놀라 핸들을 틀었지만, 그 아이를 지키기 위해 차를 반대쪽으로 틀었어. 그래서 결국 아이는 살렸지만, 아빠는 돌아가셨어. 자신의 붉은실을 끊지 못하고 죽으면 그 붉은실이 다음 세대한테 물려지거든. 그래서 나는 하루빨리 내 붉은실인 아이를 찾아서 끊어내고 싶어."

"아….."

"왜?"

"아… 아니야. 아버지 많이 보고 싶겠다."

"10년 전 일이지만 아직도 뚜렷해. 그래도 지금은 많이 무뎌졌어."

"그럼, 너의 최종 목표는 그 아이를 찾는 거네?"

"그렇다고 볼 수 있지. 아무래도? 난 하루빨리 그 아이를 찾아서 붉은실을 끊어내고 싶어. 나랑 내 주변 사람들이 안전했으면 좋겠어. 다시는 그런 일이 안 생기도록."

"…."

5

"선우야! 기쁜 소식!"

"왜? 뭔데?"

"드디어 마지막 명단이야. 이거만 끊으면 이제 내 붉은실을 찾을 수 있어!"

"드디어… 찾게 됐네. 축하해."

우리는 예전에 자주 걸었던 길을 다시 걸었다. 천천히, 천천히 그의 발걸음이 느려지는 걸 나는 알 수 있었다.

그리고 알 수 없는 차가운 공기가 우리 사이를 맴돌았다. 아무 말도 오고 가지 않았지만 나는 비로소 우리의 결말을 짐작할 수 있었다.

나는 마침내 내 붉은실의 경로를 알게 되었다. 아니, 이미 알고 있었지만 그저 현실을 부정하고 있었던 것일지도 모르겠다. 역시 그랬던 거였다. 그의 손목의 붉은실이 나에게 단 한번도 보이지 않던 이유가 있었다. 선우가 10년 전 아빠가 죽은 날 사고 현장에 있던 그 아이였다. 내가 애타게 찾고 있었던 그 아이….

애써 참았던 우리의 눈에서 차갑게 눈물이 흘렀다. 나도 모르게 눈물이 흘렀다. 눈물은 나의 손결을 따라 서서히 밑으로 흘렀다. 영문도 모르는 눈물이 끊임없이 흘렀다. 왜 네가 10년 전 그 아이인 건데. 왜…. 도저히 받아들일 수가 없었다. 아, 이게 큰 불행이구나.

나는 조심스레 고개를 들었지만, 나의 눈에 들어온 건 그의 공허한 동공과 곧 흘러넘칠 것 같은 눈물뿐이었다. 둘 사이에 남아 있던 건 오직 파동치는 침묵과 꽉 쥔 두 손뿐이었다.

긴 정적 끝에 그가 떨리는 입술을 열며 말했다.

"만약에 우리가 붉은실로 연결돼 있다면 넌 어떡할 거야?"

나는 도저히 그의 얼굴을 보며 대답할 자신이 없었다. 그 상황에서 내가 할 수 있는 건 없었다. 도저히 무슨 말도 나오지 않았다. 이 상황을 감당해 낼 수 없었다.

"단아야, 나 좀 봐줘, 응?"

"…."

"마지막인데 그래도 얼굴 보고 얘기해야 할 거 아니야."

"…."

그렇다. 선우는 나의 붉은실이 자기인 줄 이미 알고 있었던 것이었다.

"미안해. 나만 아니었어도 너희 아버지가 계속 네 곁에 계셨을 건데."

이중적인 감정이 들었다. 내가 여기서 뭐라고 해야 할까.

"아니야, 네 탓 아니야."

"…."

"이게 나의 가장 큰 불행이었나 봐. 결국 또 주변 사람을 잃게 됐네. 사실 정말 정말 끊기 싫어. 그러면 우리 다시는 서로를 보지 못할 거잖아."

"응, 근데 안 끊으면 나는 너한테 평생 불행을 안겨주게 될 거야. 나는 니가 행복했으면 좋겠어. 그러니까 얼른 끊어."

"…."

"내가 너무 미안해… 정말 고마웠어."

그가 마지막 인사를 하는 듯했다.

"선우야, 미안해. 이렇게 될 줄은 몰랐어. 그리고 나도 너무 고마웠어. 내가 찾던 사람 같이 찾아줘서 고마웠어. 덕분에 일도 빨리 끝낼 수 있었어."

"다음 생에는 우리 좋은 인연으로 만나자, 홍단아…."

그렇게 우리의 붉은실은 끊어졌다.

박서현 ────────────────────────────

붉은실 가문의 '홍단아'가 '선우'를 만나 운명의 진실을 깨닫게 되는 이야기이다.

컬러 랜드

"팔레트 속의 세상 컬러 랜드. 컬러 랜드에서는 팔레트라는 말에 걸맞게 여러 가지의 색깔 사람들이 사는 모습을 볼 수 있기에 유명합니다. 하지만 컬러 랜드가 이보다 더 유명해진 이유는 서로를 배려하는 변화된 세상이라고 불리기 때문인데요. 지금 당장 컬러 랜드를 방문하세요!"

어느 한 거리에서 들리는 광고 소리. 사람들은 길거리를 지나다니며 광고를 듣고는 생각한다.

'지금 컬러 랜드가 달라진 게 언젠데 저 소리를 믿는 사람들이 있을까?'

이게 다 무슨 소리냐고? 한마디로 저 광고가 거짓이라는 것이다.

컬러 랜드는 변화한 지 꽤 오래됐다. 물론 나쁜 쪽으로.

원래부터 컬러 랜드는 여러 가지 색깔들이 다 같이 사는 곳이 아니었다. 제일 처음 이 땅을 발견한 색은 노란색이다. 노란색은 살 곳을 찾던 중 우연히 이곳을 발견해 살게 되었다.

노란색을 시작으로 다양한 색깔들이 이곳에서 정착하며 살아가게 되었다.

색깔 사람들이 정착하고 나서 초반에는 서로서로가 각자의 색을 존중해 주고 조화를 이루며 살아갔다. 하지만 점점 이 생각들이 변화하면서 자신들의 색깔을 세게 나타내며 존중하지 않는 사람들이 생겨나기 시작했다. 이에 따라 몇 번의 갈등도 있었고 싸움도 있었다.

그래서 지금은 밖으로는 잘 알려지지 않았지만, 색깔들은 모두 다 벽을 치며 살아가고 있다.

나도 벽을 치며 그 안에서 살아가는 사람 중 한 사람이기도 하고 말이다. 나는 섬세함과 꼼꼼함을 가장 중요시하는 초록색 사람이다. 이 세상에 대해 잘 알고 있는 이유는 아빠가 정부에서 일하기 때문에 가끔 듣는 이야기가 있기 때문이다. 내일도 엄마랑 아빠가 저녁에 나누는 대화를 조금 엿들어서 메모해 둘 것이다. 메모하는 이유는 간단하다. 나는 언젠가 저 색깔들이 벽을 허물고 다시 예전처럼 지내기를 원하기 때문이다 어떻게든 방법을 찾고 싶어서 한 달 전부터 꼼꼼히 모아두고 있다. 벽이 허물고 사람들이 다시 다 같이 모여 살게 된다면 득 되는 게 더 많지 않은가? 내가 이해할 수 없는 어른들의 세계가 있나 보다.

여러 가지 생각을 하며 집에서 나와 학교에 가기 위해 골목길을 지나가고 있는데 문득 이런 생각이 하나 떠올랐다.

'만약 내가 우리 동네에서 나와 같은 색깔이 아닌 다른 색의 아이를 만나면 무슨 일이 일어날까?' 하지만 금세 이런 생각은 집어치웠다. 어차피 일어나지도 않을 쓸데없는 생각을 해서 뭐 하려고 싶었지만, 그때, 나는 보고 말았다. 어떤 아이가 나에게 달려오는 모습을. 그 아이는 누군가에게 쫓기는지 앞만 보고 가다가 코너를 돌며 나와 머리를 부딪혔다. 뭐하냐며 따지고 싶었지만, 그 아이는 나와 부딪힌 순간 다시 일어나며 뛰기 시작했다.

"야 사과는 하고 가야지 야! 야!"

내가 아무리 소리쳐도 듣고 싶지 않은 건지 안 들리는 척하는 건지 그 아이는 뒤돌아보지도 않았다. "쟤 뭐야 처음부터 별로네. 진짜 싸가지 없는 놈 같으니라고." 짜증을 내며 나는 다시 학교로 걸어갔다.

지루한 학교 수업을 마치고 급식을 먹으러 급식실로 내려가려고 했는데 급식이 너무 맛이 없기에 잠시 학교 담을 넘어서 편의점을 갔다 와야겠다는 생각이 들었다.

친구들에게는 배가 아파서 보건실에 갔다 온다고 한 뒤, 운동장을 가로질러 학교 담을 넘었다. 편의점 쪽으로 걸으며 무엇을 먹을지 고민하고 있던 그때였다.

아까 부딪힌 그 아이와 같은 장소에서 또 만났다.

'이제 좀 나한테 사과하고 싶나 보지? 이 싹퉁머리야.'

근데 사과는 웬걸, 그 아이는 나를 보자마자 아까처럼 뛰기 시작했다.

쟤는 왜 자꾸 도망치지? 나는 그 아이를 따라갔다. 그 아이는 지치지 않는지 나를 피해 뛰고 또 뛰었다. 잘 뛰다가 갑자기 그 아이가 철퍼덕하고 넘어졌다. 나는 그 순간을 놓치지 않고 바로 달려가 그 아이의 목덜미를 잡았다. 그러곤 물어보았다.

"너 누구야? 왜 아침에 부딪혔는데 사과 안 하고 갔어?"

"내가 부딪혔었나, 미안. 사과할게. 근데 너는 내가 싫지 않아?"

그게 무슨 말이지. 정신을 차리고 보니 그 아이는 조금 나와 달랐다. 머리 색깔이 다르네. 눈도 다르고 피부색도 다른, 뭐야 다른 색깔 아이잖아. 내가 많이 당황한 걸 겉으로도 표현했는지 그 아이는 나에게 말하였다.

"많이 놀란 것 같네. 네가 보는 대로 나는 너와 다른 색깔이야."

그러면 여기에는 왜 온 거지? 나는 궁금증을 참지 못하고 그 아이에게 물었다.

"야, 그러면 너는 여기 왜 온 거야?"

"사실 나는 여러 가지 색깔들이 다시 다 함께 지내길 바라.

그래서 다른 색깔들에 대한 정보를 알아보려고 숨어서 왔어."

나는 나와 같은 생각을 하는 그 아이에게 매우 놀랐다.

"왜 그런 생각을 하게 됐어?"

"나는 검은색이야. 검은색은 다른 색깔들에 비해 이 컬러 랜드에 정착한 지 오래되지 않아서 병원이나 치료 시설들이 많이 발달하여 있지 않아. 나는 어머니가 많이 아프셔서 치료할 곳을 찾아다녔지만, 우리 동네에서는 찾을 수 없었어. 그래서 이런 생각을 하게 된 거야."

"아, 그렇구나. 그럼 앞으로의 너의 계획은 뭔데?"

"다른 동네도 찾아다니면서 정보 얻는 거?"

'생각보다 계획이 있지는 않네. 잠깐 내가 얘한테 아빠한테 듣는 정보를 조금 넘겨주고 얘는 나랑 같이 이 컬러 랜드를 하나로 뭉치는 거야! 완전 일석이조인데?'

"저기 그러면 나랑 힘을 합치는 거 어때? 내가 정보를 좀 줄게. 너는 대신 우리 동네로 한 번씩 와서 나랑 같이 계획을 짜자."

"우와, 그러면 되겠다."

"맞다, 참. 나 너 이름도 몰라. 이름이 뭐야?"

"나는 지안이라고 해."

"나는 민아야. 아빠가 정부에서 일하기 때문에 정보가 확실하기는 할 거야. 나만 믿어!"

"고마워. 내일 또 찾아올게. 오늘 너랑 나랑 부딪혔던 이 골목길에서 다시 만나자."

"그래."

그렇게 지안이랑 헤어진 후 나는 다시 학교로 돌아갔다. 지안이와 이야기한다고 점심을 못 먹은 것은 슬프지만 나의 작전에 또 다른 파트너가 들어왔다는 생각에 기뻤다.

지안이와 헤어지고 이후로부터 원래도 집중이 되지 않던 수업 시간이 더 집중되지 않았다.

내 머릿속에는 어떻게 지안이를 만날지, 어떻게 색깔들을 다시 같이 살게 만들지만 떠올랐다.

다음 날, 학교 가는 것이 이렇게 행복한 적은 없었다. 어제 엄마랑 아빠가 나눈 이야기를 지안이에게 알려주려고 더 빠른 걸음으로 걸어갔다. 지안이는 약속한 대로 골목길에 있었다.

"지안아, 내가 엄마랑 아빠한테 정보 얻어왔어!"

"뭔데?"

나는 지안이에게 색깔들이 어디에 모여서 살고 있는지, 성격은 어떤지에 대해 몰래 엿들었던 내용을 알려주었다. 지안이는 나의 말을 듣고는 곰곰이 생각하더니 각 동네 게시판에 다시 다 함께 살자는 글을 붙이자고 하였다. 나는 그 아이디어가 좋다고 생각했다.

우리가 매번 이 내용을 게시판에 붙이면 사람들이 언젠가는 이것을 보고 공감하여 함께 사는 세상이 될 것이고, 안 된다고 해도 도전해 보는 것이 낫기 때문이다. 평화를 위해 벽을 치고 살아가던 것은 누군가에게는 힘듦이 될 수 있고 누군가에게는 행복이 될 수 있다. 하지만 평화는 사람들 누구나 행복하게 사는 것이다. 급이 나누어지는 게 아니라 평등하게. 그것이 아마 우리가 생각하고 원했던 진정한 평화가 아닐까?

몇 년 후.

"팔레트 속의 세상 컬러 랜드. 컬러 랜드에서는 팔레트라는 말에 걸맞게 여러 가지의 색깔 사람들이 사는 모습을 볼 수 있기에 유명합니다. 하지만 컬러 랜드가 이보다 더 유명해진 이유는 서로를 배려하는 변화된 세상이라고 불리기 때문인데요. 지금 당장 컬러 랜드를 방문하세요!"

몇 년이 지난 후 또 한 거리에서 들리는 광고 소리. 사람들은 길거리를 지나다니며 광고를 듣고는 생각한다.

'지금 세상이 달라진 게 언젠데 언제 적 이야기야?'

우리의 세상은 변화하였다. 예전과는 달리 평화라는 것이 무엇인지 진정으로 깨닫는 세상으로.

차서현 ────────────────────────────────────

이 소설은 세상의 평화를 원하는 주인공이 여러 가지의 색깔을 찾는 모험
을 하며 다시 다 함께 지내게 될 날을 꿈꾸고 '평화'라는 것의 진정한 의미
를 깨닫게 되는 이야기이다.

귀신 심리상담센터와 유은의 이야기

"야 김민호, 너 믹스커피 좀 그만 마셔. 너 때문에 믹스커피가 남아나질 않는다."

유은은 페퍼민트 차를 호로록 마시며 민호에게 말했다.

그런 유은의 말을 무시하고 믹스커피를 두 포나 섞은 민호는 말을 돌렸다.

"근데 누나는 어떻게 귀신 심리상담센터 직원으로 오게 됐어요? 저는 저승 정부에서 발령받아서 온 건데, 누나는 인간이잖아요. 그래서 귀신 심리상담센터를 받아들이기도 쉽지 않았을 텐데."

"너 말 돌리지 마라. 하여간 맨날 농땡이지? 확, 강훈 아저씨한테 말해 버릴까 보다."

장난기를 가득 머금은 목소리로 유은이 대답했다.

"아… 아니에요!"

민호가 서둘러 말했다.

유은은 민호의 반응을 애써 모른 척하며 입술을 매만졌다.

"됐어. 뭐 그럴 때도 있는 거지. 나도 오늘은 갑자기 농땡이 좀 피우고 싶네. 그럼, 어디서부터 얘기해 줘야 하나⋯. 아! 거기서부터 얘기하면 되겠다!"

억울한 표정을 하는 민호를 뒤로 하고 유은은 추억을 더 듬어 이야기를 시작했다.

내가 열아홉 살 때인가? 지금 내 나이가 스물여섯 살이니 까 보자⋯ 대박! 벌써 그렇게나 오래됐다고? 아무튼, 그 당 시에 난 마음에 여유가 하나도 없었거든? 그래서 알바란 알 바는 다 하고 다녔었지. 아마 그때였을걸? 귀신 심리상담센 터, 즉 귀상센을 알바몬에서 보게 된 거야. 일단 귀상센은 저 승 정부가 악귀 예방 차원에서 약 1000년 전부터 운영해 온 거잖아. 알바몬에 올린 건 인간 세상에 대해 잘 아는 사람이 필요해서 그랬다나 뭐라나⋯ 어쨌든 귀신들 심리상담을 받 아서 원한 품은 악귀 같은 건 되지 말라고 만든 거잖아. 그 래서 그런가, 귀상센은 처음에 건물을 들어갔을 때부터 이 상했어. 낡은 바깥과 너무나도 대비되는 깔끔한 내부에, 들 어가자마자 느껴지는 오싹하고 서늘한 분위기 속에 따뜻한 분위기가 묘하게 섞여 있었지. 내가 보기엔 기묘한 분위기 를 숨기려고 그랬던 것 같아.

그래서 나는 그날 고민을 정말 많이 했어. 이거 뭔가 이상 한데? 막 납치되는 건 아닌가? 그런 생각 말이야. 웃지 마, 김민호⋯. 강훈 아저씨한테 너 여기서 떡볶이 시켜 먹은 거다 이른다? 알겠어, 알겠어. 계속 얘기하라고? 오케이. 근데 결국 분위기에 이끌려 그 흰색 풍의 문 안으로 들어가게 되었지. 아직도 기억나. 무늬 하나 없이 크고 압도하는 듯한 분위기를 내뿜지만 묘하게 나에게 안정감을 주는 문이었으니깐. 그 문을 열고 들어간 순간 나는 몸이 뻣뻣하게 굳는 것 같았어. 아무리 면접을 꽤 많이 본 나라도 그 분위기에선 긴장할 수밖에 없었던 거지. 맡기만 해도 마음을 안정시켜 주는 숲 내음이 내부를 가득 채우고 있는 것 같았지만 내 긴장을 진정시켜 주진 못했어. 근데 그 앞에 1900년대에서나 입을 법한 요상한 옷을 입은 사람 한 명과 멜빵바지에 꽃무늬 티셔츠를 입은 아저씨 한 명이 서 있는 거야. 누군지 알겠어? 그래, 서웅 아저씨랑 강훈 아저씨. 그 사람들 패션 감각 꽝인 거, 알지? 저번에는 무슨 은박지 같은 옷 위에다가 코트 입고 오셨잖아. 어찌나 웃었던지…. 그때도 똑같았어. 아휴 그걸 네가 봤어야 하는데. 알겠어. 이야기 계속할게. 그렇게 범상치 않았던 첫인상에도 불구하고 나는 면접을 이어 나갔어. 너무 떨려서 말이 입으로 나가는지 콧구멍으로 나가는지 느끼지도 못했다니깐.

근데 그 질문은 확실히 기억나. 혹시 심리상담이 다른 인격체에게도 필요하다고 생각하나요라는 질문이었어. 나는 당연히 개나 고양이를 말하는 줄 알았지. 그게 귀신이었을 줄이야…. 나는 그때 당당히 YES라고 답했지. 그리고 당연히 면접에 합격했어. 왜 당연하냐고? 너 나 모르냐? 원하는 건 꼭 해내고 만다는 거. 아휴 그런데 면접을 붙고서야 이 심리상담센터가 일반 사람이나 동물을 대상으로 하는 것이 아니라 귀신들을 위해 심리상담을 한다는 걸 알게 된 거지. 그때 내 눈이 왕방울보다 더 커졌을걸? 정말 당황했었어. 그래서 곧장 화장실 간다고 하고 도망쳤지. 그렇게 끝없이 달리고 달려서 집에 도착했을 때 내가 마주했던 건 어질러진 집과 돈 달라고 소리치는 이모더라. 난 그날 깨달았어. 세상에 현실보다 더 지옥 같은 곳은 없겠구나. 내가 지금 무언갈 마다할 상황이 아니구나. 다음 날, 나는 곧장 귀상센으로 달려가서 어제 일을 사과하고 일을 시작했지. 속는 셈 치고 돈을 벌려고 한 거야. 말도 안 되는, 그런 일을 나는 받아들이기로 한 거지. 사실 재미도 없지 않아 있었고 그 시간만큼은 현실을 생각하지 않아도 된다는 사실이 행복했어.

"왜 그런 눈으로 봐?"

민호의 시선을 느낀 유은이 물었다.

"누나는 정말 대단한 사람인 것 같아요."

계속해서 존경의 눈빛으로 유은을 바라보던 민호가 대답했다.

"하핫, 내가 좀 그렇지?"

"누나! 아 진짜 오늘따라 왜 이래요?"

"괜찮아. 이해해."

유은은 새침하게 머리를 살짝 넘겼다.

"하, 이상한 소리 하지 말고요."

민호는 어이없어하며 말했다.

"알겠어. 그럼 더 듣고 싶은 얘기 없으면 난 일하러 간다. 너 5분 안에 와. 언제 손님이 닥칠지 몰라."

유은은 재빨리 일할 준비를 했다.

"잠시만요 누나! 귀신 심리상담센터에서 일하던 중에 가장 기억에 남는 손님 있어요?"

민호는 다급하게 새초롬한 표정을 지었다.

"있지. 왜 없겠어."

추억에 잠긴 목소리로 대답한 유은은 고개를 약간 떨군 채 희미하게 웃음 지었다.

"왜? 듣고 싶어?"

"네!"

차마 똘망똘망한 눈으로 자신을 바라보는 민호를 무시할 수 없었던 유은은 대답했다.

"어쩔 수 없지."

평소와 별반 다르지 않아 보이는, 그런 평범한 날이었다. 강훈 아저씨는 이마트에서 파격 세일을 한다는 소식에 경악하며 뛰쳐나갔고 서웅 아저씨도 서울로 출장을 나간 상태였다. 다행히 그날은 손님이라곤 먼 길을 떠나시기 전에 여유롭게 차를 한잔 마시고 계신 밝은 보랏빛의 할머니 귀신밖에 없었다. 이미 강훈 아저씨와의 상담을 마친 뒤인 것 같았다. 그렇게 유은은 사람의 마음을 여는 특유의 다정한 말투로 할머니 귀신과 얘기를 나누게 되었다.

"그럼 그렇게 자식들을 다 떠나보내신 거예요?"

유은은 토끼처럼 눈을 동그랗게 뜨며 말했다.

"그렇지… 그때 얼마나 울었던지… 지금도 생생해."

할머니 귀신의 우아한 말투에 슬픔이 깊게 묻어 나왔다.

"할머니를 보면, 꼭 제 할머니가 떠올라요."

유은은 얼굴을 살짝 찡그리며 말했다.

재빨리 웃음을 짓는 유은이었지만 그 안에 담긴 그리움을 숨길 수는 없었다.

"나도 학생을 보면 꼭 우리 막내딸이 생각나. 학생처럼 속이 아주 깊은 아이였는데. 그때 교통사고로 죽지만 않았더라면 지금쯤 즐겁게 학교 다니고 있었을 거야."

애써 차오르는 눈물을 가리려는 듯 할머니 귀신이 차를 홀짝였다.

"그래서 난 학생이 꼭 행복했으면 좋겠어."

"…"

"어머 시간이 벌써 이렇게 됐네. 시간 맞춰야 한다고 신신당부하던데… 난 이만 가볼게. 학생, 고마웠어요."

할머니 귀신의 형체가 살짝 일렁이더니 곧 하늘로 사라졌다.

그와 동시에 유은은 오랫동안 묻어놓았던 그녀의 할머니에 대한 추억을 하나씩 꺼내보기 시작했다.

유은의 엄마, 아빠는 일찍이 이혼했다. 그에 따라 유은은 자연스럽게 시골에 있던 외할머니와 같이 살게 되었다. 그녀가 불과 10살이었을 때까지만 해도 유은은 할머니와 오손도손 잘살고 있었다. 유은이 무서운 꿈을 꿨다 하면 유은이 잘 때까지 밤새 자장가를 불러주는 할머니였고 유은이 어디가 아프다 하면 온 동네를 헤집어서라도 약을 찾아내는 유은의 하나뿐인 세상이 되어주는 할머니였다. 할머니의 행동 하나하나가 엄마 아빠의 이혼으로 깊은 슬픔에 빠져 있던 유은에게는 큰 힘이 되었다.

그러던 어느 날, 할머니와 유은이 산책을 하다가 은방울꽃이 가득 핀 것을 발견했을 때였다.

"유은아, 저기 봐봐. 은방울꽃이 가득 피었지? 은방울꽃의 꽃말은 '틀림없이 행복해진다'래. 난 유은이가 이 은방울꽃의 꽃말처럼 네가 어디 있든지, 어떤 상황에 있든지 행복했으면 좋겠어."

"에이, 난 할머니만 있으면 돼. 어디든지 할머니만 있다면 나는 행복할 수 있어."

그때 할머니는 유은을 복잡한 표정으로 바라보았다. 그리고 말없이 유은을 따뜻하고 포근한 품으로 안아주었다. 그때 유은은 눈치채야만 했을까. 그게 할머니만의 유은을 향한 작별 인사였다는 것을.

　바로 그다음 날 아침, 유은은 할머니가 유독 야위고 슬퍼 보인다고 생각했다. 하지만 그 생각이 또 다른 생각을 불러일으키기도 전에 그녀는 할머니와 오랜만에 시내에 나간다는 사실에 너무나도 설레 있었다. 할머니는 그녀의 물건들을 가지런히 정리해 유은의 헬로키티 캐리어에 담았다. 캐리어를 들고 간다는 것이 조금 이상하긴 했지만, 할머니가 아무 말도 하지 않았기에 새 캐리어를 들고 나간다는 즐거움과 구름 한 점 없는 맑은 날씨에 그 찝찝함은 금방 잊혔다. 그리고 그런 유은의 기분과는 반대되게 마침내 그들이 도착한 곳은 곰팡내가 진동하는 어느 빌라였다.

　"슬기야, 제발 한 번만 내 부탁 들어줘라. 내가 네 엄마인데… 그리고 얘는 네 조카잖아. 불쌍하지도 않니? 제발… 애한테 못 볼 꼴 보이기 싫어서 그래."

　할머니가 최대한 작은 목소리로 거의 빌다시피 말했다.

　할머니가 유은의 이모와 대화하는 동안, 유은은 그저 이 냄새 나는 집에서 빨리 탈출하고 싶은 마음뿐이었다.

　"알겠어. 그냥 놔두고 가. 돈만 많이 준다면…. 어쩔 수 없지."

　모든 것이 다 귀찮은 것만 같은 목소리로 대답한 유은의 이모는 방 안으로 다시 들어가 버렸다.

"유은아. 할머니가 정말 정말 미안한데, 혹시 여기서 유은이가 열 밤만 자면 안 될까? 할머니가 진짜 급한 일이 있어서…. 딱 열 밤만 자고 유은이가 얌전히 기다리고 있으면 할머니가 꼭 데리러 올게."

드디어 집에 가는 줄 알고 잔뜩 들뜬 유은의 앞에서 할머니는 떨리는 목소리를 애써 부여잡으며 말했다.

"응…? 왜…? 흐에에엥 싫어."

뭔가를 직감적으로 느낀 유은은 울음을 터뜨렸다.

결국 그런 유은을 어르고 달래서 땅콩 캐러멜을 잔뜩 쥐여주고는 할머니는 긴 포옹과 함께 유은에게서 등을 돌렸다. 그때 유은은 바닥으로 떨어지던 할머니의 눈물을 본 것 같기도 하다.

당연히 할머니는 열 밤을 자도 스무 밤을 자도 돌아오지 않았다. 유은은 지옥에 남겨져 하루는 할머니를 증오하기도, 어느 날은 정말 너무너무 그리워하기도 하며 삶을 살아갔다.

딸랑.

문이 열리는 소리에 무심코 흐르던 눈물을 급히 닦은 유은은 아무렇지도 않은 듯 재빨리 출입문으로 갔다.

"강훈 아저씨, 왜 이렇게 늦으셨어요? 밝은 보라색 할머니 귀신님을 저 혼자 배웅해…."

순간, 유은은 강훈 아저씨 옆에 서 있는 채도 낮은 초록색의 할머니 귀신을 보고 얼어붙어 버렸다. 물론 그 할머니 귀신도 마찬가지였다. 할머니 귀신은 바로 유은이 그렇게 증오했지만, 그 이상으로 너무나도 그리워하고 있던, 그녀의 하나뿐인 할머니였다.

"마트 갔다 오다가 모셔 왔어. 헤매고 계시더라. 난 바로 상담실로 갈게. 요쪽으로 오시면 됩니다."

능숙하게 강훈 아저씨는 할머니 귀신, 아니 유은의 할머니를 안내했다.

슬픔과 그리움을 마구 뒤섞어 놓은 표정으로 유은을 보고 있던 할머니는 강훈 아저씨의 안내에 결국 발걸음을 뗐다.

그리고 상담실 문이 끼익 소리를 내며 닫히는 순간, 유은은 그대로 주저앉으며 울음인지 웃음인지 모를 무언가를 터뜨렸다.

3, 40분 정도의 시간이 지났을까. 강훈 아저씨가 조용히 유은을 불렀다.

"유은아, 할머니께서 너랑 얘기할 수 있냐고 간절히 부탁하셔서… 혹시 너만 괜찮다면 한번 얘기해 볼래?"

그때 유은은 대체 무슨 생각이었을까. 유은은 고민 끝에 알겠다고 했고 상담실 안에 들어가게 되었다. 상담실 안은 청소할 때 빼고는 많이 안 들어가 봤기에 새로운 점이 많았다. 코에 은은하게 퍼져오는 아로마 향은 예술이었다. 하지

만 그것들을 느낄 틈도 없이 유은은 그녀의 할머니와 마주
보고 앉게 되었다. 잠깐의 침묵 속에서 말을 먼저 뗀 것은
유은이었다.

"왜 나를 버렸어요?"

애써 담담하게 눈에 가득 차오르는 눈물을 무시하며 유은
이 말했다.

"버린 게 아니야. 유은이 네가 상처받을까 봐….."

"나를 버리는 것보다 더 상처받을 게 어디 있는데?"

유은이 결국 울면서 소리 질렀다. 이렇게 말하고 싶지 않
았는데, 이게 아닌데, 하면서도 유은은 멈출 수 없었다.

"내가 얼마나 힘들었는지 알아?! 얼마나 슬프고, 상처받
고, 기대하고, 또 실망했는데! 이렇게 귀신으로 나타나면 다
야?"

그 말을 들은 할머니는 눈물을 막으며 겨우 말했다.

"미안해, 유은아, 미안해 할머니가… 사실 그때 위암 말기
였어. 네가 그렇게 상처받는 건 원치 않았어. 너한테 못 볼
꼴 보이고 싶지 않았어. 미안해. 할머니가 정말 다 미안해."

그렇게 상담실에 귀신과 사람의 울음소리가 같이 들리는
기묘한 몇 분이 지난 후, 이번에는 유은이 할머니에게 먼저
다가갔다. 아직 너무나 오래되어 곪아버린 상처가 다 아물
진 않았지만 그래도 할머니에게 다가갔다.

"할머니, 내가 많이 그리워하고 보고 싶었어. 이렇게 다시

와줘서 고마워."

"미안해, 유은아."

그 순간, 마르다 못해 앙상하고 차가운 할머니의 몸을 유은은 따뜻하고 포근한 사람의 품으로 안아주었다. 그날은 시골의 은방울꽃이 많이 생각나는 몽글몽글한 날이었다.

"하… 지금은 그때 비하면 정말 편안해졌지. 이제 뭐 대학원도 다니고. 요즘은 상담심리 전문가 자격증도 준비하고 있으니까 말이야."

유은이 눈부신 미소를 지으며 말했다.

"…."

"엥? 왜 대답이 없어? 저기요?"

유은은 눈을 가리고 있는 민호를 두드리면서 말했다.

"뭐야 너 우냐?"

"아니거든요?"

재빨리 손으로 눈을 가리며 민호가 훌쩍였다.

"야, 나도 안 우는데 네가 우냐? 뭐 어쨌든 고맙다…. 그러니까 이제 그만 울어."

당황한 유은이 민호를 보며 말했다. 그러던 순간,

"유은아, 민호야! 아저씨들 왔다!"

서웅 아저씨와 강훈 아저씨가 유쾌하게 웃으며 등장했다.

급하게 눈물을 닦는 민호 옆에서 유은이 능글거리는 표정으로 물었다.

"저승 정부에서 리모델링 비는 구하셨어요?"

"그게… 당연히 못 구했지! 서울에서 온 녀석들이 어찌나 이를 갈고 왔던지. 그쪽은 예산도 많을 텐데. 하하. 말도 못 꺼내게 하더라."

갑자기 싸해진 분위기를 느낀 서웅 아저씨는 재빨리 말했다.

"근데 간식비는 구했어! 내 조카의 딸이 염라대왕 며느리 거든. 말 좀 넣어놨지."

강훈 아저씨가 살짝 눈치를 보더니 기분 좋은 제안을 했다.

"그래서 말인데, 우리가 회식 안 한 지 좀 오래되기도 했으니깐 고기나 먹으러 갈까?"

"너무 좋아요!"

아무 말 없이 있던 민호가 고개를 들며 말했다.

"그럼, 바로 출발할까요? 오늘은 제가 운전할게요. 저 이제 운전면허 딴 지 일주일이나 됐어요!"

가볍게 차 열쇠를 돌리고 있던 유은이 말했다.

"저기, 우린 괜찮은데…?"

불안한 눈빛을 하는 세 쌍의 눈을 뒤로 하고 유은은 유유히, 하지만 당당하게 걸음을 옮겼다.

서윤서

평범하고 안정된 삶을 원하는 '유은'이라는 주인공이 귀신 심리상담센터에서 일하게 되며 자신을 놔두고 갔던 할머니를 만나 과거의 상처가 치유되고, 자신을 더 사랑하게 되는 성장을 겪으며 시간이 지나 그 경험을 동료에게 전하는 이야기이다.

같은 세계에서 빛나는 나

나에겐 쓸데없는 능력이 있다. 오직 음정 '라'만 들을 수 있다. 사실 음정을 듣는 능력이 없다고 해야 맞겠지만 그냥 나만의 특별한 능력이라고 생각하는 중이다. 이럴 거면 그냥 아예 들리지나 말지.

"띵… 띵"

오늘도 어김없이 등굣길 옆 피아노 학원에서는 '라' 소리만이 나오고 있을 뿐이었다.

"아… 자… 응!"

뒤에 있는 학생들의 대화 소리도 들렸다. 난 계속해서 학교를 향해 발걸음을 옮겼다.

나는 교실에 들어가 가방을 고리에 걸고 자리에 앉아 가만히 창밖을 응시하고 있었다. 우리 반 애가 나를 불렀지만 내 이상한 귀 때문에 그 말을 모를 수밖에 없었다.

"야!"

갑자기 내 어깨를 치며 대뜸 화를 내는 바람에 나는 휘둥그레진 표정으로 그 애를 쳐다봤다.

'좀 나와줄래? 창문 닦아야 하거든?'

그 애는 내 노트를 뺏어 들고는 글씨를 휘갈겨 적었다. 나는 애써 차분한 척 자리에서 일어났지만 자기 할 말만 하고 청소를 대충 끝낸 뒤 쌩 사라진 그 애 탓에 기분은 몹시 언짢아지고 있었다.

"…녕?"

이쁘고 순하게 생긴 애가 나에게 다가와 무슨 얘기를 했지만 난 못 듣고 다시 노트를 꺼내 글자를 적기 시작했다.

'나 소리를 못 들어서. 여기에 적어줄래?'

걔는 내 눈을 바라보며 이해했다는 듯이 나에게 눈짓을 건넸다.

'안녕? 나는 지아린이라고 해. 넌?'

다시 펜을 교환해서 글을 적었다.

'난 김소리.'

나는 순간 뭔가 싶으면서도 아린이에게 끌리는 느낌이 들었다.

'너 소리 라만 들을 수 있지? 우리 엄마는 솔만 들을 수 있거든, 그래서 뭔가 공감해주고 싶었어. 우리 엄마도 좀 많이 힘들어하거든. 엄마가 힘들어하는 모습을 보기도 했지만, 난 오히려 그게 더 멋진 사람 같았어. 재능을 가진 사람처럼 느껴져서? 내가 너의 마음을 정확히는 모르겠지만 그래도 위로해주고 싶었어. 오늘 급식 같이 먹을래?'

난 밝은 미소를 지으며 고개를 끄덕였다. 그렇게 아린이에 대한 호감도가 올라갔다.

학원이 끝난 후 집으로 들어서자 아빠는 저녁밥을 준비하고 있었다. 잠시 아빠 얘기를 꺼내보자면, 아빠랑 나는 그다지 친하진 않다. 그냥 같이 사는 정도의 사이랄까. 난 아빠의 유전자 때문에 음정 '라'만 들을 수 있게 되었다. 아빠는 소리가 잘 들리게 해달라고 내 이름을 '김소리'라고 지었지만, 기어코 소리만 안 들렸다고 한탄하셨다. 아빠 탓을 할 수도 없고 나 원 참.

아빠랑 나는 어색한 분위기로 단둘이 저녁식사를 했다. 아빠는 조심히 펜을 들었다.

'밥맛은 어때?'

'맛있어 ㅎㅎ'

'다행이다. 요즘 학교생활 어때?'

'나쁘지 않아. 잘 먹었어.'

아주 작은 거짓말을 남기곤 황급히 식사자리를 떴다.

식사 후 아빠가 내 방문을 열고 들어와 노트에 글을 적었다.

'소리야. 정말 무슨 일 없는 거야?'

'응응~'

아빠가 걱정하는 것 같아 걱정하지 말라는 말투로 글을 적었다.

다음 날 학교에서도 또 똑같은 일을 당하고 말았다. 어제 시비 걸던 애가 이번에는 나의 귀 가까이에서 소리를 질렀다. 하필 그게 또 '라' 음정의 소리였던 것이다.

"야, 그만해라?"

아린이가 걸크러쉬한 모습으로 당당하게 나섰다. 역시 아린이라서 그런지 갑자기 우리 반 애들은 조용해졌다. 나는 조용히 아린이 책상에 '고마워!'라고 적혀 있는 종이를 놔두고 갔다.

학교를 마친 후 현관문을 열고 집에 들어오니 불이 꺼져 있었다. 나는 아빠에게 무슨 일이 있나 싶어서 급하게 신발을 벗고 들어가 집 안을 이리저리 둘러보았다. 그런데 갑자기 불이 켜지며 아빠의 얼굴이 보였다. 그리고 아빠는 노래를 부르기 시작했다.

"너라는 존재만으로 완벽해. 우린 보이진 않지만 멋지고 빛나는 능력을 갖췄어. 두려워하지 않고 그냥 앞으로 나아가면 돼."

높은 라, 중간 라, 낮은 라로만 이루어진 노래, 듣다 보면 나름 괜찮았다. 나는 그 순간에 눈물이 왈칵 쏟아졌다. 그냥 아빠에게 다가가 안아버렸다. 그리고 그때 포근한 이불 속으로 들어온 느낌이 들었다. 역시 가족은 가족인가 보다.

아빠가 메모장을 꺼내서

'소리야, 학교에서 괴롭힘당하고 있다며. 아린 친구에게 들

었어. 아빠가 선생님께 이야기 해놨으니까 너무 걱정하지마. 아빠가 미안해. 네 맘도 못 알아보고….'

라고 썼다. 나도 이어서 글을 적었다.

'괜찮아, 아빠~ 감사합니다.'

오랜만에 적어 보는 존댓말로 마무리한 뒤 멋쩍게 웃으며 방으로 후다닥 뛰어 들어갔다.

다음 날 나는 학교에 가서 아린이에게 다가갔다.

"어… 그 고마워…. 고, 고마워!"

아린이는 당황하는 표정이었다.

"어? 어떻게 말한 거야?"

나는 노트를 꺼내 글을 적었다.

'감으로!'

'아~ 근데 왜 고맙다고 한 거야?'

'네가 교장쌤한테 나 괴롭힘당한다고 말해줬다며ㅎㅎ'

'어? 너 그걸 어떻게 안 거야?'

'아빠한테 들었어! 고마워.'

아린이는 웃으며 메모장에 큰 하트를 그리고

'앞으로 무슨 일 있으면 말해~'

라고 글을 적었다. 애들이 자리에 급하게 앉는 걸 확인한 나는 교과서를 꺼냈다.

그리고 이제서야 깨달았다. 난 남들과 조금 다르긴 하지만, 같은 세계에서 계속 누구보다 빛날 것이라고.

권다은 ───────────────────────────────

주인공 김소리는 음정 '라' 소리만 들을 수 있다. 이런 특이한 능력으로 인해 친구들에게 괴롭힘을 당한다. 하지만 곁에서 도와주는 김소리의 아빠와 친구 지아린 덕분에 희망을 갖게 된다.

4장

내게 날아든
겨울

꽃갈피

　빽빽한 회색빛 아파트 숲이 존재했던 도시와 다르게 듬성
듬성한 2층짜리 집들이 자리 잡은 동네가 왠지 모르게 나를
들뜨게 했다. 원래 살던 동네와는 사뭇 다른 분위기이지만
이곳만의 느낌이 나름대로 마음에 들었다. 엄마는 이삿짐
정리에 분주했고 나는 그 틈을 타 지하실로 내려가 보았다.
계단을 내려가자 바닥에 가라앉아 있던 먼지들이 뽀얗게 들
떴다. 손을 저으며 눈앞의 먼지들을 없애고 나니 나무 벽에
비스듬히 기대어 있는 자전거 한 대가 보였다. 창문으로 본
하늘은 파랗게 청량했고 나는 이 자전거를 타고 오늘 하루
를 충분히 즐기고 싶다는 생각이 들었다. 조금 낡긴 했지만
앞으로 굴러가기엔 아무 문제가 없었기에 나는 자전거 안장
에 올라탔다. 다리에 힘을 주고 페달을 힘차게 밟으니 어느
새 바퀴는 빙글빙글 돌아가고 있었다. 자전거를 타고 한참
을 달리다 노랗게 물든 유채꽃밭이 나를 멈춰 세웠다. 끝이
아득한 노란빛 물결 속에서 나 자신의 새 출발을 응원했다.
유독 노랗다 못해 주황빛이 감도는 꽃 두 송이를 홀린 듯이

꺾었다. 혹여나 부러질까 엄지와 검지 끝으로 조심스레 잡고는 집을 향해 발을 굴리기 시작했다. 집에 돌아와서 꽃에 종이를 둘러 이름표를 만들고 내 이름을 써넣었다. 내일은 누군가에게 꼭 내 이름을 전하겠노라 다짐했다.

어제 자전거를 타고 달렸던 길을 내 두 발로 걸으니 느낌이 색달랐다. 엄마 말로는 우리 집에서 오른쪽으로 두 번 건너뛴 두 채의 집에 내 또래의 아이들이 산다고 했다. 어제 만든 꽃 이름표를 손에 꼭 쥐고 이 동네에서의 첫 친구를 만들러 간다. 각 집의 우편함에 꽃을 넣어두고 내일 갈 학교에 이 친구들이 있었으면 좋겠다고 생각했다.

새로운 곳에서 시작될 익숙한 일상의 첫날이다. 학교에 가고 친구들을 만나는, 그런 지극히 평범한 일상 말이다. 내가 다니게 된 학교는 동네에서 거의 유일한 학교이다. 그렇기에 이 주변 애들은 모두 이 학교로 온다고 한다. 교무실로 가서 담임선생님을 만나고 교실로 들어가기까지 20분이라는 시간이 나에게는 2시간처럼 다가왔다. 교실 문에 들어서자 웅성거리는 소음이 사그라들고 낯섦과 경계심, 약간의 호기심으로 가득 찬 눈동자 40여 개가 그 교실에서 오로지 나만을 바라보고 있었다.

"안녕? 나는 금빛 고등학교로 전학 오게 된 서우연이라고 해."

떨리는 목소리를 숨기려 성대에 힘을 꽉 주고 말한 탓에 짓눌린 듯한 목소리가 나왔다.

자리에 앉기까지 40여 개의 눈동자는 하나같이 나를 따르고 있었다. 어제 자전거를 타고 동네를 누빌 때까지만 해도 전보다 나은 내가 될 수 있을 것 같다는 막연한 기대를 하고 있었건만, 모든 감정이 무색하도록 오직 두려움만이 나를 지배하고 있었다. 분명 경멸과 조롱이 담긴 눈동자들은 아니었지만, 그냥 그 수많은 눈동자가 겨우 잠들어 있던 내 길고 길었던 겨울날들의 기억을 상기시켰다. 그때 밝은 목소리의 여자아이가 내 기억의 흐름을 끊었다.

"서우연? 너가 서우연이라고? 유채꽃 이름표 맞지…?"

예전의 내 모습들은 모두 지웠기에, 지우려 애썼기에 어색하게 높은 목소리로 나도 맞받아쳤다.

"어, 맞아 그거 나야!"

"어제 우편함에 덩그러니 이름만 적힌 꽃이 있길래 너무 궁금했거든! 이렇게 만나게 되어서 너무 기쁘다. 내 이름은 다현이야. 김다현"

나를 향한 호의 가득한 목소리를 들은 게 얼마 만인지. 심장에 난 구멍 사이로 바람이 들어가 간지러운 기분이 들었다.

"근데 그거 알아? 네가 보낸 남은 하나 있잖아? 그거 내 옆집 친구가 받았다?" 다현이가 말했다.

"헐, 그 붙어 있던 두 집 말하는 거지? 너 옆집 애랑도 친한 사이였구나?"

"우리는 어릴 때부터 알고 지냈거든, 어제 나랑 걔랑 같은 꽃을 받아서 엄청 궁금해하고 있던 참이었어. 걔는 우리 옆 반, 6반이야. 나중에 쉬는 시간에 보러 가자."

'우연도 이런 우연이 또 어디 있을까' 나는 예상치 못한 전개에 가슴이 뛰었다.

쉬는 시간에 찾아간 6반 앞에서 다현이는 큰 소리로 친구를 불렀다.

"우효민, 빨리 나와봐! 지금 완전 급해!"

"왜 무슨 일인데? 뭔데 그렇게 요란스럽게 구는 거야?"

내 예상과는 조금 다른 퉁명스러운 목소리에 나는 조금 당황했다. 하지만 다현이는 익숙하다는 듯이 태연하게 나를 소개했다.

"얘가 걔야! 어제 우편함에 꽃이름표 보낸 애 말이야! 이름은 서우연이래. 신기하게도 같은 반이다!"

"아, 서우연이라고?"

짧은 정적이 흘렀다. 아무래도 효민이는 나를 달가워하지 않는 것 같았다. 조금은 위축된 채로 교실로 돌아가는데 다현이가 내 등을 두드리며 말했다.

"쟨 원래 성격이 좀 저래. 시간 지나면 점점 가까워질 수 있을 거야. 너무 걱정하지 말고!" 다현이가 말끝에 짧은 웃음을 흘리며 말했다. 덕분에 무거웠던 마음이 한결 가벼워졌다.

나에겐 기적과도 같았던 그날 이후로 우리 셋은 친구가 되었다. 같이 등하교를 하고 시시콜콜한 이야기를 하면서 시간을 보냈다. 나를 달가워하지 않았던 효민이도 점점 마음을 열었고 그렇게 우린 찬란한 봄과 무더운 여름을 함께 보냈다. 봄날엔 흩날리는 벚꽃잎 하나로도 들떴고, 여름날엔 우리 집에 모여 약하게 탈탈거리는 선풍기를 가운데 두고 시간 가는 줄 모르게 수다를 떨었다.

"야, 근데 너희는 꿈이 뭐야?" 효민이의 질문으로 우리의 기나긴 대화가 시작되었다.

"나는 여기를 벗어나서 도시로 갈 거야. 도시로 가서 마음껏 글을 써야지. 세상 모든 작은 것들의 이야기까지 글로 써 내고 싶어." 다현이가 말을 이었다.

"작은 것들? 왜?"

"우린 알고 보면 다 작은 것들이거든. 누구나 마음속에 지닌 겨울날들이 하나씩 있어. 그 유난히 추운 겨울날 동안은 모든 사람이 작아져. 이야기는 많은 사람들을 끌어당겨야 해. 그러려면 각자의 겨울날들을 지나갈 수 있게 하는 내용이 필요해. 난 그런 글을 쓸 거야."

창문 밖은 깜깜한데 유독 별 하나가 밝게 빛난다. 저 별 때문인지 다현이의 눈은 그 어느 때보다 반짝였고 밝은 미소는 훨씬 예뻐 보였다. 다현이의 말 한마디로 각자의 겨울날에 대한 이야기들이 오가기 시작했다.

"우리 아빠가 출장 자주 다닌다고 했잖아. 그거 반은 맞고 반은 틀려. 내가 막 중학교 입학했을 땐가, 출장 다녀온 아빠가 조금 달라졌더라. 그냥 힘들어서 그런 거겠지 했어. 지금 생각해보면 그냥 우리 가족에게서 마음이 떴었던 거야. 그런데 어느 날 아침에 보니까 온 집 안에 아빠 흔적을 찾아볼 수가 없었어. 출장 간 지역에 다른 여자랑 다른 살림을 꾸린 거야. 참, 한순간이지? 그날 이후로 사람을 잘 안 믿어. 가장 가까웠던 사람이 날 버렸다는 생각이 들자마자 내가 너무 작게 느껴졌어. 김다현이랑은 워낙 어릴 때부터 친했지만 너희들한테는 조금 미안해. 처음 만났을 땐 그냥 지나가는 인연이라고 생각했거든."

효민이는 담담한 목소리로 이야기를 이어나갔다. 그 담담한 목소리 저 밑에서 깊은 진동이 느껴졌다.

그리고 나는 끝끝내 말문을 떼지 못했다. 아직 그 이야기들을 꺼낼 자신이 없었다. 애써 쌓아놓았던 마음속 설산이 무너져내려 이제야 꽃을 피우기 시작하는 생명들마저 집어삼킬 것만 같았다. 그날 이후로 우리는 종종 이런 이야기들을 했지만, 나는 항상 입을 꾹 닫고 다른 친구들의 이야기에 귀를 기울일 뿐이었다. 그때마다 나는 입을 열어주길 바라는 효민이의 눈동자를 봤지만 일부로 모른 척 외면했다.

아무 걱정 없는 날들이 이어질 줄 알았던 것은 내 오만이었다. 효민이와 다현이 사이에 이상한 기운이 감돌기 시작했다. 오랜만에 혼자 자전거를 타고 유채꽃밭에 갔다 오는 길에 나는 언성 높은 목소리를 들었다. 틀림없이 다현이와 효민이었다. 자전거를 멈추고 몸을 숨겨 둘의 이야기를 숨죽여 들었다.

"너 걔네랑 아직 다녀? 너 미쳤어?" 처음 듣는 효민이의 격양된 목소리였다.

"그게 너랑 무슨 상관인데?"

"참 너도 미련하다. 중학교 때 일로 깨달은 게 없어? 정소민이랑 서혜원 중학교 때도 너 친구로 생각 안 했어. 너 해맑고 생각 없어서 데리고 다니기 좋다고 뒷말하고 다닌 게 걔들인데, 대체 왜? 너는 아무한테나 쉽게 정 주고 상처받고 하는 거 그만 해야 돼. 그렇게 사람이 좋니?"

다현이의 성격을 꿰뚫는 공격적인 질문이었다.

"너가 걔네에 대해서 뭘 아는데? 내 친구 관계는 내가 알아서 해. 더 이상 참견하지 마."

"너 진짜 답답하다. 너 이러는 거 한두 번도 아니고 이제 질리기 시작해."

효민이는 마지막 말을 남기고서 어두워진 낯빛으로 차갑

게 돌아 자리를 떠났다. 언제나 반짝임으로 가득했던 다현이의 눈에서 닭똥 같은 눈물이 뚝뚝 흘렀다. 다현이와 효민이가 서로 특별한 관계라는 것쯤은 나도 안다. 은연 중에 서로를 대하는 태도만 봐도 충분히 알 수가 있었다. 하지만 그둘은 너무나 다르다. 다현이는 이 세상 모든 것들을 사랑하지만 효민이에겐 사랑은, 쉽지가 않다. 이런 다른 점들이 서로를 특별한 존재이게 해주었는데. 집으로 돌아오는 길에 탄 자전거는 바퀴에 모래주머니가 달린 것마냥 무거웠다.

초가을인데 바람이 유독 차갑게 느껴진 날이었다. 무언가 잘못되었다고 느낀 것은 하교를 같이하려고 6반 앞으로 갔을 때였다. 효민이는 우리와 함께 있는 다현이를 힐긋 보더니 짐을 싸고 집으로 먼저 가버렸다. 그걸 본 다현이의 눈시울이 붉어졌다. 다현이는 잠시 숨을 고르더니 어제 있었던 일을 나와 이안이에게 들려주었다. 나는 전혀 몰랐다는 듯이 토끼눈을 뜨고 이야기에 귀를 기울였다. 겉으로는 다현이를 위로하는 척했지만 내 속마음은 타들어가고 있었다. 다시는 이런 싸움에 휘말리고 싶지 않았는데. 나는 어떻게 하면 이 싸움에 개입하지 않으면서 다현이와 효민이에게 미움을 사지 않을 수 있을까 머릿속으로 계산기를 돌리고 있었다. 이 순간마저도 내 안위를 걱정하고 있는 이기적인 내 모습에 스스로가 한심하다고 느껴졌다.

그날 저녁, 나는 효민이의 집을 찾아갔다. 이 불편한 관계가 유지되는 것을 원치 않았다.

"효민아, 나야, 서우연. 잠깐 얘기 좀 하자."

"어, 와."

"다현이한테 들었어. 둘이 싸웠다며? 그러지 말고 화해하는…."

"서우연. 넌 김다현이 그런 일을 얼마나 많이 당했는지 알아? 난 그때마다 제일 가까이서 걔가 상처받는 모습을 봐왔어. 그런데 이번에도 그냥 두고 보고 있으라고? 난 걔를 이해할 수가 없어. 왜 그렇게 모든 관계에 목숨을 거는 건지, 자기가 불리한 입장에서라도 꾸역꾸역 관계를 이어 나가고 싶은지. 어차피 결말은 하나같이 별로일 텐데."

"아니 그러지 말고 그냥 화해하면 안 되는 거야? 왜 그렇게 어렵게 굴어?" 순간 나도 모르게 짜증 섞인 목소리가 나왔다.

"야, 너 솔직히 말해봐. 지금 나랑 김다현이 화해하길 바라는 진짜 이유가 뭐야? 너 지금 너만 생각하고 있는 거 아니야? 중간에서 어쩔 줄 모르겠어서, 마음이 불편해서, 너 편하자고 계속 화해하라고 부추기는 거 아니냐고."

아, 내 한심한 속마음이 들켜버리자 나 자신이 부끄러워졌다. 사실 난 효민이와 다현이가 서로 어떤 마음을 가지고 있는지에는 별 관심이 없었다. 최대한 이해하는 척했을 뿐. 나는 그냥 내 주변관계가 물 흐르듯 유연했으면 좋겠어서, 결국 내가 편했으면 좋겠어서, 이 일을 빨리 끝내기에만 급급했다. 나의 약점이 들춰져서인지 감정이 격해져서인지 내 얼굴이 벌겋게 달아올랐다.

우리 둘 사이에 어색하고도 불편한 침묵이 흘렀다.

"마침 잘 됐네 서우연. 이렇게 된 김에 얘기 좀 하자. 예전부터 너는 네 얘기를 그렇게 안 하더라?"

심장이 쿵쾅댄다. 마음속에 겨우 핀 새싹이 저 깊은 땅속으로 다시 숨어버릴 것만 같은 느낌. 몸이 마비되어 아무 반응도 할 수 없었다. 폐점한 장난감 가게 맨 아래 선반에 진열된 인형같이 나는 우두커니 그 자리에 서서 이야기를 들을 수밖에 없었다.

"너 전에 무슨 일 있었던 건 진작에 알고 있었어. 말 나올 때마다 몸이 미세하게 떨리는 게 느껴졌거든. 그래서 아무 말 안 하고 있었는데 이렇게 눈에 보이게 이기적인 모습을 할 줄은 몰랐다. 예상 범위 밖이야. 지금 너가 이러는 이유인 옛날 기억이라도 알면 모를까. 우리가 아팠던 이야기 들으면서 혼자 뭐라고 생각했어? 애초에 우릴 진짜 친구로 생각하기는 했니?"

아, 소중하다고 여긴 사람 입에서 저런 말이 나왔다. 내가 무얼 더 할 수 있을까? 머릿속이 새하얘진다. 그때 나는 느꼈다. 겨우 피어난 새싹에 커다란 눈보라가 또다시 휘몰아치고 있었다.

학교에서 다시 만난 다현이와는 가벼운 눈짓만 주고받을 뿐, 직접적으로 대화를 하지 않았고 효민이와는 그날 이후로 만나지 못했다.

사실 이 학교에 내가 정말 마음을 열어도 되는지 믿어도 될지에 대한 걱정이 있었다. 효민이가 다현이를 진심으로 어떻게 생각하고 있는지 알게 된 후로 효민이는 사실 따뜻한 사람이구나 느꼈다. 효민이라면 나의 비밀을 듣고도 아무렇지 않게 대해주고 이해해줄 수 있겠다는 생각이 들었다.

충동적으로 효민이를 학교 뒤뜰로 불러 인사를 채 하기도 전에 말을 시작했다.

"나 전 학교에서 왕따 당했었어. 친하다고 생각했던 친구들이 다르게 보이는 건 한순간이더라. 그날은 유독 애들하고 분위기가 이상했어. 하루 종일 같은 공간에 있지만 벽을 두고 함께하는 느낌이었지. 학교가 끝날 때까지 생각하고 또 생각했어. 교실에 애들이 다 빠져나가고 나도 복도로 나가는 순간 들어버렸어. 나 빼고 나머지가 기둥 모퉁이에서 자기들끼리 이야기하고 있더라. 그날 들은 이야기는 나한테 신선한 충격이었어. 고작 이런 이유로? 그리고 애초에 이건 이유가 될 수조차 없는 황당한 이야기였어. 내가 그 작은 세계 안에서 룰을 파괴한 것이 이유였어. 그냥 작은 세계가 흘러가는 데 몸을 맡기지 않은 거야. 내 앞엔 꼭 돌부리가 있었고 난 그걸 뛰어넘지 않고 차고 지나간 거지. 그들 말에 무조건적으로 동조하지 않고, 때로는 거슬릴 만한 행동을 했다는 거야. 자기들이 마음에 들지 않아 하는 친구를 옹호하고, 그들이 하는 뒷담화에 참여하지 않았어. 이상적이고 바른 소리만 해서 재수 없다는 식의 이유였어."

효민이는 조용히 내 말을 듣고 있었다.

"지금 생각해보면 개네도 참 어렸던 것 같아. 그런데 문제는 나도 그때 어렸다는 거지. 노골적으로 괴롭히진 않았지만 그게 날 더 힘들게 했어. 원래 아무 사이 아니었다는 듯이, 나를 투명인간 취급하는 걸 견디기 힘들었어. 그래도 이젠 아무렇지도 않아. 너무 걱정하지 않아도 돼. 너희 같은 애들을 만날 수 있어서 나 너무 감사해."

학교 뒤뜰 벤치에선 선선한 바람이 불었고 우리 둘 사이엔 알 수 없는 적막이 흘렀다. 그 적막은 종이 울리기 전까지 이어졌다. 그리고 효민이는 나에게 조용히 다가와 나를 꽉 안아주었다. 온 힘을 다해 말 한마디 없이 진심을 전하듯이.

그 후로 우리 셋이 함께 보내는 날은 없었다. 나도 효민이와 다현이를 멀리서 보기만 했을 뿐, 그게 다였다. 그해 가을은 유독 따뜻하고 쓸쓸했다. 늘 함께하던 친구들의 빈자리는 생각보다 컸다. 나도 더 이상 억지로 남들의 관계를 이어 붙이려는 노력은 하지 않기로 했다. 그러자 마음이 한결 가벼워졌다. 주변이 아닌 나 자신에게 온전히 집중할 수 있는 계절이었다. 가을 낙엽들이 하나둘씩 떨어지고 나무들이 점차 맨몸을 드러낼 때쯤, 우리는 졸업식을 앞두고 있었다.

12월 31일 졸업식 당일이다. 모두가 하는 졸업식 절차를 마치고 아쉬운 마음으로 교문 밖을 나설 때였다. 나는 문득 더 이상 이 공간에 와볼 일이 거의 없겠다는 생각에 발걸음을 돌려 다시 학교로 향했다. 행복했던 기억들이 조금이나마 더 선명할 때 이 공간을 다시 추억하고 싶었다. 위층으로 가기 위해 계단을 오르는데, 효민이와 마주쳤다. '인사를 해야 하나, 말을 걸면 받아주기나 할까, 그냥 지나갈까' 속으로 많은 생각을 했지만, 막상 입 밖으로 나온 말은 "집에 같이 갈래?"였다. 효민이는 조용히 고개만 끄덕였다.

"잠시 교실만 들렀다가 가자."

우리는 말없이 남은 계단을 올랐다. 창밖엔 눈이 펑펑 오고 있었다. 고요한 학교 복도엔 우리의 발소리와 밖에 소복이 쌓이는 눈의 속삭임밖에 들리지 않았다. 교실 문을 열자 당황과 함께 왠지 모를 기쁜 마음도 들었다. 뜻밖에도 교실 안엔 다현이가 홀로 있었다. 뒤따라온 효민이도 다현이와 눈이 마주쳤다. 효민이가 먼저 가버리면 어쩌지 하는 걱정도 잠시, 효민이는 말없이 교실 안으로 들어갔다. 우리 셋이 같이 있는 건 거의 한 달 만이었다.

"안녕, 오랜만이다."

다현이가 먼저 효민이에게 말을 건넸다.

"그러게."

"…."

"지금 아니면 평생 못 말할 것 같아서 어렵게 말할게. 나는 모든 작은 일로부터 상처받는 너를 솔직히 이해할 수 없었어. 근데 동시에 주는 사랑도 받는 사랑도 넘쳐나는 너라서 더 아꼈는지도 몰라. 그래서 너를 더 챙겼고 심한 말도 나왔어. 이제 와서 말하지만 미안해."

"내가 더 미안해. 나 사실 내심 알고 있었어. 나 생각보다 받는 사랑이 주는 사랑보다 훨씬 적은 사람이라는 걸. 오히려 그 결핍을 채우려고 더 오버해서 행동한 것도 어느 정도 맞아. 네가 나를 많이 생각한다는 것도 알고 있었고. 그래서 네 소중함을 더 몰랐던 것 같아. 너무 고맙고 미안해."

아, 홀가분하다. 나는 진심으로 느꼈다. 사람들이 감정을 주고받는 일이 이렇게 멋진 일인 줄 몰랐다. 표현해봤자 더 악화될 거라고만 생각했는데. 진심은 언제나 통하나 보다. 둘의 대화 이후 나도 말문을 뗐다. 그동안 쌓인 이야기를, 새하얀 입김을 내뿜으며 모두 쏟아냈다.

하채연
관계 속에서 상처를 받은 주인공이 진정한 친구를 만나고 서로의 결핍을 이해하며 성장해 나가는 이야기이다.

줄리를 찾아서

1. 줄리의 희망

"줄리야, 같이 가!"

둘도 없는 나의 친구 로이드가 장난기 넘치는 목소리로 외쳤다. 로이드는 세계적으로 유명한 고래잡이의 아들이다. 고래와 고래잡이의 아들이 친구라니 내가 생각해도 참 이상하다. 어렸을 적 바다에서 헤엄치다 로이드를 만나게 되었다. 로이드도 고래인 나의 말을 들을 수 있는 능력을 그때 깨달았던 듯하다. 호기심에 서로에게 다가가기 시작했다. 그렇게 우리 둘은 친구가 되었다. 로이드는 다른 인간들과는 달랐다. 고래잡이라는 직업에 죄책감을 느끼고 항상 고래들에게 미안한 마음을 가졌다. 그런 모습들이 우리를 더욱 단단하게 만들어 주었다.

"좀 빠르게 와봐, 왜 이렇게 늦는 거야. 초음파도 들을 줄 아는 놈이 고작 수영 하나도 제대로 못 하는 거야?"

"초음파 들을 줄 아는 게 뭐 별거라고. 그래도 우리가 친구인 데는 내 공이 크지."

"조용히 하고 빨리 오기나 해. 저 반대편 쪽에 고래잡이배들이 득실거린대."

"거짓 소문 좀 믿지 마. 내가 고래잡이 아들인데 그 정도도 모르겠어? 걱정하지 마셔요."

거짓말처럼 그날 로이드가 안전하다고 안심시켜주었던 장소에는 마치 우리 고래들을 기다렸다는 듯이 고래잡이배가 진을 치고 있었다. 아무것도 모르던 우리는 배를 향해 다가갔다. 그 순간 하늘에서 우수수 내리는 작살비. 나의 친구들은 작살에 맞아 하나둘 의식을 잃어가고 있었다. 붉게 물들어가는 바다. 다행히도 나를 포함해 4마리의 고래가 살아남았다.

그날 밤, 집으로 돌아가 생각에 잠겼다. 정말 로이드가 우리를 속인 걸까? 그럴 리가 없었다. 사실 그렇게 믿고 싶었다.

2. 소라의 모험

"엄마 우린 언제쯤 저 푸른 바다에서 자유롭게 헤엄칠 수 있는 거예요?"

"소라야. 우린 자유를 찾아 살아가는 게 아니란다. 단지 살아남기 위해 노력하는 거지."

"엄마, 그런 소리 하지 말아요. 누가 그러는데 우리 집 부근이 고래 보호 구역이 될 수도 있대요."

"쓸데없는 소리 마라. 인간들이란 절대로 믿어서는 안 되는 존재란다. 그런 이상한 소문 듣고 와서는 마음을 놓아선 안 된다."

원래부터 고래들이 이렇게 도망 다니는 처지는 아니었다. 고래라면 누구나 한 번쯤은 가보고 싶은, 아름답고 평화로운 바로 그곳이 여기 알래스카 해였다. 하지만 어느 순간부터 고래 고기와 가죽이 인간들에게 선풍적인 인기를 끌며 순식간에 알래스카 해는 고래잡이들의 사냥터가 되었다. 여기를 떠나자는 말은 한평생을 이곳에서 나고 자랐던 우리 고래들에겐 청천벽력 같은 소리이다. 하지만 여기까지가 엄마가 해 준 말, 나는 아직 한 번도 고래잡이배를 본 적이 없다. 나를 겁주기 위한 엄마의 하얀 거짓말이라고 생각한다. 평소와 같이 숨을 쉬러 나갈 준비를 했다. 특히나 오늘은 너무 기대되는 날이다. 엄마가 할머니를 만나러 가는 날이기 때문에 무려 나 혼자 숨을 쉬러 나간다. 너무나 고요해 해초의 살랑거림까지 느껴지는 그런 날. 얼마 만의 자유인가!

그리고 난 물을 내뿜으며 신명 나게 헤엄치기 시작했다. 이곳저곳 헤엄치던 그 순간 거대한 파도와 함께 누군가가 나를 확 덮쳤다. 눈을 꼭 감으며 생각했다. 이대로 죽는구나. 꼭 감았던 눈을 살며시 떠보니 엄마가 그물 속에 걸려

배 쪽으로 끌려가고 있었다. 끌려가는 엄마를 막아서기 위해 빠르게 헤엄쳤다.

"가만히 있어. 엄마는 널 살리기 위해 자신의 목숨을 내주신 거야. 지금 가는 건 너희 엄마의 희생이 의미 없어지는 거나 다름없어."

나의 고래 친구가 날 막아서며 말했다. 그렇게 난 꼼짝없이 저 멀리서 엄마가 잡혀가는 모습을 지켜볼 수밖에 없었다.

날 위해 희생해 준 엄마에 대한 고마움보다 엄마를 끌려가게 했다는 죄책감에 사로잡혀 며칠을 우울 속에 빠져 살았다. 하지만 곧 깨달았다 이렇게 슬퍼한다고 달라지는 건 아무것도 없다는 것을. 그리곤 결심했다. 엄마를 찾아 나서기로. 그렇게 배가 떠난 방향으로 하염없이 헤엄치기 시작했다. 헤엄치고 또 헤엄쳤다. 얼마나 지났을까? 여기가 어딘지 모를 때쯤 밝은 빛들이 서서히 보이기 시작했다. MQ 1302. 우리 엄마를 잡아갔던 배의 번호판이었다. 엄마의 죽음에 대한 분노와 복수심으로 인해 정신없이 헤엄쳐 달려갔다.

"어? 고래다!"

한 청년의 목소리가 들렸다. 정신없이 엄마를 찾는 사이 날카로운 무언가가 순식간에 내 등에 꽂혔다. 그제야 정신을 차리고 헤엄쳐 배에서 멀어져 갔다. 순식간에 바다는 피로 물 들어갔다.

3. 로이드의 결심

"야, 로이드. 너 새끼 고래 한 마리도 제대로 못 잡냐? 나이가 몇인데, 너 곧 있으면 성인이야. 초음파 들을 수 있는 네 능력이 아깝다."

선원의 아들이 놀리는 듯한 말투로 시비를 걸어왔다. 나와 한 살 차이가 나지만 상종도 하기 싫은 인간 유형이다. 저 새끼 고래 한 마리쯤은 손쉽게 잡을 수 있다. 하지만 작살을 던지려는 순간, 던지면 안 될 것 같은 느낌이 들었다. 정말 본능적으로. 3년 전, 내가 알려주었던 경로로 인해 줄리의 친구들이 아버지의 그물에 칭칭 감겨 잡혀갔다. 분명 그 장소는 가지 않는다고 아버지의 노트에 적혀 있었다. 하지만 배가 그곳으로 향할 때 가슴이 쿵 내려앉았다. 그 상황에서 내가 할 줄 아는 거라곤 아버지에 대한 원망과 고래잡이라는 직업에 대한 분노를 마음속으로 삭이는 것뿐이었다. 다시는 고래들에게 해가 되고 싶지 않다는 마음에 줄리를 포함해 고래 친구들과의 연을 끊었다. 까딱하면 줄리까지 우리 배에 실릴 뻔했다. 난 그때처럼 또 고래들에게 피해를 주기도, 상처받기도 싫다. 하지만 왜 난 지금, 이 새끼 고래에게 마음이 가는 걸까? 고래들에게 마음을 줄수록 아버지에 대한 증오심과 고래잡이라는 직업에 거부감이 커진다는 걸 잘 알고 있다. 불법적인 일을 하는 지금, 이 상황, 이 일들에 대한 죄책감과 고래들에 대한 걱정과 함께 그날 밤이 지나갔다.

다음 날 아침, 일어나자마자 짐을 싼 후, 선원 아저씨에게 조그만 배 하나를 준비해달라고 부탁했다. 아버지에겐 고래잡이가 되기 위해 준비를 하겠다며 배를 타고 나섰다. 그렇게 난 새끼 고래가 있는 곳을 찾기 위해 바다를 떠돌기 시작했다. 조그만 배라도 뱃소리가 들리면 고래들이 모두 도망가 버리는 바람에 고래들을 만나는 건 여간 어려운 일이 아니었다. 바람은 점점 강해졌고 식량은 바닥나기 직전이었다. 고래 찾기를 포기하고 집으로 돌아가기를 결심했을 때쯤 나의 배를 보고 피하지 않는 고래를 만나게 되었다. 나이가 든 할아버지 고래라 소리를 잘 듣지 못하고 피하지 못한 듯했다. 새끼 고래의 생김새를 말해드리자, 할아버지 고래는 잘 안다는 듯이 말씀해 주셨다.

'그 새끼 고래가 줄리의 아들이라고?' 반신반의하며 할아버지 고래가 말해주는 위치로 가보았다. 정말 그 자리엔 줄리와 똑 닮은 새끼 고래 한 마리가 헤엄치고 있었다. 드디어 소라와 이야기를 나누게 되었다. 그러다 충격적인 말을 듣게 되었다. 줄리가 소라를 지켜주다 배에 포획되었다는 소식이다. 그것도 아주 최근에. 줄리가 엄마가 된 이후로 잘 만나지 못하였기에 줄리에 대한 이야기를 듣는 게 반갑기도 했지만, 마냥 웃기만 하던 내 친구가 어엿한 한 고래의 엄마라는 것이 낯설기도 했다. 그런 반가운 감정을 이렇게나 고통스러운 소식과 함께 접해야 하는 것이 나를 더욱 힘들게 만들었다.

그렇게 나와 줄리의 아들 소라는 줄리의 행방을 찾아 나서기 시작했다. 보통 고래들이 잡혀가면 아쿠아리움으로 가거나 죽게 되는 이 두 경우뿐이다. 그렇게 우린 각자의 자리로 돌아가 줄리에 대한 힌트를 얻어보기로 했다. 우리의 만남 장소는 알래스카 앞바다로 고래잡이배들이 잘 가지 않는 안전한 지역이다.

집에 돌아가니 나의 첫 항해에 대해 기대하는 아빠와 선원들이 기다리고 있었다.

"그래 로이드. 너의 첫 항해 어땠니? 깨달은 건 좀 있니?"

"죄송합니다. 아버지. 고래들이 조그마한 뱃소리에도 쉽게 도망가 버리는지라."

"허허, 괜찮다. 고래 어딨는지 좀 못 찾으면 어떠니. 우리 가문의 능력을 받아 고래잡이 대를 이을 기대가 크다."

"아버지, 우리 이제 다른 일을 해도 되지 않을까요? 고래잡이라는 직업이 전망이 좋아 보이지 않아요. 지금도 점점 좋아지지 않고 있는데 나중에는 어떻겠어요."

아버지는 나의 말을 듣고 잠깐 생각을 하시는 듯했지만 대수롭지 않게 듣고 넘기신 듯했다. 그렇게 모두가 잠든 깊은 밤, 아버지의 방에 들어가 보았다. 고래잡이들은 서로 바다 상태나 고래들의 현황을 공유하며 잡기 때문에 분명히 줄리에 대한 정보가 있을 것이다. 줄리가 잡힌 날. 분명히 있어야 하는데… 있어야 하는데… 그 순간 부스럭하고 아버지가 뒤척이시는 소리가 들려왔다. 순식간에 정리하고 방을 나왔다.

다음 날 아침, 선원의 아들이 나를 불러냈다.

"왜 불렀어?"

"너 혹시 고래 구해주려고 하냐?"

"뭔 소리야? 내가 고래한테 감성팔이 하게 생겼냐? 난 고래를 잡는 사람이라고. 그것도 무려 능력을 갖추고 있는."

"그래? 내가 어제 좀 들은 게 있어서 말이야. 고래잡이가 하기 싫어? 아니라면 됐고."

"그래, 아니라니까. 몇 번을 말해. 난 그딴 고래들 죽이면 그만이야. 죽이는 게 내 일이고."

"그래? 그렇다면 내 손에 든 이건 어떡하지? 바다에 던져 버릴까? 이거 RT156 배에서 잡힌 줄린가 뭔가 하는 애 자료인데."

"네가 도대체 이걸 어떻게…."

"내가 너 별로 안 좋아하는 건 알고 있지? 네가 찾고 있는 거 같길래 먼저 선수 쳤지. 근데 대단하더라. 줄리 몸값 장난 아니던데?"

"야, 방금 뭐라고 했냐?"

"네가 찾는 줄리, 지금 아쿠아리움으로 가고 있다고. 그것도 여태껏 잡았던 고래 중에서 가장 비싼 가격에."

그 말을 듣자마자 소라와 약속했던 알래스카 바다로 갈 준비를 했다. 하루라도 더 빨리 소라에게 이 사실을 전달해 줄리를 찾아내고 싶었다. 알래스카 앞바다에서 기다린 지 정확히 3일이 되던 날 소라가 도착했다.

"소라야, 너희 엄마 아쿠아리움으로 가고 있대. 아직 안 죽었대."

"정말요? 진짜 다행이다!"

"일단 우리 아쿠아리움 갈 채비 한 다음에 다시 만나자."

7일 후 다시 앞바다에 도착했다. 오늘은 소라가 먼저 와 기다리고 있었다.

"로이드 아저씨. 그냥 혼자 다녀오세요. 제가 가는 건 말이 안 돼요. 그 먼바다를 어떻게 제가 가겠어요. 괜히 짐만 될 것 같아요. 그 대신 꼭 갔다 와서 소식 알려주세요. 엄마는 잘 있는지, 안 아픈지."

사실 소라를 데리고 무사히 아쿠아리움에 갈 자신이 없었다. 소라를 데리고 갔다가 잘못되기라도 한다면 영영 난 줄리에 대한 미안함에 사로잡혀 아무것도 하지 못할 것이다. 그렇기에 더욱 굳게 줄리 소식을 가져오겠다고 약속했다.

나고야항 수족관으로 가기 위해 나고야로 향하는 비행기

에 몸을 실었다. 다시 줄리를 만난다는 기대감과 혹여나 줄리가 없으면 하는 걱정으로 한숨도 자지 못했다.

드디어 나고야항 수족관 앞, 나고야항 수족관 총장과 아버지가 친분이 있기에 어렵지 않게 만나 뵐 수 있었다.

"총장님, 안녕하십니까, 다름이 아니라 아쿠아리움에 범고래 한 마리가 들어왔다고 해서요."

"벌써 소식이 거기까지 갔나요, 보여드리겠습니다. 따라오시죠."

거대한 유리창 속에 꼬리가 살짝 보였다. 줄리와 함께 만들며 놀았던 소리를 내니 천천히 다가오기 시작했다. 드디어 줄리의 얼굴이 보였다. 조금씩 천천히 더 가까이 다가왔다. 눈이 딱 마주친 그 순간 유리창 속 고래는 줄리가 아니었다. 웬 처음 보는 고래 한 마리가 있었다.

"총장님, RT156 배에서 잡힌 고래 여기로 오는 거 아닌가요?"

"아, 원래 그렇게 하기로 했는데 몸집이 너무 커서 저희 아쿠아리움에서 키우기 힘들 것 같더라고요."

"그럼, 그 고래는 어떻게 됐나요?"

"아마 고래 고기로 비싼 값에 팔린 거로 알고 있습니다."

그 순간 몸에 있던 힘이 쫙 빠지며 눈에서 뜨거운 눈물이 흐르기 시작했다. 이젠 다시는 줄리를 만나지 못한다는 절망감과 고래가 팔리는 이 모든 상황이 허탈하고 혼란스러웠다. 한참을 주저앉아 펑펑 눈물을 흘렸다. 가장 분한 건 내가 지금 고래들을 위해 할 수 있는 게 아무것도 없다는 것이다.

집으로 돌아가자 엎친 데 덮친 격으로 아버지 몸이 성치 않아 이제 나에게 고래잡이 대를 물려주겠다는 것이었다. 고래잡이가 되기 위해 2주 안에 고래 한 마리를 잡아 오라는 말과 함께 말이다.

그렇게 고래 한 마리 없는 잔잔한 바다를 떠다니던 하루, 이틀. 고래를 잡으러 떠난 지 일주일째, 고래 그림자조차 보지 못했다.

"너 고래 못 잡으면 고래잡이 못 돼. 너 이거 아니면 할 수 있는 거 아무것도 없어. 정신 차려."

줄리가 아쿠아리움에 있다던 선원의 아들이 또 한 소리 했다.

"넌 어떻게 거짓말을 하냐. 너 같은 애가 하는 말 듣기 싫다. 줄리 죽었대. 아쿠아리움에 없었어."

"야 너 진짜 가봤어? 그냥 해본 말이었는데 그걸 진짜 믿냐? 개가 아쿠아리움에 갔든 죽었든 뭔 상관이야, 돈만 많이 벌면 되잖아. 그냥 신경 끄고 고래나 잡아."

배를 타고 있는 모두가 저런 생각을 하고 있기에 이들에게 뭐라 할 수가 없다. 평생을 고래만 잡으며 살았기에 당연한 모습이다.

하지만 이들을 보고 아무 말도 못 하고 고래를 잡고 있는 내가 가장 한심하다. 사실 내가 지금 고래를 잡는 게 맞는 건지 잘 모르겠다. 이들이 고래에게 하는 짓은 정말 눈뜨고 지켜보기가 힘들 정도이다. 하지만 배는 계속해서 고래를 찾아 나섰고 모두가 하나같이 나를 기대하며 하루하루가 지나갔다. 그렇게 아무 수확 없이 일주일이 지나갔다. 2주째 되는 마지막 날, 모두가 손꼽아 내가 고래를 잡기를 기대하고 있다. 배는 알래스카 쪽으로 향하고 있었다. 제발 앞바다로 가지 않길 빌고 또 빌었다. 하지만 항상 최악의 상황은 간절할 때 일어나는 법.

저 멀리 줄리의 소식을 기다리는 소라가 보였다. 행색을 보아하니 내가 다녀간 이후로 매일같이 나를 기다린 듯했다. 덜덜 떨리는 손으로 작살을 잡아 들었다. 그 순간 소라와 눈이 마주쳤다. 소라는 다 괜찮다는 듯 가만히 몸을 내주었다. 잔잔한 파도와 함께 모두의 기대 속에서 배는 멈춰섰다.

이제는 정말 멈춰서야 할 때이다. 더 이상 잡다가는 고래와 인간 모두 비극적인 끝을 봐야 할 수도 있다. 이 끝을 유일하게 생각한 내가 용기를 내야 해결될 수 있는 문제이다.

"여러분, 이제 그만합시다. 이 정도 했으면 이제 그만할 때됐잖아요. 고래들에게 미안하지도 않아요?"

잠깐의 정적, 하지만 그리 오래가지는 않았다. 사람들은 이상하다는 듯이 날 쳐다봤다.

"너도 맨날 잡았으면서 왜 유난이야." 역시 사람들은 내 예상을 벗어나지 않았다. 당연히 나를 위한 축제 분위기는 그야말로 박살이 났고 사람들의 비난과 야유, 따가운 시선과 함께 축제 장식과 음식들은 쓰레기통으로 들어갔다. 큰 변화는 없었다.

"로이드. 뭐 하는 거니? 너 그 능력 아무나 가질 수 있는 거 아니야. 왜 하필 오늘 이러니."

"아버지. 전 더 이상 고래잡이로 못 살겠습니다. 죄송합니다. 아버지도 이 일 다시 한번 생각해 보셨으면 좋겠습니다. 아버지가 하는 일이 진정으로 아버지가 원하시는 일인지요."

말이 끝나기 무섭게 짐을 챙겨 알래스카로 향했다. 아빠의 당혹스러움이 등 뒤에서도 느껴졌다. 하지만 굴하지 않았다. 당연히 소라는 없었다. 용서를 바라며 간 것은 아니다. 인간들의 행동에 대해 이렇게라도 대신 사과하고 싶었다. 소라가 올 때까지 끝도 없이 기다렸다. 어쩌면 소라는 엄마의 죽음을 이미 알고 있었을지도 모른다. 엄마의 죽음을 직접 눈으로 보고 싶지 않아 같이 가지 않겠다고 했을지도 모른다. 하지만 소라는 엄마의 목숨과 맞바꾼 자신의 삶을 지키기 위해 최선을 다했다. 소라뿐만 아니라 모든 고래가 그랬을 것이다. 그러한 노력이 사람들의 작살 하나로 물거품이 되어간다는 현실을 이제야 깨쳤다.

역시나 오늘도 소라는 오지 않았다.

임윤지 ──────────────────────────────

이 소설은 알레스카 앞바다를 헤엄치는 고래들과 세계적인 고래잡이의 아들 '로이드'가 자기 자신 그리고 고래들에게 떳떳해지기 위해 성장하는 이야기이다.

휘연의 빛

나는 빛이 사라진 세상에 산다. 하지만 그건 나에게는 해당하지 않는 일이다. 나는 빛을 볼 수 있다. 아직 내 빛은 누군가에게라도 가닿을 수 있다.

아침 7시, 알람 기기의 음파가 내 머릿속을 울리자 나는 침대에서 일어나 거실로 나갔다. 거실에는 잠들었는지 누워있는 엄마와 그저 멍하니 보이지도 않는 텔레비전 앞에 앉아 뉴스 소리에 귀를 기울이는 아빠가 보였다. 아빠의 동공은 탁한 회색을 띠고 있었다.

"그리하여 국민 여러분께서는 최대한 외출이나 눈에 자극을 주는 일을 자제해 주시기를 바랍니다. 현재 정부가 이 사태의 해결을 위해 최선을 다하고 있으니, 국민들께서는 차분히 대기해 주시기를 바랍니다. 오늘 날짜는 3014년 11월 12일. 세계적 동시다발 실명 사태로부터 일주일이 지난 시점입니다. 그럼 지금까지 MBI 방송국 AI 리포터 B-1902였습니다. 감사합니다."

"…맞아, 휘연아, 벌써 일주일이나 지났어?"

"응."

"여보, 일어나. 아침이야. 휘연이 학교… 아, 안 가는구나.
하하, 나도 참."

아빠는 힘없는 실소를 터뜨리며 흐느적흐느적 안방에 가
누웠다. 일주일 전 갑작스럽게 전 세계 모든 사람이 시력을
잃은 후 아빠는 출근할 수 없게 되었다. 그 때문에 무언가
에 대한 의지도 모두 상실한 것으로 보였다. 아빠에게 있어
서 직장은 무슨 일이 있어도 변치 않을 정상의 지표였으니
까. 아빠가 안방으로 들어가자, 엄마가 일어나 눈을 비비더
니 갑작스레 눈물을 터뜨렸다.

"흐, 흐윽. 벌써 일주, 일이나 지났어? 정말… 이제는 희망
이 없는 거 아니야?"

"아니야, 엄마. 괜찮아. 지금 정부에서 방법을 찾고 있다잖
아. 괜찮을 거야. 다시 자."

"…휘연이 너는 계속 보여? 문제없니?"

"…응. 엄마, 아직 일곱 시야. 자."

엄마는 잠시 고개를 숙이더니 체념한 듯 다시 자리에 누
웠다. 솔직히 이런 기분은 정말, 낯설고 이상하다. 내가 인류
의 유일한 희망이라고 하는 아저씨들이 다녀간 이후로 계속
느껴진 이 낯선 기분. 아직 내 일도 제대로 못 하고 내가 뭘
하고 싶어 하는지도 모르는 내가 인류의 희망이라고…. 진
짜 개 같은 기분이다. 이딴 거 정말 싫은데.

나는 원래 눈에 띄는 성격이 아니었다. 사실 아이들과 잘 어울리지 못하는 성격에 더 가까웠다. 혼자 등교하고, 하교하고, 밥을 먹고, 매점에 가는 생활을 영위하며 나는 혼자 지냈다. 아이들은 지나치게 내성적인 나를 꺼렸다. 하지만 그렇다고 남들과 다르기는 싫었다. 남들과 다르면 눈에 띄니까. 그저 내가 혼자라는 사실이 싫을 뿐이었다. 나는 혼자인 내가 줄곧 싫었다.

나는 이런 지겨운 생각들에 눈을 질끈 감으며 방구석에 처박혀 있던 책가방을 발로 찼다.

픽, 짜악.

"아! 아야…."

하지만 오히려 찢어지는 것은 내 발이었다. 양말도 안 신은 발로 책가방을 차자 열려 있던 가방 사이의 가위에 발이 베인 것이다. 하지만 나를 도와줄 사람은 없었다. 나는 헛웃음을 지으며 아픈 발을 부여잡고 밴드를 사기 위해 집을 나섰다. 약국에는 키오스크가 있으니, 밴드를 살 수 있을 것이다.

약국으로 가는 길에 한 할머니가 내 곁을 스쳐 지나갔다. 나는 별생각을 하지 않으며 그냥 지나가려 했지만, 한 걸음을 떼자, 뒤에서 강단 있는 목소리가 들려왔다.

"어머, 젊은이, 괜찮아요?"

고개를 들어 목소리의 주인과 눈을 맞추자 거센 짜증도

잊을 만큼 인상 깊은 얼굴이 나를 마주했다. 하얗게 센 긴 머리를 하나로 틀어 올리고 연륜이 묻어나는 입가의 미소와 상반되는 맑고 총명한 눈을 가진 할머니는 내 발을 정확히 쳐다보며 물었다. 어떻게…?

"아… 네, 괜찮아요. 아, 근데 할머니! 지금 나와 계시면 안 돼요! 앞이 보이세요?"

"…학생은 보여요?"

훅 날아온 역질문. 나는 이 질문에 답할 수 없었다. 내가 시력을 상실하지 않은 걸 할머니가 알면 뭐라고 할지 모르기 때문에. 한순간의 잘못된 선택으로 많은 게 어그러질 수 있었다.

"모르겠네요. 저 이만 가 봐야 할 ㄱ…."

"학생, 내가 보이는 것 같네요. 맞죠? 걱정하지 말아요. 나도 당신이 보이니까. 이름이 뭐예요?"

'뭔가를 아는 할머니. 이 사태의 실마리가 되어 줄 그런 할머니다'라는 생각이 문득 머리를 관통했다. 어쩌면 그 무엇보다도 이 할머니가 앞으로 도움이 되어 줄지도 모른다. 그런 생각을 하며 나는 대답했다.

"김휘연…이에요."

"좋아요, 내 이름은 박예음이에요."

내가 고개를 끄덕이자, 할머니는 입꼬리를 반듯하게 올려 웃으며 다시 말을 이어가기 시작했다.

"자, 이제 용건을 말해줄게요. 음… 당신에게는 종교가 있나요?"

"네? 아, 아니요."

"그게 오히려 나을 수도 있겠네. 잘 들어요. 당신은 선택받은 사람이에요. 그러니까 당신만이 이 세계를 구할 수 있다는 말이에요."

"…."

"하하, 못 믿는 얼굴이네. 그래도… 해결 방법을 알려줄게요. 딱 하나만 하면 돼요. 가슴에 손을 얹고 당신이 원하는 바를 기도하세요. 간절히. 그러면 도움을 줄 존재가 나타날 거예요."

평소라면 미친 할머니라며 투덜거렸을 테지만 오늘은 달랐다. 나는 고개를 끄덕이고는 할머니의 손을 놓았다. 할머니는 설핏 어딘가 슬픈 구석이 있는 표정을 짓더니 조용히 마지막 말을 꺼냈다.

"행운을 빌어요."

할머니와 그렇게 헤어지고 나자 나는 할머니의 말에 반신반의하며 가슴에 손을 얹고 속으로 되뇌었다.

'솔직히 될지는 모르겠어요. 그래도… 사람들의 시력을 돌려놔 주세요. 이런 혼자는 싫어요. 모두가 다시 앞을 볼 수 있게 해주세요.'

톡, 무언가에 균열이 가는 소리가 들렸다. 달라진 게 없잖

아? 아, 역시 사기꾼이었나. 다시 밴드를 사러 가려고 휴대
전화를 든 순간, 나는 손을 멈출 수밖에 없었다. 시간이 멈
췄다. 주변에서는 아무런 소리도 들려오지 않았다. 뭐지…?
그 순간, 당황하던 내 머릿속으로 무언가의 울림이 훅, 들어
왔다.

"인간이구나."

"으아아아아아아악!"

"어어, 진정하거라. 나는 '신'이다. 이 세계를 창조하고 다
스리는 '신'."

"…?"

"이해할 것으로 생각하지 않았다. 잘 듣거라."

그렇게 자신이 신이라고 주장하는 머릿속의 낮게 깔린 듣
기 좋은 목소리는 자신의 이야기를 들려주었다.

"오래전 나는 세계를 창조해 냈다.

혼자는 외로웠고, 넓고 아무것도 없는 공간은 나를 더더
욱 공허하게 했다.

나는 세계의 한 귀퉁이에 나와 닮은 생물을 담은 푸른 별
을 만들어 냈고, 그 별에 두 개의 씨앗을 심었다. 그 씨앗은
신의 눈물을 담은 것으로, 신의 일부로서 언제든지 신을 불
러낼 수 있는 능력과 신의 지혜를 가지고 있었다. 그리고
씨앗을 품은 생물은 생애에 단 한 번 나를 부를 수 있도록

했다.

그렇게 내가 그들을 보며 무료함을 달래던 어느 순간부터 내가 눈을 잠시라도 떼고 있으면 그들은 서로를 해쳐 댔고 지구를 멸망시키려 들었다. 이유도 몰랐다.

내 마음은 그들에게서 멀어져갔다.

그래서 결심한 것이다. 그들에게 준 가장 큰 능력을 빼앗기로.

내가 그들에게 준 가장 큰 능력은 시각이었다. 사랑하는 인간을 보고, 하늘의 구름을 눈에 담고, 그 순간의 잔상을 머릿속에 남겨놓도록 내가 그들에게 내려준 축복을 거둔 것이다.

하지만 조금 호기심이 생겼다. 내가 맨 처음 심어놓았던 씨앗은 어디로 갔을까?

그 씨앗은 두 인간에게 심겨 있었다. 하지만 한 인간은 자신이 씨앗을 품은 인간이라는 것을 알지 못했다.

아마 자신의 정체성을 알아보려는 시도조차 하지 않아서 그런 것이리라.

그래서 나는 다른 인간을 그 인간과 일부러 마주치도록 했고 나를 부르게 한 것이다. 이제 나는 그 인간, 김휘연에게 물으려 한다. 이 질문의 결과에 따라 인간의 운명을 결정할 것이다. 씨앗을 품은 인간은 내 일부로서 인간들을 대표할 자격을 가지고 있으니까."

"김휘연, 너는 너를 사랑하는가?"

갑자기 나에게 주어진 질문. 나는 나를 사랑하나? 솔직히 대답하면 '아니.'다. 나는 내가 싫다. 제대로 할 줄 아는 것도 없고 남들과 잘 어울리지 못하고 주눅 들어 있는 내가 싫다 못해 혐오스럽다. 차라리 사라졌으면 한다. 그래도… 이렇게 다른 사람을 위해 누군가에게 진심을 얘기하려는 나를, 아주 조금은 사랑해도 되는 거 아닐까. 만약 내가 지금처럼 쭉 혼자라면 나를 사랑해 줄 사람은 나밖에 없는 거 아닐까.

"…아니요. 그래도 이렇게 혼자가 되니 알게 된 게 있어요. 내가 남들과 똑같든 다르든 나를 사랑하는 게 무엇보다 중요한 거 같아요. 만약 내가 지금처럼 혼자라면, 나를 사랑하고 알아봐 줄 사람은 나밖에 없잖아요. 지금 인간들도 똑같아요. 자신을 사랑하고 돌보지 않아서 망가져 가고, 그 분노가 자신이 아닌 다른 사람에게 향하는 거예요. 만약 당신이 신이라면… 당신의 씨앗인 저의 부탁을 한 번만 들어주세요."

"뭐지?"

"인간에게 한 번만 더 기회를 주세요. 분명 지금처럼 서로를 경멸하고 미워하겠지만 그래도 인간은, 그러니까 우리는 앞으로도 계속 우리 자신을 사랑하려고 노력할 거예요. 그러니 당신이 심은 씨앗의 나무를 믿어주세요."

한동안 머릿속의 울림이 멎더니 조금 있자 신의 덤덤한 목소리가 들려왔다.

"그래, 그렇군. 솔직히 조금 전까지만 해도 인간들의 시력을 정말 잃어버리게 할 셈이었는데, 내가 틀린 생각을 했구나. 네가 너의 가능성을 보여주었으니 나도 그 가능성을 믿겠다."

"…감사합니다."

"그럼, 나는 이만 가보마. 두 번 다시 나를 불러낼 일이 없길 바라마. 잘 지내거라."

신이 내 머리를 떠나고 그 자리에 멍하니 서 있었다. 휴대전화를 들어 시간을 보았다. 11시 40분 13초, 시간이 다시 흐른다. 어느새 거리는 기쁨과 놀라움의 비명으로 가득 메워져 있었다. 나는 반짝, 미소를 지으며 사람들과 함께 미친 사람처럼 거리를 뛰어다녔다. 기쁨이 메아리쳐 나에게 돌아올 때까지.

박서윤 ─────────────────────

전 세계 사람들이 모두 실명한 세상 속 주인공 '김휘연'은 세계에서 유일하게 앞을 볼 수 있는 이상한 현상을 겪는다. 그리고 어느 날 자신처럼 앞을 볼 수 있는 할머니를 만나고 세상을 구할 실마리를 찾게 되면서 그와 동시에 세상에서 유일한 나를 되돌아보게 된다.

관심 속에서

"지은아, 이번에도 전교 1등이네? 엄마는 지은이가 혼자서
도 잘 해내는 게 너무 대견하다. 우리 딸, 사랑해."

"야, 너 아니면 누가 전교 1등 하냐? 이번에도 네가 전교 1
등이겠지. 너는 공부 안 해도 나보다 점수 잘 나올 듯."

"와, 유전자 쩌네. 나도 그 유전자면 전교 1등 쌉가능인
데."

아, 나는 그 부담감을 견뎌낼 수가 없었다. 정말 죽어버릴
것만 같았다. 언젠가 아무도 모르게, 나조차도 모르게 죽어
버렸으면 좋겠다고 생각할 정도로 괴로웠다.

어릴 때부터 주목받으며 살았다. 모두가 나의 성공을 당
연하게 여겼다. 항상 나를 향한 기대감을 받으며, 내가 견디
기에는 너무나 버거운 부담감을 지고 살아왔다. 언제나 기
대에 부응하기 위해 공부하느라 바빴다.

'드르륵'

아침 6시 30분. 이 시간대에 학교를 오면 적어도 1시간 정

도는 조용히 있을 수 있다. 오늘도 어김없이 학교에 도착해 책을 폈다. 2분 정도 지났을까 밖에서 발소리가 들렸다.

'터벅 터벅 터벅'

분명 이 시간에는 나밖에 없을 텐데. 누구지? 경비 아저씨 인가? 아니면 다른 학년인가? 뭐가 됐든 간에 그냥 지나가 줬으면 좋겠다.

'드르륵'

"어? 뭐야. 반에 누가 있네?"

누군가 문을 열고 들어온다. 짜증 나도록 밝은 목소리와 함께. 아, 예감이 좋지 않다. 제발 반을 착각한 거였으면 좋 겠는데. 가버렸으면 좋겠다는 내 마음은 모르는지 그 누군 가는 점점 나에게 다가왔다.

"안녕! 누군지는 모르겠지만… 뭐 친해지면 되는 거고! 너 어디서 되게 많이 본 것 같은데… 누구더라. 근데 신기하다. 나 이 시간에 나 말고 누구 있는 거 처음 봤어! 혹시 너 1학 년 때 몇 반이었어?"

"…5반."

"5반? 어, 헐! 잠깐만 나 너 알아! 이지은? 맞지! 너 전교 1 등이잖아! 친하진 않았지만 나 속으로 너 완전 존경하고 있 었잖아! 어떻게 계속 전교 1등을 해? 완전 멋져, 너! 아, 일단 난 신주아라고 해! 우리 이번 학기 동안 잘 지내보자!"

신주아. 어디서 많이 본 얼굴이다 했더니. 유명한 애였다.

얼굴도 예쁘고 공부도 잘하는 편이고, 밑도 끝도 없이 밝아서 싫어하는 애도 있지만 인기가 많은 애다. 분명 엮이면 귀찮아질 게 분명하다. 이런 애는 처음부터 선을 그어버리는 게 낫다.

나는 귀찮다는 눈빛으로 신주아를 쳐다보았다. 신주아는 반짝거리는 눈빛으로 나를 쳐다보고 있었다. 무슨 말을 해도 통하지 않을 것 같았다. 나는 한숨을 한번 쉬고 그냥 이어폰을 꼈다.

온전히 나만의 시간을 가질 수 있는 날, 드디어 방학이다. 정신없이 한 학기가 지나갔다. 이상하리만큼 똑같은 하루였다. 전과 다른 점이 있었다면 신주아가 자꾸 귀찮게 굴었다는 점. 어떻게 사람이 그렇게 무한정 밝을 수 있는 걸까. 신주아는 자꾸 내가 멋지다며 나를 졸졸 따라다녔다. 그 덕분에 이상한 소문까지 돌기 시작했다. 내가 신주아의 약점을 잡았다느니, 나와 신주아가 사실은 배다른 자매라느니 그런 터무니없는 소문들 말이다.

신주아가 짜증 나는 건 맞았다. 그렇지만 심하다 싶을 정도로 따라다니는 건 아니라서 화도 낼 수가 없었다. 원래라면 바로 짜증을 냈을 텐데. 신주아가 자꾸 칭찬을 해줘서 마음이 약해지기라도 했나 보다. 아, 짜증 난다. 솔직히 더 싫은 건 다른 사람들이었다. 이상한 소문은 왜 내는 건지. 신주아가 친구라는 건 아니지만, 내가 친구가 생기든 말든 관심 좀 껐으면 좋겠다. 그냥 나 좀 내버려뒀으면 좋겠다.

　신주아 덕분에 혼자 있을 틈이 없었기에 오히려 집이 더 허전하게 느껴졌다. 엄마는 일 때문에 집에 오시는 경우가 잘 없다. 거의 병원에 살다시피 하신다. 가끔씩 집에 오시지만 곧바로 나가신다. 아빠는 일찍이 돌아가셨다. 나는 이제 아빠 얼굴도 기억나지 않는다.

　엄마가 유명한 의사였기에 어렸을 때 방송에도 많이 출연했었다. 그 덕에 어릴 때부터 어디를 가든 주목받으며 살았다. 모두가 나의 성공을 당연하게 여겼다. 처음엔 그런 관심이 좋았다. 모두가 날 칭찬해 주는 게 좋았다. 하지만 사람들의 태도가 바뀌는 것은 한순간이었다. 그걸 잘 알았기에 성적이 떨어지는 일을 만들 수가 없었다. 또다시 욕을 먹게 될까 봐 너무 두려웠다. 엄마를 실망시키고 싶지 않았다. 그때부터 공부에만 몰두하기 시작했고, 사람들의 관심을 받으려 하지도, 관심을 주지도 않았다. 나는 자연스레 혼자가 되었다.

　6시. 요즘은 조금 더 일찍 등교한다.

　6시 30분. 어김없이 교실 문이 열리고 짜증 나는 목소리와 함께 신주아가 들어왔다.

　"오늘도 안녕! 이쯤 되면 인사해 줄 법도 한데."

아, 오늘 이어폰 끼는 걸 잊고 있었다. 내게 말을 걸 게 분명하다. 나는 가방 지퍼를 열고 이어폰을 찾았다. 어라, 어제 집에서 이어폰을 꺼낸 적이 없는데. 나는 한숨을 쉬며 가방을 내려놓았다. 어느새 신주아는 내 앞자리에 앉아 나를 빤히 바라보고 있었다.

"혹시 이어폰 찾아?"

이어폰을 찾고 있냐고 묻는 신주아의 질문에 살짝 짜증이 났다. 본인 때문이라는 생각은 못 하는 걸까. 나는 귀찮다는 투로 대답했다.

"어."

"그럼, 이거 네 거야? 어제 애들 하교하고 교실 바닥에서 주웠거든."

"아, 내 거 맞아."

이걸 주려고 물어본 거였나. 신주아에게 살짝 미안한 기분이 들었다. 나는 고맙다는 말 대신 고개를 한 번 끄덕였다. 이어폰을 끼려는데 신주아가 불쌍한 강아지 같은 표정으로 나를 바라보았다. 이제 2학기도 거의 끝났고 귀찮지만 신주아 말에 대꾸 몇 번만 하면 되겠지. 나는 책을 덮고 신주아를 쳐다보았다. 오늘은 그냥 무슨 말을 하는지 들어나 봐야겠다.

"뭐야, 오늘은 이어폰 안 끼네? 감동… 오늘 공부 안 할 거면 나랑 놀아주라! 나 너한테 궁금한 거 되~게 많은데."

아, 받아주지 말 걸 그랬나 보다. 나에 대해 물어보는 질문은 질색이다. 나는 말 한마디 없이 그저 얼굴을 살짝 찡그렸다.

"아, 싫어? 그럼 서로 궁금한 거 3개씩 질문하면 안 되려나? 대답하기 싫은 건 안 해도 되는데! 제발…."

나에 대해 궁금한 게 도대체 뭐길래. 신주아는 또다시 풀죽은 강아지 표정을 했다. 이상한 걸 물어보면 거절하면 그만이다. 책도 덮은 기념으로 그냥 받아주기로 했다.

"하아, 딱 3개만이다. 이상한 건 답 안 할 거야."

"진짜 진짜? 앗싸. 그럼 딱 3개만 물어볼게!"

내 말 한마디에 기뻐하는 신주아가 꼬리를 흔드는 강아지 같았다. 그런 신주아가 조금 귀엽기도 하고 웃기기도 해 표정이 풀어졌다.

"나 먼저 물어본다? 음… 너는 왜 혼자 다녀?"

"…난 사람을 안 믿어. 좋아해 주다가도 한순간에 바뀌는 게 사람이야. 그러니까 너도 조심해. 지금 너 좋아해 주고 있는 사람들의 태도가 언제 바뀔지 모르니까."

내 답변에 신주아는 살짝 벙찐 얼굴로 나를 쳐다보았다. 슬픈 표정인 것 같기도 하고, 모르겠다.

"헐, 나 걱정해 준 거야? 완전 감동."

신주아다운 반응이다. 예상은 했지만 어이가 없어 웃음이 살짝 나왔다.

"그럼 이제 내 차례. 넌 학교에 왜 일찍 오는 건데?"

"학교? 그냥⋯ 집에 있기 싫어서."

신주아는 쓸쓸한 표정을 지으며 말했다. 나와는 너무 다르다고 생각했던 신주아가 어쩌면 나랑 비슷한 사람일지도 모른다는 생각이 들었다. 교실에는 차가운 공기가 돌았다. 신주아의 눈에 조금 맺힌 눈물이 반짝였다.

"말하기 싫으면 너도 답 안 해도 되는⋯."

"애들은 잘 모르지만 나, 오빠가 한 명 있었어. 근데 사고가 나서 죽었어. 뺑소니래. 웃긴 건 우리 부모님 둘 다 경찰이거든. 그래서 항상 바쁘셔. 범인을 잡겠다나 뭐라나. 집에는 오빠 흔적으로 가득하고, 부모님은 나한테는 관심도 없으셔. 집에 가만히 앉아 있으면 너무 비참해서, 도저히 견딜 수가 없어. 그래서 일찍 오는 거야. 조금이라도 빨리 벗어나고 싶어서."

지금 내 표정이 어떤지 잘 모르겠다. 그런데 신주아는 오빠가 죽은 게 슬프지는 않았던 걸까. 그때 나는 더 이상 버틸 수 없을 정도로 슬펐는데. 나는 눈썹을 살짝 찡그린 채 신주아를 바라보았다.

"아, 오빠 죽은 게 슬프진 않았어. 나는 오빠에 대한 좋은 기억이 없거든. 우리 부모님 둘 다 공부를 잘하셨어서 그런지 우리에 대한 기대가 크셨어. 나는 공부를 잘했는데 오빠는 그렇게 잘하는 편은 아니었거든. 부모님이 성적 때문에 오빠를 크게 혼낸 적은 없었지만, 본인은 싫었나 봐. 동생보다 못한 존재라는 게. 그래서 오빠가 나를 많이 때렸어. 부모님은 오빠가 나한테 그랬는지 아직도 모르실걸? 부모님은 항상 일 때문에 바빴으니까."

무슨 말을 해야 할지 모르겠다. 같은 기분을 느껴본 적은 있지만, 위로를 받아본 적은 한 번도 없었다. 나는 조용히 신주아를 바라보았다. 항상 밝던 신주아의 얼굴이 아니었다. 신주아가 너무 위태로워 보였다. 그때의 나처럼.

"미안. 내가 너무 무거운 얘기를 했네. 근데, 나, 괜찮아! 요즘은 그냥 습관이 되어서 빨리 오는 거야. 아침 공기가 좋기도 하고."

거짓말이다. 신주아, 정말이지 거짓말 못 하는구나. 평소에는 어떻게 밝은 척을 하고 다녔는지 궁금할 정도로.

"나, 다음 질문한다? 너는 왜 그렇게 열심히 공부해?"

질문에 답하려면 내 모든 걸 털어놔야 한다. 신주아가 자신에 대해 털어놓은 것은 맞지만, 애초에 이건 신주아가 시작한 것이다. 신주아에게 이 이상으로 더 정을 주기는 싫다. 정을 주면 사람은 약해진다. 난 약해져선 안 된다. 또 무너질 순 없다.

"패스. 나 질문한다. 학교에서는 왜 밝은 척하는 건데? 거짓말도 못 하면서."

"학교에서? 음… 따지고 보면 밝은 척은 아니야! 나 학교에서는 진짜로 즐거운 건데. 나는 사람이 좋아. 그래서 사랑받고 싶어. 근데 학교에서는 사람들이 나를 좋아해 줘. 다 가식인 거 아는데, 그래도 좋잖아. 나는 부모님한테 제대로 사랑받고 관심받아 본 적이 없어. 그래서 솔직히 진실된 관심 같은 거 관심도 없고 알고 싶진 않아. 아무튼! 밝은 척하는 건 아니다! 알았지?"

진짜 바보 같다.

"내가 다른 사람들한테 다 말해버리면 어쩌려고. 왜 다 말해주는 건데."

"어, 그거 혹시 질문이야?"

"아, 질문. 맞… 는데 답했다고 치고 넘어가."

"너 방금 당황했지! 답했다고 치고 넘어가? 이지은 약간 귀엽다."

"당황한 건 아니고 놀란 거야. 그냥 조금… 그러니까 빨리 질문이나 해. 이제 네 차례야."

더 하다간 정말 신주아 페이스에 말려들 것 같다. 이러려고 한 게 아닌데. 그냥 빨리 말해버리고 끝내야겠다.

신주아는 잠시 고민하다가 내 눈치를 살짝 봤다. 도대체 무슨 질문을 하려고.

"음… 사람을 왜 안 믿는 건데? 아, 이것도 너무 사적인 질문인가?"

"…"

"역시 말 안 해주겠지? 그럼! 나 다른 걸로 바꿔야…"

"답, 할 거야."

말 안 하려고 했는데, 말을 안 할 수가 없다. 신주아의 말을 들으면 들을수록 그때의 내 모습이 자꾸 생각이 난다. 신주아는 나와 정반대의 존재인 줄로만 알았는데, 나와 너무나도 닮아 있었다.

생각해 보면 예전의 내 성격이 지금 신주아의 성격과 비슷했던 것 같기도, 어쩌다가 이렇게 변한 거지. 아무튼 신주아가 그때의 나처럼 무너지는 건 보기 싫다. 그렇게 되도록 그냥 내버려둘 순 없다.

"우리 엄마 되게 유명한 의사야. 나도 영재로 꽤 유명했고, 그래서 어릴 때 사람들이 나한테 많이 다가왔어. 그때는 그런 관심이 좋았어. 그래서 공부도 열심히 했어. 그리고 지금 너처럼 성격도 되게 밝았어. 그랬어. 근데 그러다가, 그러다가…"

아, 눈물이 날 것 같다. 내가 왜 말하고 있는 거지. 그새 신주아한테 정이 들었나. 함부로 정 주지 않기로 다짐했는데.

"그러다가 갑자기 키우던 강아지가 죽었어. 그때 그냥 슬펐어. 마음이 너무 아팠고 너무 힘들었어. 내 유일한 안식처가 그 강아지였거든. 그래도 사람들 앞에선 영재 이지은의 모습으로 연기했어. 그런데 사람들 앞에서 무너져 내린 이지은의 모습을 들켰어. 그래서 사람들이 내게서 등을 돌렸어. 여전히 수많은 관심 속에서 살았지만, 견딜 수 없을 만큼 힘들었어. 그때 이후로 안 믿었어. 하나 말해주는 건데, 네가 그때의 나 같아서 말해주는 거야. 그러니까, 적어도 내 앞에서는, 무너지지 마. 난 네가 무너지는 거 보고 견딜 자신 없으니까."

진짜 오늘 왜 이러지. 이게 다 신주아 때문이다. 얼음이 녹듯이 예전의 나로 다시 돌아간 것만 같다. 신주아는 나를 쳐다보며 눈을 두 번 정도 깜빡이더니 곧 조그만 미소를 지었다.

"나 그렇게 안 생각해 줘도 되는데. 난 버틸 수 있을걸? 나 완전 강해! 그리고 내가 보기에, 너도 충분히 강해."

거짓말. 정작 그런 상황이 닥치면 신주아는 그런 말 못 할 거다. 그리고 나는 강하지 않다. 그냥 겁쟁이일 뿐이다. 난 아직도 그 장면 안에 갇혀 살고 있는데.

'드르륵'

"야, 신주아! 네 목소리 복도까지 다 들려. 무슨 말 하고 있냐?"

신주아의 페이스에 말려 떠들다 보니 벌써 7시 30분이 넘어가고 있었다. 누구더라. 제발 나한테는 관심 안 줬으면 좋겠는데.

"어, 뭐야? 민시아, 웬일로 빨리 오셨대?"

민시아는 들어오자마자 신주아 앞에 앉아 있는 나를 쳐다보더니 조금 찡그린 표정으로 신주아에게 다가갔다.

"야, 신주아, 근데 너 얘랑 친해? 얘 되게 유명한데. 싸가지 없기로."

속닥거릴 거면 작게 얘기하던가. 학교에서의 나에 대한 소문은 알고 있었다. 나는 지겹다는 표정으로 덮었던 책을 다시 폈다. 신주아는 어떻게 반응하려나. 뭐, 신주아도 내가 싸가지 없다고 말해도 상관없다. 어차피 이제는 기대 안 하니까.

"야, 민시아, 그렇게 얘기하지 마. 울 지은이가 얼마나 착한데. 너 소문만 믿고 그렇게 사람 함부로 대하면 안 된다. 그거 때문에 상처받는 사람이 얼마나 많은데!"

나를 보호해 주는 듯한 신주아의 말에 가슴 한쪽이 욱신거렸다. 그때는 혼자였는데. 그땐 내가 유일하게 믿었던 엄마조차도 나를 보호해 주지 않았다. 어차피 얼마 안 갈 거다. 신주아도 지쳐서 곧 그만둘 거다. 나랑 있으면 혼자가 되어버릴 거다. 그럼 신주아는 결국 무너질 거다.

"너 왜 그러냐? 실망이다."

"음… 나 원래 그런 애 맞지? 한없이 밝고 밝은 사람. 그게 신주아지? 아, 아닌가. 신주아, 호구인가? 민시아, 네가 하고 다니는 말 내가 모를 줄 알아? 이제는 신주아가 그냥 미쳤다고 말하고 다니지 그래? 나는 그런 말 듣는 것 따위 안 무서워. 모든 관심을 나한테 쏟아보라지. 나는 관심 받는 거 너무 좋아해서."

신주아가 말하고 있는 걸 듣자니 어이가 없어 웃음이 나왔다. 진짜 유치하다. 어린애도 아니고 저게 뭐야. 그래도 저렇게 말하는 걸 보니까 안심이 되었다.

나는 이제껏 세상과 벽을 치고 살아가고 있었다. 관심을 받는 게 싫어서, 주목받는 게 싫어서 죽은 것처럼 살았다. 다시 같은 상황에 처하는 게 너무 무서웠다. 그래도 이제는 견딜 수 있을 것 같았다.

그 사건을 계기로 학교 전체에 소문이 퍼졌다. 신주아가 욕을 했다느니, 폭력을 했다느니 등의 말도 안 되는 이야기. 그 덕에 신주아의 이미지는 금방 바닥을 쳤다. 소문은 금방 거짓이라는 것이 밝혀졌지만, 신주아를 좋지 않은 시선으로 보는 사람들은 여전히 있었다.

신주아가 나를 쫓아다니는 걸 금방 포기할 줄 알았다. 하지만 신주아는 그러지 않았다. 항상 밝은 표정으로 내게 왔다. 여전히 귀찮았지만, 그래도 고마웠다. 여전히 신주아를 이해할 수 없다. 그래도 고맙다.

한번 크게 넘어진 이후로 다시는 넘어지지 않도록 항상 조심했다. 다시 넘어지고 상처를 받는 게 싫었다. 가끔씩 그때 꿈도 꿨었다. 그 꿈을 꿀 때마다 그때 느꼈던 아픔이, 나를 바라보던 사람들의 시선이 너무 생생하게 느껴졌다. 그래서 좀 더 조심했고, 사람을 더 경계했던 것 같다.

웃는 법을 잊고 있었다. 감정이 없는 듯 행동했다. 친구 같은 것도 필요 없다고 생각했다. 하지만 아니었다. 이젠 웃는 법을 안다. 행복하다는 게 뭔지, 즐겁다는 게 뭔지 알게 되었다. 이젠 더 이상 그 꿈도 꾸지 않는다.

중학교를 졸업하고 신주아와는 연락을 끊었다. 그게 맞다고 생각했다. 신주아가 말했다. 우리는 우연히 만난 인연이 아니라 필연이라고. 정말 우리가 필연이라면 언젠가 다시 만나지 않을까. 나는 해외로 유학을 갔다. 신주아는 음, 잘 모르겠다. 기회가 된다면, 정말 다시 만나게 된다면 고맙다고 말해줄 거다. 두려웠던 관심 속에서 갇혀 살던 나를 꺼내준 너에게.

신승빈

사람들의 관심을 두려워했던 주인공이 자신과 닮아 있지만 사람들의 관심을 받고 싶어 하는 사람을 만나며 용기를 내어 세상 밖으로 나오게 된다.

미필적 고의

"옆집 아드리안네 있잖아, 그 집 아들 앤드류 있지? 식인 인어를 봤다는데?"

"정말? 소문인 줄 알았는데 식인 인어가 진짜 있나 봐!"

"어머 어째, 이제 무서워서 바닷가도 못 가겠네."

사람들 사이에선 식인 인어에 대한 소문이 돌았다. 바닷가에 나간 사람들이 하나둘 사라졌고, 인어가 사람을 해치는 것을 본 목격자는 늘어났다. 나날이 소문은 깊어져 갔고, 인어에 대한 사람들의 공포심은 커졌다.

유진은 사랑받는 막내 왕자였다. 아버지가 나이 들어갈수록 몸이 약하고 밀어주는 이가 없던 유진은 자연스럽게 서열에서 밀려나게 되었다. 유진은 애당초 왕위에 관심이 없었다. 그는 서열 싸움에 지쳐 밤마다 몰래 바닷가에서 책을 읽곤 했다. 식인 인어에 대한 소문은 왕실에도 빠르게 전해져 왔다. 왕은 식인 인어를 잡는 왕자에게 왕위를 물려주겠다 하였다. 유진은 인어의 존재를 알고 있었다. 바닷가에 갈 때마다 종종 봤기 때문이다.

유진은 머리를 식히기 위해 바닷가에 갔다. 저 멀리서 인어의 형상이 보였다. 유진은 인어를 그저 멍하니 바라보았다. 자신과는 다른 존재에 유진은 그 모습을 그림으로 기록했다. 종이에는 마치 동화 속에서나 볼 듯한 아름다운 모습의 인어가 그려져 있었다. 그 모습을 지켜보던 인어는 조용히 유진의 곁으로 왔다. 그러고선 유진의 옆에 놓여 있던 연필을 들고 그림 아래쪽에 '필립'이라고 썼다. 유진은 당황함과 함께 두려움이 밀려왔다.

'이제 죽는 건가? 아직 스무 살도 안 됐는데? 근데 인어에게 죽으면 아버지가….'

유진이 멍청한 생각을 하고 있을 때 마침내 그 생각을 끝내줄 나지막한 목소리가 들려왔다. "내 이름이에요. 필립."

유진은 깜짝 놀라 자신을 필립이라 소개하는 인어를 쳐다보았다. 나른한 미소를 지으며 자신을 바라보는 필립은 한없이 아름다웠다. 그런 아름다운 존재 앞에서 유진은 자신이 부끄러워졌다. 유진은 도망치듯 자신의 방으로 돌아왔다. 믿기지 않는 순간들을 되뇌며 잠에 들었다.

다음 날 새벽 유진은 꿈이 아닌 걸 확인하기 위해 다시 바다로 향했다. 새벽 아침의 바다는 고요했고, 전날의 유진이 보았던 것이 꿈이라고 말하듯 아무 일도, 아무 존재도 유진의 앞에 나타나지 않았다. 유진은 그냥 꿈이라고 생각하였다. 그도 그럴 것이 식인 인어에 대한 소문은 잠잠해졌고 모두 오해라 넘기기 시작했다. 왕실에서도 식인 인어를 잡으면 왕위를 물려준다는 이야기를 없는 일로 취급하던 시기였다. 유진은 어딘가 아쉬운 마음을 뒤로하고 자신에게 주어진 일을 하며 서서히 인어를 잊어갔고, 바닷가에 가는 일도 줄었다.

필립에게 유진은 신기한 생명체였다. 모두 자신을 보면 괴물 취급하고, 죽이려 하고, 도망치기 바쁜데 유진만은 그렇지 않았다. 아니, 사실 유진 말고 그런 사람이 한 명 더 있긴 했었다. 필립을 아름다운 존재로 여긴 사람. 필립의 삶은 따분했다. 지중해 심해 깊은 곳에서 무리 지어 사는 인어들과 달리 필립은 혼자였다.

몇 년 전, 인어들이 사는 곳의 바로 위 해수면에 떠 있는 범선에서 큰 파티가 열렸다. 무슨 파티였는지는 모르나, 필립은 일주일 정도 이어질 소음에 머리가 아파져 왔다. 그래서 인간들의 파티가 열릴 동안엔 동굴의 가장 깊은 곳에서 잠이나 자야겠다고 마음먹었다. 왜 그런진 몰라도 인간들은 새벽 내내 시끄럽다가, 아침만 밝아오면 쥐 죽은 듯 조용해졌다. 그러면 필립은 유유히 수면 위로 올라가 일광욕을 즐겼다.

배 위에는 사내들의 파티에 끼이지 못하고 소외당한 한

소녀가 있었다. 그녀는 몰래 필립이 일광욕하는 모습을 지켜보았다. 필립도 그 사실을 모르는 것은 아니었다. 그러나 자신에게 해가 되지 않아 별 신경을 쓰지 않았던 것뿐이었다. 필립의 예상외로 소녀는 꽤 용감했다. 필립에게 말을 건 것이다.

"저… 그 안녕… 하세요?"

필립은 당황해서 물을 먹을 뻔하였다. 자기 귀가 잘못되었나 하고 생각할 정도였다.

"왜요? 내게 할 말 있어요?"

필립은 애써 진정하며 소녀에게 물었다. 소녀의 얼굴은 앵두처럼 붉어졌다.

"아니… 그건 아닌데… 그냥 신기해서요. 인어를 직접 본 건 처음이거든요. 책에서 글로 봤던 것보다 훨씬 더 근사하고. 어… 그리고… 잘생겼어요!"

소녀는 긴장했음에도 조잘조잘 말을 잘했다. 필립은 자신도 모르게 그 모습을 보며 귀엽다고 생각했다. 필립은 처음 느껴보는 낯간지러운 기분에 대답하지 못하고 깊은 물속으로 들어갔다.

"어! 잠시만요!"

소녀는 당황하며 소리쳤지만, 필립은 듣지 못했다. 소녀는 아쉬웠지만 내일 필립이 다시 해수면으로 올라올 것이라 믿었다.

다음 날 거짓말처럼 필립은 다시 일광욕하러 해수면으로 올라왔다. 필립도 내심 소녀가 보고 싶었는지 곁눈질로 배 위를 살폈다. 둘은 약속이라도 한 듯, 소녀는 필립을 보러 왔다. 이번에는 필립이 먼저 소녀에게 말을 걸었다.

"안녕, 또 보네요."

"이 배가 다시 떠나기 전에 만나서 다행이에요! 어제가 마지막이었으면 너무 아쉬울 뻔했잖아요…."

그냥 대화가 하고 싶어 쓸데없는 말을 구구절절 늘어놓을 때였다. 소녀가 그 말을 함과 동시에 배 위가 시끄러워졌다. 소녀는 급하게 손으로 인사를 하곤, 배 가운데로 사라졌다. 소녀가 사라지고 몇 분 후 소녀는 갑판 위에 묶여 있었다. 사람들은 소녀가 인어와 친목을 도모했다며 소녀를 박해했다. 소녀는 인어와 대화를 했다는 것 하나만으로 갑판에 묶여 있어야 했다. 사람들은 소녀에게 욕을 하고, 온갖 음식물을 던졌다. 필립은 단순히 자신과 대화만 했던 소녀가 사람들에게 그런 취급을 받는 것을 이해할 수 없었다. 그러나 필립이 그 자리에서 할 수 있는 일은 없었다. 사람들은 소녀가 파티를 망쳤다며, 다시 자기네 나라로 돌아갔다. 필립은 멀어져가는 배를 보며 혼자서 자책하였다. 자신 때문에 한 소녀가 죽을 위기에 처했음을 알고 평생 잊을 수 없는 죄책감을 느꼈다. 그의 잘못이 아니라 말해줄 수 있는 사람은 그 누구도 없었다. 필립은 다시는 인간을 사랑할 수 없었다.

이런 일로 필립은 인어 무리에서 쫓겨나게 되었다. 해명할 시간도 없이 인어들은 필립을 몰아갔고 결국 필립은 조용한 바다를 찾아서 유진네 나라의 해변에 살게 된 것이었다.

필립은 더 이상 인간에게 아무 감정도 느끼지 말자고 다짐했음에도, 유진이 며칠째 보이지 않자 걱정되기 시작했다. 필립은 그 소녀를 미친 듯이 찾아 헤맸기에 소녀와 닮은 유진을 쉽게 잊을 수 없었다.

그 무렵 유진 아버지의 병세는 점점 더 악화되었다. 이에 왕자들은 점점 더 왕위에 집착하고 서열 싸움은 드세졌다. 유진은 또다시 시작된 서열 싸움에 지쳐 다시 바닷가를 찾게 되었다. 바닷가에 갔을 때 유진은 필립을 또 만나게 되었다. 누구에게도 자신의 힘듦을 말할 수 없었던 유진은, 필립에게 털어놓았다. 이미 무리생활을 그만둔 필립으로선 왕자들의 서열 싸움이 잘 이해되지 않았고, 유진 또한 그랬기에 둘은 꽤 잘 맞았다. 그렇게 유진과 필립은 매일 같이 만나며 서로 돈독한 우정을 쌓았다. 몸도 허약하고 책을 좋아해서 친구가 없던 유진에게는 필립이 첫 친구였다.

유진을 만나기 위해 필립이 얕은 바다로 자주 나오자, 몇몇 사람들의 눈에 띄었다.

"인어다! 인어가 다시 나타났다!"

누군가 시장 쪽에서 소리쳤다. 놀란 유진은 필립에게 얼른 떠나라 하고 자신도 다시 궁궐로 돌아갔다. 누군가의 한 마디는 금세 빠르게 퍼져 첫째 왕자의 귀에 들어가게 되었다. 첫째 왕자는 인어를 잡으면 왕위를 물려받을 수 있겠단 생각에 인어를 잡기로 했다. 한창 채비하던 중 그 모습을 본 유진이 첫째 왕자에게 물었다.

"저… 형님, 무엇을 하러 가시나요?"

"너는 알 필요 없어. 어차피 왕위엔 관심도 없잖으냐."

첫째 왕자는 낄낄 웃으며 유진에게 말해주지 않았다. 그러자 지나던 둘째 왕자가 웃음기 가득한 목소리로 말해주었다.

"인어 잡으러 가신단다. 그 소문 하나만 믿고 말이지."

유진은 그 말을 듣자마자 형들의 대화에 낄 틈도 없이 필립이 생각났다. 유진은 미친 듯이 필립에게로 달려갔다.

"필립. 절대로 물에서 나오지 마. 사람들이 잡으러 오고 있어."

유진이 필립에게 말을 하고 있을 때였다. 첫째 왕자가 유진이 인어와 대화하고 있는 모습을 보았다. 이로 인해 유진은 반역자로 몰리게 되었다. 지하감옥에 갇혀 있던 유진은 인어에 관해 말하라는 왕자들의 협박에 단 한마디도 하지 않았다. 보다 못한 왕자들은 유진이 인어의 행방을 실토하도록 유진을 밧줄에 묶은 채 갑판에 묶어두었다. 왕자들은 유진을 이용해서 인어를 잡을 계략을 세우고 있었다.

멀리서 지켜보던 필립은 유진이 매달린 것을 보고 또다시 실수를 반복할 수 없다고 생각하였다. 유진까지 잘못된다면 필립은 다시는 맨정신으로 살 수 없을 것 같았다. 유진은 필립에게 고개를 저으며 오지 말라는 신호를 보냈다. 필립은 유진의 말을 들어줄 수밖에 없었다. 하나뿐인 친구에게 미움을 살 수는 없었으니까.

그렇게 유진은 몇 날 며칠을 갑판에서 묶여 있었다. 유진은 앞을 잘 볼 수도 없는 상태였다. 유진의 아버지는 마음이 아팠지만 차마 감싸줄 수 없었다. 첫째 왕자도 안타까웠지만 동생보다 왕위에 더 미쳐 있었다.

"유진아, 지금 인어를 부르면 목숨은 살려주마."

"차라리 저를 죽이십시오."

"인어가 네 목숨보다 소중하다는 것이냐?"

유진의 대답에 왕자들과 듣던 관중들은 실소를 터트렸다. 보고 있을 수만은 없던 아버지는 유진을 다시 지하감옥으로 보냈다.

그날 저녁 아버지는 유진을 찾아갔다.

"유진아… 대체… 왜 인어를 그렇게 보호하려 하는 거니?"

"아버지, 제발 제 말을 믿어주세요. 인어는… 인어는…."

오랜 기간 묶여 있던 탓인지 유진은 말을 잇지 못하고 기절했다. 아버지는 아무 진실도 듣지 못한 채 유진을 도울 수 없었다. 유진이는 그저 필립이 행복하게 살았으면 좋겠다고 생각했다.

필립은 혼자 동굴 속에 틀어박혀 있었다. 필립이 유진한테 느꼈던 감정은 소녀에게 느꼈던 감정과는 당연히 다르지만, 필립을 만나서 생긴 결과는 같았다. 필립은 또다시 자신 때문에 누군가 죽는 일은 제발 없었으면 했다. 그러나 지금은 방법이 없었다. 필립은 조용히 욕을 읊조렸다.

해가 떠오르고 유진은 다시 갑판에 묶이게 되었다. 필립은 이번에도 멀리서 그 모습을 지켜볼 수밖에 없었다.

'나 같은 게 유진의 유일한 친구라니….'

필립은 자신이 할 수 있는 게 없다는 사실이 너무나 괴로웠다.

첫째 왕자는 유진이 진짜로 인어를 위해 죽진 않을 것이라 생각했다.

'그러다 죽으면 뭐, 서열 싸움에 희생자가 있는 건 당연한 거 아니겠어?'

첫째 왕자는 유진의 목에 칼끝을 댔다. 유진은 미동하지도 않았다.

"유진, 이미 죽었나?"

"저희가 형제라는 사실이 믿기지 않습니다. 형님을 믿고 따랐던 과거의 제 모습이 바보 같네요."

유진은 묻는 말에 대답하지 않았다. 첫째 왕자는 화가 나 그 순간 유진을 죽였다. 필립의 이성은 끊겼다. 유진은 힘없이 바다로 빠졌다. 필립은 미친 듯이 유진이 있는 곳으로 갔다. 필립이 거의 도착할 때쯤, 투명하던 바다는 누군가 고의로 물감을 푼 것처럼 붉은빛이 스며들어 있었다. 필립은 절망적인 붉은빛 사이로 마주하고 싶지 않았던 창백한 유진의 손을 낚아챘다. 필립은 바닷물보다 차가워지는 유진의 체온에 미친 듯이 뭍을 찾았다.

"제발… 이번에는 살아줘… 제발 같은 실수를 반복하지 않게 해줘…."

필립은 빌고 또 빌었다. 유진은 점점 힘이 빠져갔고 눈을 감는 속도가 느려졌다.

"이젠… 절대 밖으로 나오지 마, 필립."

유진의 마지막 한마디였다. 그래도 유진은 자신이 동경하고 부러워했던 아름다운 인어를 마지막으로 눈에 담고 갈 수 있어서 다행이라고 생각했다. 기어코 유진의 손이 힘없이 떨어졌고, 유진은 완전히 눈을 감았다. 필립은 한참이나 차가워진 유진을 바라보았다.

"미안해… 미안해… 또… 내가…."

필립은 제정신일 수 없었다. 소녀 때와는 또 다른 감정이었다. 필립이 사랑했던 또 다른 인간이 필립의 눈앞에서 죽어갔다. 누군가의 죽음을 이렇게 가까이서 경험한다는 것은 생각보다 더 고통스러웠다. 눈물이란 걸 흘려본 적 없던 필립의 눈에서 미친 듯이 눈물이 나왔다. 필립은 마치 세상의 상처를 모두 받은 것 같았다. 모든 것이 처음이었고 필립은 마치 부모를 잃은 아이가 된 것 같았다.

유진의 아버지는 조용히 눈물을 삼켰다. 왕자들에게 유진을 찾으라고 지시했다. 그러나 유진의 옷이나 신발 등은 발견되었지만 시신은 나오지 않았다. 더 이상 바닷가에 인어가 출몰하는 일도 없었다. 다시 평화로운 일상이었다.

필립의 삶만 빼고 모든 것이 다 제자리로 돌아왔다. 필립은 더 이상 아무 인간에게도 정을 붙이지 않았다. 필립의 삶은 흑백으로 물들었지만 필립이 사랑한 모든 순간은 아름다운 색감으로 필립의 머릿속에 남았다. 필립은 이제 쉬었다. 긴 겨울잠에 들었다.

김채연

식인 인어라는 오해로 사람들에게 미움을 받던 인어 '필립'이 소녀와 유진을 통해 자신이 실수를 반복한 것을 깨닫고 유진의 희생을 통해 고통을 경험하며 자신의 인생을 성찰하게 되는 내용이다.

잊혀질 꿈

    집으로 돌아와 화장실로 들어갔다. 난 얼른 교복을 벗고 샤워를 했다. 샤워를 마친 뒤에 정성스레 머리를 말리고, 이번에 새로 산 로션을 발랐다. 시계를 보니 10시. 꽤 이른 시간이지만 난 옆에 있는 수면제 두 알을 입에 털어 넣고 침대에 누웠다.

    "오늘은 일찍 왔구나."

    나를 반기는 서월이 보이자 크게 인사를 했다.

    "어, 오늘은 학원이 일찍 마쳤거든."

    오늘은 숲속이다. 작은 오두막집에 푸른 풀들이 우리를 반겨주는 듯했다. 우리는 손을 꼭 붙잡고 오두막 주위를 뛰어다녔다. 선선하게 불어오는 바람과 풀 내음들에 입가에 미소가 번졌다.

    "서월아, 나 너무 즐거워!"

    "응, 나도 즐거웠어."

    삐삐–

    아, 벌써 7시구나. 아늑했던 오두막을 뒤로 현실에서의 아침이 다가왔다. 무거운 몸을 이끌고 교복을 입는다.

역시 여름이라 그런지, 교실로 들어오니 습한 공기가 느껴진다. 아이들의 땀 냄새도 났다. 교실은 언제나 시끄럽구나. 난 책가방에서 귀마개와 드림 노트를 꺼냈다. '벌써 이만큼이나 그렸구나.' 드림 노트는 서월이를 만난 뒤부터 꿈들을 그린 노트다. 귀마개를 끼고 첫 장을 넘겨보았다. 벌써 쓴지 2년이나 지났다.

2년 전, 초등학교 6학년 때 난 따돌림을 당했다.

"야, 유보미! 나한테 뭐 줄 거 없어?"

"미안해, 잘 모르겠어."

"잘 모르겠으면 어떡해? 그럼 내가 알게 해줄까?"

그렇게 난 계단에서 밀쳐졌다. 그때 들린 웃음소리. 이 일 말고도 많은 일들을 겪었다.

우유를 내게 퍼붓거나, 새로 산 옷에 네임펜으로 날 조롱하는 말을 쓰기도 했다. 가족들이 이 사실을 알고 우리는 이사했다. 지난 일이지만 생각할 때마다 속이 메스껍고 머리가 아프다.

이때 서월이가 나타났다. 내 꿈속에서. 서월이는 처음부터 내게 손을 건넸다.

"안녕, 너 유보미 맞지?"

나와 같은 나이대에 남자아이처럼 보였다.

"어, 근데 넌 누구야?"

"난 백서월이라고 해."

꿈에 깨어났을 때 친구가 없는 내가 쓸쓸해서 그런 꿈을 꾸었다고 생각했다. 하지만 이후에도 계속해서 내 꿈에 나타났고 내 행복을 빌어줬다. 내가 행복하길 바라다니 기뻤다. 그렇게 우리는 점점 가까워졌다.

이제 노트를 펼쳐 오늘의 꿈을 그렸다. 흰 종이에 연필로 작은 오두막과 잔디밭 그리고 서월이와 날 스케치했다. 스케치가 끝난 뒤 색연필을 꺼내 풀잎을 색칠했다.

"우와! 보미야, 너 그림 짱 잘 그린다!"

이름도 모르는 여자애가 칭찬했다. 그새 내 주변에 애들이 몰려왔다.

"와, 진짜 잘 그려!"

"이 정도면 내일 사생대회에서 대상 받겠다."

사생대회? 사생대회를 할 때면 꾀병을 부려 참가하지 않고 집에서 지냈었다. 내가 대상을 받을 정도인가?

"보미 그동안 사생대회 못 왔었잖아. 이번에는 꼭 와!"

집으로 왔다. 이번에도 평소처럼 샤워하고 잠자리에 들려고 했다. 하지만 오늘은 잠시 의자에 앉아보았다. 난 꿈을 되새겨 보며 서월이를 그려보았다. 일단 얼굴형을 잡고 비율을 맞춰보며 그림을 그렸다. 그림을 그리다가 혹시 모르니 미술용품을 가방에 넣었다.

잠시 후, 그림은 정말 서월이와 똑 닮아 있었다. 갈색 머리카락과 큰 눈에 쌍꺼풀과 얇은 입술, 심지어 볼에 있는 점 위치까지도 닮아 있다.

"아, 서월이."

시계를 보니 새벽 2시다. 난 당장 손에 묻은 흑연을 닦아내고 수면제 두 알을 입에 털어넣은 뒤 침대에 누웠다.

"오늘은 좀 늦었네?"

들려오는 서월이의 목소리. 난 얘기했다.

"아, 미안해. 나 그림 그린다고…."

"오 진짜? 뭐 그렸는데?"

"어, 너를 그려봤어. 왜 그렸냐면…."

정신을 차리고 보니 쉴 새 없이 내 말만 했다는 걸 깨달았다. 어두웠던 하늘이 점점 밝아와 알 수 있었다.

"미안! 너무 내 말만 했지?"

"아니, 괜찮아. 난 재밌어."

미안한 마음에 서월이의 손을 잡고 풍경을 보았다. 여기는 큰 나무들이 무성히 자라 있고, 여러 돌이 여기저기 박혀 있었다. 그때 난 평소처럼 머리를 비워내지 못했다. 사생대회 때 어떻게 그려야 할지 생각했다.

"사생대회 걱정되지?"

깜짝 놀랐다. 서월이가 이걸 어떻게 알았지?

"이 풍경을 눈에 담아둬. 네가 잘했으면 좋겠다."

일어났다. 알람 없이 더 일찍. 난 결심하고 주방으로 향해 냉장고에 있는 계란을 삶고, 삼각김밥을 가방에 넣었다.

버스를 타고 도착한 이곳은 사생대회가 진행되는 생태공원이었다. 출석 체크가 끝나고 종이를 받아 자리를 잡았다. 모두가 자리를 꿰차고 있어 난 산속 더욱 깊숙이 들어갔다. 들어가면 들어갈수록 나무에 햇볕이 가려져 어두웠다. 하지만 얼마 안 가서 뻥 뚫려 있는 장소를 발견했다.

"여긴, 서월이가 보여줬던…."

난 서월이 덕분에 훨씬 빠르고 쉽게 그림을 그려나갔다. 그림을 완성하고 보니 빈자리가 보였다. 서월이, 처음으로 서월이가 없는 그림을 그린 것이다.

모두가 내 그림을 보고 감탄했다. 선생님도 내게 이쪽으로 진로를 정했냐고 물어보기도 했다. 난 고개를 저었다. 고개를 저으면서 입은 미소 짓고 있었다. 집으로 돌아가는 버스 안에서 내 꿈에 대해서 진지하게 생각했다. 집에 도착해 똑같은 패턴으로 수면제 두 알을 삼켜 잠을 청했다.

"사생대회 어땠어?"

"덕분에 후회하지 않을 정도?"

서로 웃으며 시간을 보냈다. 그 사이사이에, 진로에 대한 고민도 털어놓았다. 서월은 내 이야기를 들으며 말했다.

"드디어 네가 좋아하는 걸 찾았구나. 기쁘다!"

그때 서월은 내게 수선화를 건넸다.

"넌 내가 더 이상 나타나지 않으면 어떡할 거야?"

"어? 무슨 말이야?"

생뚱맞은 소리를 하는 서월이가 이상했다. 하지만 서월이는 계속해서 물었다. 자기가 나타나지 않으면 어떡할 거냐고. 계속해서 물어 짜증이 나 한 소리 했다.

"나 너 없이도 잘 살 수 있으니까 신경 쓰지 마."

서월은 만족한 듯 미소 짓고는 수선화를 내 손에 쥐어주고 말했다.

"수면제는 몸에 안 좋아. 그니까 먹지 마."

꿈에서 깨어났다. 찝찝했지만 별거 아니라며 넘겼다. 그렇게 하루하루 살아갔다. 그런데 일주일이 지나도록 서월이가 내 꿈에 나오지 않았다. 아무리 수면제를 먹어도 잠만 밀려올 뿐, 꿈은 꾸지 못했다.

서월이를 만나고 싶다. 내가 힘들 때마다 용기를 주었던 유일한 존재였는데. 수면제의 부작용 때문인지 머리가 자주 아프고 자주 피곤해졌다. 하지만 서월이를 만나기 위해서라면 참을 수 있다. 난 오늘도 잠들기 전 수면제 두 알을 삼켰다.

머리가 깨질 듯이 아파 눈이 떠졌다. 내 앞에 있던 건 커다란 계단이었다. 위를 쳐다보니 밝은 빛이 보였다. 내가 앉아 있는 바닥은 어둡고 스산했다.

난 바닥을 짚고 일어나 계단을 밟았다. 한 칸 한 칸 올라

갈수록 어렸을 때의 기억들이 떠올랐다. 속이 메스꺼워 자리를 박차듯 뛰었다. 뛰어 올라가다 보니 괴롭힘에 벗어난 내가 보였다. 이사를 와서 부모님과 함께 고기를 먹었었다. 입학식 때 내게 말 걸어준 친구가 있었고, 성적을 보고 좌절했을 때, 고백을 받은 적도 있었다. 내게 이런 일들도 있었다니 꿈에만 의존하다 보니 잊고 있었다.

마지막으로 보인 것은 그림을 그리는 나 자신이다.

꿈에서 깼다. 난 울음이 터지고 말았다. 서월이는 내가 진짜로 행복해지길 원했던 거다. 이제 제대로 알 수 있다. 내가 뭘 해야 행복할지. 침대에서 일어나 엄마에게로 향했다.

"엄마, 나 미술학원 가고 싶어."

김수현 ─────────────

이 소설은 현실을 기피하고 자신의 꿈속 세계에서 살아가는 '유보미'라는 주인공이 더 이상 그 꿈속 세계에 들어가지 못하는 사건을 겪으며 꿈속 세계의 꿈이 아닌 현실의 꿈을 찾아가는 이야기이다.

사죄 그리고 용서

아직 쌀쌀함이 남은 날씨에 모두가 떨었다. 추위에 떨면서도 한편으론 새 학년을 기대하면서 주섬주섬한 곳으로 모여들었다. 이한별도 그중 한 명이다. 자신의 친구, 민지와 은정이 두 명 중에 한 명이라도 룸메이트가 되면 좋겠다는 생각을 하며 사람들이 모여 있는 곳으로 다가갔다.

"정내현, 예쁜 이름이네!"

기대했던 민지, 은정이는 아니었지만, 한별은 상관없었다. 새 친구를 사귈 수 있는 절호의 기회라며 긍정적으로 생각하기 바빴다. 한별은 비좁은 패딩 사이를 뚫고 나와 곧장 기숙사 방으로 올라갔다. 살짝 낡은 문의 쇳소리가 났다. 그 안에는 새 친구가 있었다.

"안녕, 내현아! 우리 잘 지내보자!"

"그래. 잘 지내보자, 한별아." 한별은 고운 모습을 한 내현에 감탄을 하며 활짝 웃었다. 내현은 그 웃음에 따라, 비릿한 미소를 지었다.

한별은 내현을 어렴풋이 알고는 있었다. 은정이에게 흘려

들은 소문 덕이었다. 무당 집안에, 귀신을 부려먹는다나 뭐라나. 소문이 넓게 퍼져서인지 너도나도 내현을 알고 있었다. 2학년이 돼서는 다른 아이들의 망한 반 배정과 룸메이트에 소문이 묻혔다. 한별은 내현의 소문에 대해 생각하다가, 자기 말을 듣고 있냐며 어깨를 툭툭 치는 은정에게 신경을 돌렸다. 한참 이야기가 클라이맥스를 찍던 그때, 교실에 비명이 울려 퍼졌다.

"이게, 뭐야? 이런 게 왜 내 사물함에….

"뭐야? 뭔데 그래?"

"벌레라도 나왔어?"

민지의 친구, 인혜가 자신의 사물함으로부터 멀어진 채 눈살을 찌푸렸다. 나지막이 보이는 사물함 속에는 흡사 저주 인형 같은 게 있었다. 이상한 인형과 다르게 발랄한 포스트잇에는 인혜의 이름이 적혀 있었다.

"저 포스트잇, 이한별이 쓰는 거 아냐?"

아이들의 웅성거림이 파도처럼 휩쓸렸다. 한별은 멀뚱멀뚱 서 있었다. 이해가 안 된다는 표정으로.

"저주 인형, 이한별이 만든 거야. 내가 봤어."

언제 왔는지도 모르게 내현은 무심하게 말을 뱉었다. 안 그래도 한별이에게 시선이 몰려 있었는데, 한순간이었다. 은정이가 꾀꼬리 같은 목소리로 아니라며 반박을 했지만, 이미 한 번 던져진 먹잇감은 아이들의 소문이 되기 충분했다.

한별은 당황하며 반박했다.

"그게 무슨 소리야, 증거도 없이 내가 만들었다니?"

"포스트잇부터, 짚을 묶은 끈까지. 네가 좋아하는 조합이 잖아?"

"고작 그런 걸로 나라고 확신한다고?"

"아니라는 증거도 없잖아."

"확실한 증거는 가지고 추측해야 할 거 아냐!"

내현은 아무 흔들림도 없이 한별의 말에 반박했다. 한별은 욱한 감정에 내현의 손목을 탁 잡고는 당장이라도 내던질 듯 노려봤다. 둘의 행동, 표정 하나하나에 아이들은 웅성거렸다. 민지와 은정이 나서서 한별을 진정시켰다. 소란스러운 소리에 지나가던 선생님이 상황을 중단시켰다. 아이들은 내현과 한별을 번갈아 보며 수군거렸다. 한별은 봤다. 팔목을 잡았던 그 짧은 순간, 내현의 팔에 있던 기다란 흉터를.

날이 갈수록 한별에 대한 출처 모를 소문은 늘어만 갔고, 저주 인형 사건 때 본 내현의 흉터에 대한 궁금증도 불어났다. 둘은 룸메이트지만, 짧은 시간 내에 원수가 됐다. 이한별과 정내현의 관계는 언제 터질지 모를 시한폭탄처럼 변해버렸다.

"한별아, 이제 그만할 때도 됐잖아. 언제까지 개랑 싸울 건데?"

"정내현이랑 싸우는 거 솔직히 말하자면, 좀 지겨워. 개만 보면 이를 가는 것도 그렇고."

종례 후, 민지와 은정이가 꺼낸 말은 한별에게 다소 충격
이었다. 오히려 자기를 질책하는 듯한 말투와 표정이었기
때문이다.

'왜 너희들이 그런 생각을 하지?'

'너희가 그런 말 하면 안 되잖아. 걔가 더 나쁜 앤데.'

'내 친구면서 날 버리려 하면 안 되는 거 아니야?'

"왜 너희가 나를 욕해?"

아무 생각없이 말을 툭 뱉었다. 원수에 대한 감정 때문에,
더 중요한 우정이 묻혀 버렸다.

"아, 미안해. 내가 좀 심하긴 했지."

뒤늦게 한별은 말을 수정했다. 한별은 불쾌감을 느꼈다.
그 누구에 대한 불쾌감이 아닌, 자기에 대한 불쾌감. 사실
한별은 내현의 흉터의 원인을 알고 있었다. 계속해서 끊임
없이 부정해 왔던 것뿐이다. 이한별, 아니. 이한별의 껍데기
속에서 이한별을 연기하는 괴물이 그 흉터의 원인이다. 내현
도, 한별도, 괴물의 피해자다. 이 두 명의 원수는 괴물이다.
저물어가는 햇빛이 구름에 가려져 어두워진다. 마냥 과거를
계속 가릴 수는 없었다. 가린 과거는 언젠가 현재에 어두워
진다.

"야, 이한별! 내 말 듣고 있지?"

"그럼, 듣고 있지."

복잡한 생각을 들고 기숙사로 들어갔다. 은정, 민지와는 복도 중앙에서 헤어졌다. 한별은 내딛는 한 발 한 발이 볼링 공처럼 무겁고 위태위태했다. 문 앞에 서서 한참을 고민하다가, 문을 열었다. 여느 때와 다름없이 낡은 문에서는 쇳소리가 났다. 방 안에는 아무도 없었다. 창문 사이로 차가운 바람만이 들어오고 있을 뿐이었다. 한별은 한숨을 땅이 꺼지도록 쉬었다. 가방을 침대에 던져두고, 휴대폰으로 재빠르게 검색을 했다.

[괴물습격미제사건]

손톱을 물어 뜯으며, 사건 하나하나를 꼼꼼하게 둘러보았다. 그리고 그중에서 한 사건을 유난히 오랫동안 읽어 내려갔다.

여행을 위해 차를 타고 가던 정 씨 가족은 무언가에 의해서 절벽으로 떨어졌다. 자녀 두 명 중 한 명은 의식불명이 되었으며, 친부는 실종되었다. 홀로 남은 거나 다름없는 자녀 정○○양에 대해 안타까움을….

7년 전 있었던 미제사건. 친부의 실종 원인은 이한별을 연기하는 괴물 자신이다. 문득 괴물은 생각했다. 이 사건의 피해자가 정내현이면, 걔가 이한별을 가리켜 괴물이라고 말하는 순간 사라질 우정과 행복들. 괴물은 그걸 지키기 위해서라도 정내현을 하루빨리 없애야 한다. 그래야만 한다. 또다시, 과거의 잘못을 지운다. 분명 정내현도 비슷한 생각을 하고 있을 거다. 정내현은 복수를 위해. 이한별, 괴물은 과거를 묻고 자신의 행복을 위해.

"야, 너희들 언제까지 싸울 거냐? 교무실에 단골 고객님이 되셨어, 아주."

"죄송합니다."

"정내현, 너는 애들 뒷담 까는 게 재밌어? 한별이 좀 봐봐. 얼마나 모범적이야."

단순히 뒷담과 말다툼으로 시작했던 싸움은 어느새 부풀어서 몸싸움까지 가기 시작했다. 눈에 보일 때마다 인상을 찌푸리고, 수군거리고, 다리를 걸었다. 이한별의 표정도 점점 어두워져갔다. 그렇게 하루하루가 지날 때마다 서로에 대한 증오가 커져갈 즈음, 사건이 터졌다. 시작은 정내현이었다.

-쿵, 와장창!

"왜 내가 지금까지 참았지? 진작 이렇게 할걸."

기숙사 문을 열고 들어오자마자, 이한별의 머리에 강렬한 물건이 날아왔다. 정내현의 손거울. 한치의 위협도 되지 않을 것 같던 손거울에 힘을 실어 던지니 얼마나 아프던지. 이한별은 그대로 문에 머리를 박았다. 산산조각 난 유리 조각이 손에 만져졌다. 이한별은 유리 조각을 주섬 집어 들고는 정내현을 향해 휘둘렀다. 어느 때보다도 치열하고, 증오하고, 절망적이었다.

"너희 둘 다 그만하지 못해!"

둘의 치열한 싸움은 선생님의 제지로 흐지부지 중단됐다. 웅성거리며 선생님의 뒤를 쫓아온 아이들은 흩어진 유리 조각과 핏자국에 입을 다물지 못했다. 이한별과 정내현은 지쳤다. 심리적으로도, 신체적으로도. 그대로 불려 가 상처를 치료하고, 상담을 했다. 학폭위는 이한별의 간고한 부탁으로 열리지는 않았다. 간단하게 정리하자면, 이한별의 입장에서 학폭위가 열리면 훨씬 더 피곤해지고, 신경 쓸 게 많아져서였다.

"너희들, 선생님 잠깐 나간 사이에 싸우면 안 된다? 화해하고 있거나, 아니면 얌전히 있어." 문이 탁 닫히는 소리와 함께 정적이 머물렀다. 이한별은 머리가 욱신거렸다. 정내현은 새로 생긴 베인 자국을 손으로 만지작거렸다. 결국에는 둘 다 피해를 입었다. 이득이라고는 눈 씻고도 보이지 않았다. 그 긴 시간 동안 싸우면서 얻은 건 피해밖에 없었다. 미운 감정은 더 커지고, 싸움의 강도는 점점 심해졌다. 이토록 쓸모없을 수 없었다. 비참했다. 원수가 삶의 중심이 돼 버렸다. 사실상 자신이 싫어하는 사람에게 소중한 시간을 이렇게나 허비해버린 것이다.

"정내ㅎ-"

"이제 나와도 돼. 당분간 너희들 룸메이트를 바꾸기로 했다. 한 달 동안 화해해보고, 알겠지?"

"네."

이한별이 정내현의 이름을 끝까지 부르기도 전에 선생님이 말을 툭 잘랐다. 정내현은 이 어색한 공기가 싫었던지 잽싸게 대답하고 상담실을 나갔다. 이한별은 말을 다시 걸어볼 시간도 없이, 그대로 다른 룸메이트를 만나야 했다. 새 룸메이트는 오늘 쌈박질한 사건의 주인공 중 한명이 한별이와서 조금 불편해하는 기색을 보였지만, 이내 금방 적응했다. 이한별은 침대에 누워 생각했다. 갈등의 시작부터 현재까지 차근차근.

'내가 6년 전에 그런 짓을 하지 않았다면, 친구가 될 수 있었을까?'

'내가 과거에 했던 잘못을 잊으려 하지 않고, 있는 그대로 반성했다면?'

'사실 먼저 잘못한 건 난데.'

'너무 내 상황만, 생각한 걸까?' 정내현에 대한 부정적인 감정을 걷고, 자기의 잘못부터 하나하나 짚어갔다. 기억하기 싫던 과거의 잘못까지. 최악의 상황에서 최적의 방법을 찾는 것은 이한별에게 무리였다. 최고는 아니더라도, 친구가 아니더라도, 정내현이 자신을 계속 미워한다 해도. 이한별, 괴물은 자기의 피해자에게 사과해야 했다. 언제까지고 잘못을 모른 체 할 수 없었다. 아무리 오래된 잘못이더라도, 이미 벌어진 일이다. 그리고 무엇보다, 이한별과 정내현은 너무 지쳤다. 정내현은 그 6년 동안 계속 복수만을 위해 자신을 잊고 살아왔다. 이한별, 괴물은 죄책감에 속이 울렁거리면서도, 무리의 압박에 두 번이나 누군가의 몸을 훔쳤다. 몇 번이고 몇십 번이고 되뇌었다. 복잡해지는 생각들에 이한별이 눈살을 찌푸릴 때 즈음-

–띠링.

기숙사 뒤편으로 와.

정내현이 보낸 문자였다. 이한별은 침을 삼키며 벌떡 일어났다.

'지금이 사과할 기회야. 더 늦어지면 어떻게 될지 몰라.'

"나 잠깐 내현이 만나러 갔다 올게! 선생님한테는 비밀로 해줘!"

"어? 야! 너 어디 가?"

겉옷도 대충 걸쳐 입은 채 이한별은 기숙사를 나왔다. 기숙사 선생님도 졸고 계셔서 쉽게 나올 수 있었다. 차가운 공기가 이한별의 피부를 스쳤다. 기숙사 뒤편에는 검은색 후드를 입은 정내현이 보였다.

"아, 내현아. 어… 먼저 말할래?"

"…"

정내현은 주머니를 뒤적거렸다. 복수를 위해, 칼을 준비했다. 충동적인 감정 때문이었다.

"나 먼저 할까? 6년 전에 그 일은, 정말, 미안해. 여태 싸운 일들도 전부 다 미안해. 무작정 내 잘못을 잊으려 하고 묻고, 정작 피해자인 너한테 위로해주기는커녕 싸워서 미안해."

"이제 와서 사과하면 끝이라고 생각해? 너 때문에 아빠가 사라지고, 언니가 식물인간이 됐어."

"정말 미안해. 나도 살고 싶었어. 그때 당장 누구라도 해하지 않았으면, 피해자도 더 늘었을 거야."

잠시 몇 분간 정적이 흘렀다. 칼을 든 정내현의 손이 미세하게 떨렸다.

"와, 나 진짜 쓰레기다. 가해자는 난데, 왜 내가 울컥하지."

말로 내뱉은 죄책감의 무게는 훨씬 무거웠다. 이한별은 울컥하는 감정을 꾹꾹 눌렀다. 적어도 피해자 앞에서 가해자인 주제에 불쌍하게 울지는 않겠다는 의미로.

"왜 지금 그러는 건데."

정내현은 왈칵하고 눈물을 흘렸다. 6년 동안 가차 없고 끔찍할 것이라 생각했던 괴물이 정내현의 눈앞에서, 입술을 깨물고 감정을 참고 있으니. 허탈하고 허무했다. 게다가 사과까지 하다니, 말할 수 없는 감정과 생각들이 북받쳤다. 복수와 증오가 하찮게 느껴질 정도로 머리가 띵했다. 이한별은 조심스럽게 정내현에게 다가가 끌어안았다. 연신 미안하다는 사죄를 하면서 감정을 흘려보냈다. 지금만큼은 누구도 증오라는 감정을 느끼지 않았다. 잘못은 바뀌지 않았으나, 현재는 많은 것이 바뀌었다.

어느덧 2학년이 끝났다. 새 학년, 새 반, 그리고 새 룸메이트가 생길 시기였다. 이한별과 정내현은 사죄를 하고, 용서를 했다. 정말 화려하게 끝나지는 않았다. 그저 잘못을 인정했다. 그저 용서했다. 그날 이한별과 정내현은 두 가지 약속을 했다.

첫 번째, 이한별- 아니, 괴물은 더 이상 사람을 해치지 말 것.

두 번째, 이제는 온전히 자신의 삶을 살아갈 것. 이한별은 죄책감이 두려워 자기의 잘못을 묻었고, 정내현은 복수를 고집하다 자기를 잃었었다. 이를 바로잡을 약속이 필요했다. 친구까지는 아니더라도, 서로의 결과를 작게나마 응원했다. 더도 말고, 덜도 말고.

"한별아! 이번 주 주말에 같이 영화 볼 거지?"

"그럼, 은정이도 와?"

"오고말고!"

이한별, 괴물은 이한별 몸에 남은 유통기한을 끝마치고 완전히 사람을 해하는 짓을 끝내기로 마음먹었다. 자신이 뺏은 이 몸에 매일매일 사과를 하고, 잘못을 잊지 않기 위해 노력했다.

"언니, 언니! 선생님, 의사 선생님! 언니 일어났어요!"

정내현은 마침내 의식을 차린 언니와 오랜만에 인사를 했다. 6년 만에, 그토록 그리웠던 가족의 생기 있는 목소리를 들었다. 복수에 치우쳐진 삶이 아닌 가족으로 채운 삶이 되어가기 시작했다. 사죄하고, 용서했다. 그리고 나아갔다.

이수현 ⏤⏤⏤⏤⏤⏤⏤⏤⏤⏤⏤⏤⏤⏤⏤⏤⏤⏤

이 소설은 모범생 '이한별'과 무당 집안 '정내현'이 룸메이트로 만나게 되면서, 복수만 생각하던 고집을 버리고 과거의 잘못에 대해 사죄하고 용서하는 이야기이다.

작가의 말

소설을 읽는다는 것은 현실과는 다른 세계 속의 새로운 인물이 되어 다양한 사건을 경험해보는 것입니다. 소설을 읽는 동안 우리는 가족을 잃고 방황하는 청소년이 되기도, 위험에 빠진 사람들을 구해내는 영웅이 되기도, 재난으로 멸망해 버린 세계에서 홀로 살아남은 아이가 되기도 합니다. 소설을 쓰는 것 역시 마찬가지입니다. 작가 스스로 주인공이 되어 이야기를 써 내려가지요. 올해는 인문학동아리 '귀를 기울이면'에서는 소설을 쓰고 읽는 것의 즐거움을 함께 나누고자 하였습니다. 평범한 중학생인 우리가 소설의 작가가 되어 일상과는 또 다른 세계를 창작해보고자 올해의 주제를 '소설 읽다·쓰다·생각하다'로 정했습니다.

우리는 1년간 소설과 관련하여 다양한 활동들을 하였습니다. 짧은 이야기들을 하나로 모은 SF 소설집 『회색 인간』부터 우리에게 익숙한 장소인 부산을 배경으로 한 소설 『호텔 해운대』, 사람들이 느끼는 다양한 감정에 관한 이야기를 담은 『얼토당토않고 불가해한 슬픔에 관한 1831일의 보고

서』, 택배 상하차 아르바이트와 관련된 자전적 이야기를 만화(그래픽 노블)로 표현한 『까대기』까지. 총 네 권의 책을 읽고 작가님을 직접 만나보는 시간을 가졌습니다. 내용과 형식이 다양한 책을 통해 소설에 대한 이해를 높일 수 있었고, 글쓰기에 관해 작가님이 직접 해주신 조언은 소설 창작에 큰 도움이 되었습니다.

무더운 여름부터는 우리가 직접 소설을 써보기 시작했습니다. '청소년'과 '성장'이라는 두 개의 키워드에 맞추어 소설을 구상하고 집필하기까지 정말 많은 정성과 노력을 쏟아야 했습니다. 이렇게 쓰인 우리의 소설에서 성장하는 것은 주인공만이 아니었습니다. 인물의 이야기를 글로 담아내며 우리 역시 한 발짝 성장하게 되었습니다. 글을 쓰고 고치는 과정에서 여러 어려움을 해결하는 방법을 배웠고, 친구들과 서로의 소설을 읽고 합평하면서 바람직한 의사소통의 자세를 배웠습니다.

각자의 배움과 성장을 담은 이 소설들이 많은 사람에게

닿기를 바라는 마음으로, 인문학 동아리 학생들이 쓰고 다듬은 글들을 계절별로 나누어 한 권의 책을 완성했습니다. 사계절에 담긴 우리의 이야기를 원할 때마다 하나씩 꺼내 천천히 읽어보세요. 어느 순간 주인공에게 몰입해 소설에 푹 빠진 자신을 발견할 수 있을 것입니다.

　우리의 사계절이 여러분의 마음속에도 날아들었으면 좋겠습니다.

2024년 2월
지은이를 대표하여 하정언